Es ist keine Liebe auf den ersten Blick, als die junge, lebhafte Journalistin Lorena Hickok 1932 der angehenden First Lady Eleanor Roosevelt begegnet, die einem so ganz anderen Amerika entstammt als sie selbst und deren Weg an die Spitze der Politik früh gebahnt wurde. Doch schon bald wachsen die Gefühle der beiden außergewöhnlichen Frauen füreinander, sie beginnen eine leidenschaftliche Liebesbeziehung. Nach außen hin ein wohlgehütetes Geheimnis, ist die wahre Natur ihrer Freundschaft in vertrauten Kreisen schnell bekannt – und wird von politischen Affären und Pflichten immer wieder auf die Probe gestellt.

Erstmals erzählt Amy Bloom die wahre Geschichte einer besonderen Liebe, atmosphärisch und voll schlagfertigem Witz.

Amy Bloom, geboren 1953 ist Autorin mehrerer Romane und Erzählungen. Ihr Erzählband *Liebe ist ein seltsames Kind* war für den National Book Award nominiert. Bei Atlantik erschienen zuvor ihr Roman *Wir Glücklichen* (2015) und die Erzählungen *Zwischen hier und hier* (2016). Sie schreibt u. a. für den *New Yorker*, die *New York Times* und *Vogue* und unterrichtet Creative Writing an der Wesleyan University in Connecticut.

AMY BLOOM

MEINE ZEIT MIT ELEANOR

Roman

Aus dem amerikanischen Englisch
von Kathrin Razum

ATLANTIK

Die Originalausgabe erschien 2018 unter dem Titel
White Houses bei Random House, an imprint and division of
Penguin Random House LLC, New York.

Die Übersetzerin dankt dem Freundeskreis zur Förderung literarischer und wissen-
schaftlicher Übersetzungen e.V. für ein Arbeitsstipendium, das vom Ministerium für
Wissenschaft, Forschung und Kunst Baden-Württemberg ermöglicht wurde.

*Atlantik Bücher erscheinen im
Hoffmann und Campe Verlag, Hamburg.*

2. Auflage 2020
Copyright © 2018 by Amy Bloom
Für die deutschsprachige Ausgabe
Copyright © 2019 bei Hoffmann und Campe Verlag, Hamburg
www.hoffmann-und-campe.de   www.atlantik-verlag.de
Umschlaggestaltung: Hannah Kolling, Kuzin & Kolling,
Büro für Gestaltung, Hamburg
Umschlagabbildung: © Michail Stamm und Hannah Kolling
Satz: Dörlemann Satz, Lemförde
Gesetzt aus der Dante MT
Druck und Bindung: C.H. Beck, Nördlingen
ISBN 978-3-455-00896-8

Ein Unternehmen der
GANSKE VERLAGSGRUPPE

FÜR MEINE ELTERN, SYDELLE UND MURRAY

INHALT

PROLOG

Freitag, 27. April 1945, am Nachmittag
29 Washington Square West
New York, New York

Alte Liebe rostet nicht.

Ich habe die Blumen so schön wie möglich arrangiert. Levkojen und Löwenmäulchen, rosa Rosen und Osterglocken, besorgt beim italienischen Floristen, in jedem Zimmer steht eine Vase davon. Ich habe die vier Zimmer, die bereits sauber und ordentlich waren, auf Vordermann gebracht. Das Radio funktioniert noch. Der Plattenspieler ebenso, irgendjemand hat Alben von Cole Porter und Gershwin dagelassen, und aus den Zeiten, als ich häufiger hier war, ist noch eine zerkratzte Schallplatte von *La Bohème* mit Lisa Perli da. Ich war zweimal beim Lebensmittelladen an der Ecke (Eier, Milch, Brot, Meerrettichkäse, Sardinen, und dann musste ich noch mal los, weil ich in der Wohnung keinen Büchsenöffner fand) und habe uns ein paar Häuser weiter etwas zum Zwitschern besorgt. Ich hoffe, dass wir heute Nachmittag um fünf bereits unsere Sidecars trinken. Ich habe Zitronen gekauft. Alles, was wir brauchen, soll zur Hand sein. Ich hoffe, wir werden dieses Wochenende nicht einmal den Hausflur zu sehen kriegen.

Ich ziehe mich im Wohnzimmer um. Das Schlafzimmer

sollte ich nicht betreten, finde ich, jedenfalls nicht unaufgefordert. Ich gehe davon aus, dass ich auf der Couch schlafen werde. Ich habe meinen marineblauen Sulka-Pyjama mitgebracht, um der alten Zeiten willen.

Der Radiosprecher erhebt die Stimme wie ein Trainer auf dem Spielfeld und meldet, achtzehn große deutsche Städte stünden in Flammen. Die deutsche Infanterie-Division Potsdam ermorde systematisch im Kampf verwundete Amerikaner. Mit munterer Stimme verkündet er, zweitausend amerikanische Flugzeuge bombardierten derzeit Eisenbahnknoten in der Nähe von Berlin sowie Nachschublinien in Süddeutschland. Er sagt: Gute Nacht, meine Damen und Herren, der Sieg ist in Sicht. Ich hoffe, er hat recht.

Ich bin froh, und ich bin müde. Ich werde das Ende des Kriegs auf Long Island feiern, mit ein paar anderen alten Schrullen und unseren Hunden, und wir werden alle auf Franklin Roosevelt anstoßen, der das Kriegsende nun also nicht mehr erleben darf. Meine Nachbarin Gloria und ich werden »Straighten Up and Fly Right« singen. Wir werden alle weinen.

Ich setze mich auf die Wohnzimmercouch und warte. Früher konnte ich, wenn ich Eleanors Gesicht sah, in ihrem Herzen lesen, und ich habe Angst, dass ich das vielleicht nicht mehr kann. Ich rechne damit, dass sie aschgrau vor Roosevelt-Leid sein wird, einem Leid, das nicht nur ertragen, sondern zugleich zur Schau getragen werden muss, und zwar elegant, sodass man ihr Bemühen erkennt, gegenüber der Trauer und demonstrativen Bedürftigkeit aller anderen Geduld zu zeigen. Darunter allerdings quält sie vermutlich, genau wie damals bei ihrem Bruder, ein Widerhaken zorniger Trauer, den sie herausziehen würde, wenn sie es nur könnte. Sie hat mir mal gesagt, nichts sei so schlimm für sie gewesen wie der Tod ihres Kleinen, des ersten Franklin Junior, aber ich war in den langen

Tagen, als ihr Bruder Hall starb, bei ihr, und sie hat jede Nacht um ihn geweint – als hätte er nicht allen das Herz gebrochen, als hätte er nicht eines seiner Kinder fast umgebracht und die anderen fünf ruiniert. Sie saß an Halls Bett und sah aus wie diese Grabskulptur, zu der sie mich so oft schleifte, jene Allegorie der Trauer, die Henry Adams anfertigen ließ, nachdem seine Frau sich mit Zyanid das Leben genommen hatte. Damit also rechne ich, aber ich hoffe, dass sich im Durcheinander ihrer Gefühle, der Trauer über Franklins Tod und der Sorge um ihre Kinder und das Land, auch ein bisschen Freude darüber findet, mich zu sehen. Ich möchte, dass sie sich bei mir zu Hause fühlt, so wie früher. Vor acht Jahren hat sie mich weggeschickt, und ich bin gegangen. Vor zwei Tagen hat sie mich gebeten, zu kommen, und ich bin gekommen.

Die Türglocke ertönt, was bedeutet, dass sie die Hände voll hat und nicht an ihren Schlüssel kommt.

Ich öffne, und Eleanor lehnt an der Wand, weiß wie ein Laken.

Ihre schönen blauen Augen sind rot umrändert, und sie sieht aus, als hätte sie noch nie im Leben gelächelt. Ihr staubiger schwarzer Mantel wirkt riesengroß, und ihre Baumwollstrümpfe sind ausgeleiert. Ich will sie küssen, weil ich sie zur Begrüßung immer küsse, wenn wir allein sind und uns gerade vertragen, und sie hält mir die Wange hin und schaut dann weg. Sie reicht mir Handtasche und Koffer. Ich stelle beides ab und lege ihr den Arm um die Taille. Ich versuche ihr Gesicht an meines zu ziehen, aber sie wendet sich ab und stützt sich mit einer Hand auf meine Schulter, um sich die Schuhe auszuziehen.

Sie legt Hut, Mantel und Schal auf den großen Brokatsessel. Sie knöpft ihre graue Bluse auf und lässt sie zu Boden fallen. Sie geht ins Schlafzimmer, öffnet den Reißverschluss ihres

Rocks, und ich folge ihr und hebe alles auf. Sie setzt sich auf die Bettkante, in einem zerschlissenen alten Unterkleid, das sie schon vor dem Krieg hätte ausrangieren sollen.

Sie zieht die Haarnadeln aus ihrem grauen Haar und streift die schrecklichen Baumwollstrümpfe ab. Wegen dieser Strümpfe haben wir uns öfter gestritten. Ich sagte, nicht einmal im Krieg müsse die First Lady Mitglieder von Königshäusern in Strickstrümpfen aus weißer Baumwolle empfangen, und sie sagte, doch, genau das müsse die First Lady tun. Ich ziehe die Strümpfe über der Lehne des Klubsessels in Form, und sie zuckt mit den Achseln.

Sie legt sich aufs Bett, das Gesicht zur Wand, und hebt den rechten Arm in meine Richtung. Ohne sich zu mir umzudrehen, winkt sie mich zu sich.

»Na, Ihro Majestät«, sage ich.

Sie lässt den Arm sinken. Das ist nicht meine Eleanor. Ich habe früher oft geweint, wenn sie streng und huldvoll zu mir war, mir meine Verfehlungen erläuterte, bis ich mich zusammenkrümmte wie eine Schnecke auf einem Salzbett. In tragischer Enttäuschung saß sie dann reglos da, eine Stunde und länger, bis ich um Vergebung flehte. *So* kenne ich mein Schätzchen. Diese wächserne Teilnahmslosigkeit ist neu.

Ich lege ihre Kleider auf den Holzstuhl. Ich stelle ihre schwarzen Schuhe vor das Kaminfeuer. Ich hänge ihren schwarzen Mantel in den Schrank, neben meinen marineblauen, und mein roter Schal fällt über beide. Ich bereue es, dass ich gekommen bin.

Oh, Hick, sagt sie, wenn du mich nicht hältst, sterbe ich.

Ich klettere hinter ihr ins Bett, und sie entkleidet mich mit einer langen weißen Hand, immer noch ohne mich anzusehen. Ich schaue über ihre Schulter nach draußen und sehe zu, wie die Leute ihre Lichter anmachen.

Vor zwölf Jahren hatten wir unsere glücklichste Zeit und unseren ersten gemeinsamen Urlaub. Maine und danach, das waren unsere glücklichsten Tage. Hoover war weg vom Fenster. Franklin übernahm. Wir zogen alle ins Weiße Haus, Freunde, Verwandte und ich.

Eleanor und ich hatten uns zu unserem ersten privaten Mittagessen im Weißen Haus getroffen, wo wir wie Teenager grinsend vor den Porträts posierten. Zieh doch auch hier ein, sagte sie. Wir haben so viel Platz.

Ich fragte sie, wie sie das meinte, und sie sagte noch einmal: Wir haben so viel Platz. Ich beugte mich vor, um sie zu küssen, und sie schob mich sachte von sich weg. Wenn du kommen willst, muss ich ein bisschen was organisieren, sagte sie. Hol du doch in der Zwischenzeit deine Sachen.

Ich fuhr zurück nach Brooklyn und gab den Scheck mit der Miete in die Post; es war fast der volle Betrag. Am nächsten Tag transportierte ich meinen blauen Koffer, meine Schreibmaschine – eine Underwood Portable – und eine Kiste mit Büchern nach D. C. Eine der Haushälterinnen führte mich im Weißen Haus die Treppe hinauf zu Eleanors Suite, höflich und mit ausdrucksloser Miene, als hätte sie mich noch nie gesehen, als hätte sie noch nie meine Wäsche gewaschen oder meinen Rock gesäumt, wenn ich übers Wochenende da war, doch als sie die Tür zu meinem Zimmer öffnete, lächelte sie und stellte meine Schreibmaschine auf den Tisch. Mein neues Zimmer lag direkt neben dem von Eleanor, es war ihr bisheriges Wohnzimmer.

Ich hatte einen großen Schreibtisch, ein Bücherregal und einen alten Windsor-Stuhl. Zwei Tischlampen und eine Stehlampe. Ich hatte ein Bett, eine dunkle Samtcouch, die schon bessere Zeiten gesehen hatte und die ich in die Ecke schob, und einen riesigen Kleiderschrank, in dem ich mich hätte verstecken können. Das Einzige, was uns voneinander trennte, war eine von Fotografien bedeckte Wand und eine alte Holztür.

Ich saß ungefähr eine Stunde lang aufrecht auf meinem schmalen Bett, noch mit Hut und Mantel, starrte auf diese Holztür und versuchte durch schiere Willenskraft zu bewirken, dass sie sich öffnete und mich einließ, damit ich in den Rosengarten hinunterschauen und das Fenster zu der großen Magnolie öffnen konnte.

Schließlich kam Eleanor herein und setzte sich neben mich.

»Ich überschütte andere Menschen mit Liebe, weil mir das Freude macht«, sagte sie. »Ich finde es schön, Menschen mit Liebe zu überschütten. Du hast mich ja schon mit meinen Freunden erlebt.«

Das hatte ich. Es machte mich schier verrückt, schon jetzt.

Sie sagte: »Ich möchte, dass du weißt, dass ich neben meinen Freunden auch immer mal wieder einen Schwarm habe. Ich treffe auf irgendjemanden, oft sind es wundervolle Menschen, aber das muss gar nicht unbedingt sein, und bin hingerissen, ob ich will oder nicht. Doktor Freud würde sagen, das liegt an meiner Mutter, wieder einmal. Oder meinem Vater.«

Sie nahm mir lachend den Hut ab. Mir fiel nichts Geistreiches oder Charmantes zu tun oder sagen ein, aber auch gar nichts. Ich rieb mir die Fingerknöchel.

»Ich bin fest entschlossen, dir zu sagen, was ich dir sagen will«, fuhr sie fort. »Über diese Schwärmereien. Denn möglicherweise wirst du zu hören bekommen, dass ich zu so etwas neige. Und dass auch du so ein Schwarm bist. Die Leute schauen mir in die Augen und sehen die unbändige Liebe, die ich für sie empfinde. Das genießen sie, und sie lieben mich dafür, dass ich sie so liebe. Sie schauen mir in die Augen und sehen sich selbst als Mittelpunkt der Welt. Und das gefällt jedem.«

Sie ging zu der Holztür und drehte den Knauf ein paarmal hin und her.

»Dieses Ding klemmt immer.«

»Komm zu mir«, sagte ich.

Sie setzte sich wieder aufs Bett und nahm meine Hand, hielt den Blick nach vorn gerichtet.

»Aber du siehst mich. Du siehst mich ganz, und ich glaube nicht, dass dir alles gefällt, was du siehst. Ich wünsche es mir, aber ich bezweifle es. Du siehst mich. Die ganze Person. Nicht nur dein Spiegelbild in meinen Augen. Nicht nur den Menschen, der dich liebt. Sondern mich.«

Meine Ohren glühten wie nach drei Gläsern Scotch.

Jetzt wandte sie sich mir zu.

»Lorena Alice Hickok, du bist die Überraschung meines Lebens. Ich liebe dich. Ich liebe deine Unerschrockenheit. Ich liebe dein Lachen. Ich liebe es, wie du mit Sprache umgehst. Ich liebe deine schönen Augen und deine schöne Haut, und ich werde dich immer lieben, bis zu meinem letzten Atemzug.«

Ich stieß die Worte hervor, bevor sie es sich noch anders überlegte.

»Anna Eleanor Roosevelt, du erstaunliche, vollkommene, unvollkommene Frau, du hast mich umgehauen. Ich liebe dich. Ich liebe deine Freundlichkeit und deinen funkelnden Geist und dein weiches Herz. Ich liebe es, wie du tanzt, und ich liebe deine schönen Hände, und ich werde dich immer lieben, bis zu meinem letzten Atemzug.«

Ich streifte meinen Saphirring ab und schob ihn auf ihren kleinen Finger. Sie löste die goldene Ansteckuhr von ihrem

Revers und heftete sie an mein Hemd. Sie legte die Arme um meine Taille. Wir küssten uns, als stünden wir mitten in einer jubelnden Menge und Reis und Rosenblätter würden auf uns niederregnen.

Auf dem gesamten Weg zum Büro von Associated Press lag meine Hand auf der goldenen Uhr. Ich wusste, dass ich meinen Posten aufgeben musste. Ich hatte mir schon ein Dutzend preisverdächtiger Roosevelt-Stories verkniffen, um sie oder ihn oder die Kinder zu schützen. Ich musste das Ressort wechseln oder auf sie verzichten.

Ich gab meinen Posten auf. Und wurde zugleich gefeuert. Ich bot an, einen anderen Bereich zu übernehmen, die Wall Street oder Innerstädtische Kriminalität. Mein Chef schob seinen Stuhl zurück, faltete die Hände über seinem großen Bauch und sah mich an, als wäre ich die übelste Sorte Kakerlake. Sie sind Teil des Ganzen, Kleine, sagte er. Ich hatte nie einen besseren Draht ins Weiße Haus, warum sollte ich den aufgeben. Wenn das so ist, sagte ich, muss ich kündigen. Er zuckte mit den Achseln, als hätte er nichts anderes erwartet, und wir gaben uns die Hand.

Ein paar alte Kumpel sahen zu, wie ich meinen Schreibtisch ausräumte, aber niemand lud mich auf einen Drink ein. Die Frau, die für die Hochzeiten zuständig war, winkte mir fröhlich zu. Der Sportreporter schüttelte den Kopf. Der Mann für die Nachrufe lüpfte den Hut. (Wie nennt man einen jüdischen Gentleman, der das Zimmer verlässt?, hat Bernard Baruch mich mal gefragt. – Itzig.) Ich hatte fünfundzwanzig Dollar auf dem Konto und keine neue Arbeit in Aussicht.

Auf dem Weg zurück ins Weiße Haus hielt ich mir immer wieder vor Augen, wie redlich und ehrenhaft ich war, welche Schönheit und Tiefe dem Opfer eignete, das ich gebracht hatte, und wie wichtig Integrität war. Ich hoffte jedenfalls, dass sie Eleanor wichtig war, die niemals eine Arbeitsstelle hatte suchen oder aufgeben müssen, und tatsächlich war sie hocherfreut. Sie war überzeugt, dass ein lebenswertes Leben immer damit einherging, Opfer zu bringen, je mehr desto besser. Jetzt haben wir mehr Zeit füreinander, sagte sie. Jetzt haben wir unser Leben. Womit sie meinte, dass ich nicht länger befürchten musste, sie zu verraten, und sie nicht befürchten musste, von mir verraten zu werden, und dass ich meine Zeit nicht mehr mit verlotterten Männern vergeuden würde, die fluchten und schon vormittags Scotch tranken. Sie umarmte mich und sagte: Ich glaube, es ist besser so, Liebste. Wie aufs Stichwort rollte in diesem Moment Franklin herbei und verkündete: Wir haben eine Stelle für Sie, Hicky.

Ich weiß bis heute nicht, wer von ihnen als Erster auf die Idee kam, aber sie sagten mir beide, ich solle mit Harry Hopkins sprechen, der jemanden für Reportagen und Recherchen zur Unterstützung der Federal Emergency Relief Administration suche. (Sie berichten Harry einfach, wie schlimm die Lage ist, sagte Franklin. Verstehen Sie sich als Reporterin, nicht als Sozialarbeiterin.) Sie sagten mir beide, ich würde besser bezahlt werden als bei Associated Press. Hopkins stellte mich innerhalb von zehn Minuten ein, er hielt meinen Lebenslauf hinter dem Rücken und blickte aus dem Fenster, als läse er von einem Manuskript ab. Danke, Miss Hickok, ich werde mich auf Ihre Berichte verlassen, sagte er, den Blick immer noch abgewandt.

Ich eilte zu Eleanor zurück und sagte ihr, ich hätte die Stelle bekommen, und sie lächelte.

Um fünf kam eine der Hausangestellten und sagte mir, ich solle auf einen Drink nach unten kommen. Franklin und

Eleanor brachten einen Toast auf mich aus: Besser, Sie sitzen hier bei uns im Zelt und pinkeln nach draußen, Hick.

Wir planten einen Urlaub. (Ich will alles mit dir zusammen erleben, sagte Eleanor.) Wir konnten Franklin ausreden, jemanden vom Geheimdienst mitzuschicken, beluden das Auto und winkten ihm von der Auffahrt aus zu. Er winkte von der Veranda zurück. Benehmt euch, rief er. Wir winkten ein weiteres Mal.

Wir dachten, wir wüssten alles Entscheidende übereinander, und nichts von dem, was einmal entscheidend werden sollte, zeigte sich auch nur als Staubkörnchen im goldenen Licht. Wir hatten unsere junge Liebe und dieses wunderbare Land, Sorglosigkeit und Weite. Wir hatten Eleanors Sportwagen, einen hellblauen Buick Roadster, und genug Geld für alles, was wir brauchten oder wonach uns gelüstete. Eleanor wickelte sich ein Tuch ums Haar und ließ den einen Arm aus dem Wagen baumeln, wie ein Filmstar. Wir schwebten von Ort zu Ort, verliebt, verzückt, genossen jeden Tag, jede Sekunde, fuhren weiter, um weiter zu genießen.

Wir machten Rast und unterhielten uns. Ich sang für Eleanor jedes Kirchenlied, das mir nur einfiel, und zotige Lieder, bei denen sie sich die Ohren zuhielt. (Auf Hick reimt sich ziemlich viel.) Im Wagen türmten sich Tüten mit Salzbrezeln, nagelneue Sonnenbrillen, ein Haufen Landkarten, ein Beutel mit Eleanors Strickzeug, worüber ich lachen musste, ein Kartenspiel für alle Fälle und etliche Gedichtbände. (»Sturmnächte« rezitierte ich, während sie fuhr. »Ein Boot in Eden – Ach – das Meer! Verankert sein – heut nacht – In dir!‹ Verankert«, rief ich noch einmal, und Eleanor errötete. Ich liebe Emily Dickinson, sagte sie.)

Ich hatte meinen marineblauen Pyjama eingepackt und sie

ihr rosa Nachthemd, und eines Abends, in einem fast leeren Hotel in Vermont, zog sie meinen Pyjama und ich ihr Nachthemd an, und das Bett brach fast unter uns zusammen. Sie schrieb Franklin regelmäßig. Einfach damit er sich keine Sorgen macht, sagte sie. Grüß ihn von mir, sagte ich. Manchmal wurde sie von Leuten erkannt, dann blieben wir stehen, und ich zog mich zurück, ging zum Auto oder in einen Laden, damit sie die Limonade oder den Apfelwein probieren, die Kinder oder Ziegen oder Patchworkdecken bewundern oder für jemanden mit Kamera posieren konnte, was aber selten der Fall war, weil wir da oben so fern von der modernen Welt waren. Sie war ursprünglich keine gute Rednerin gewesen, hatte sich aber zu einer entwickelt. Witze erzählen konnte sie nicht ums Verrecken. Aber Eleanor konnte zuhören. Jeder Mensch, mit dem sie sprach, war ihr Held. Zorniger Holzfäller, blinde Witwe mit Scharonsblumen-Quilt, hoffnungsvoller Musiker, dankbare Krankenschwester am Ende der Nachtschicht, Mutter von sechs Kindern, deren Hand in der Fabrik zerquetscht worden war. Sie trat nah heran. Sie neigte den Kopf, hielt inne und hörte zu. Hatte sie eine gute Stellung gefunden, rührte sie sich nicht mehr. Keine Sekunde lang erweckte sie den Eindruck, an irgendetwas anderes zu denken als an die Geschichte, die man ihr gerade erzählte. Stockte man, weil man erschöpft oder verlegen war, beugte sie sich weiter vor, als könnte sie es nicht ertragen, wenn man sich jetzt, in diesem innigen Moment, von ihr abwendete.

Wir genießen es, wenn uns mächtige Menschen ihre Aufmerksamkeit schenken, fühlen uns geschmeichelt von der unerwarteten Gunst, aber Eleanor war kein strahlendes Licht, dessen Glanz diese kleinen Leute nur kurz streifte. Sie wollte die Seele der Menschen erreichen, die mit ihr sprachen, jeden Tag aufs Neue. Sie neigte einem den Kopf zu, als gäbe es für sie in diesem Moment einzig und allein die Zeit und den Raum, die nötig waren, damit zwei Menschen sich einen Augenblick lang lieben konnten.

Wir begegneten hauptsächlich Farmern und älteren Republikanern, Leuten, die nicht in die Zeitung schauten, wenn sie es irgend vermeiden konnten, die Lokalnachrichten, den Sportteil und die Futterpreise ausgenommen. Meistens waren wir einfach Jane und Janet Unbekannt, wir gingen untergehakt und flüsterten einander ins Ohr. Frauen mittleren Alters, die einander mochten: Schwestern, Cousinen, beste Freundinnen. Wir blieben für uns, wenn man von Eleanors ausgeprägtem Wunsch absah, zu allen Menschen nett zu sein, und die meiste Zeit dachten die Leute von uns, was man eben so von Frauen mittleren Alters denkt, und mehr auch nicht.

Wir genehmigten uns eine Pause von den Ziegen und Patchworkdecken, und Eleanor fuhr uns nach Quebec, ins Château Frontenac; schon am Stadtrand sagte sie: Mach die Augen zu. Ich glaube, wenn ich mal eine alte Frau bin und man schreien muss, um meine Aufmerksamkeit auf sich zu lenken, wird es reichen, wenn jemand leise »Château Frontenac« murmelt, und schon werde ich lächeln wie eine Katze, die bis zu den Knien in Sahne steht. Eleanor tat für uns, was sie für sich allein nie getan hätte, und sie tat es im großen Stil, mit Goldrand. Für ein paar Tage schwelgten wir in verschwenderischstem französisch-kanadischem Luxus. Wir erhielten Massagen von zwei starken Frauen, die mit zwei Massagebänken und Picknickkörben voll warmer Handtücher und Rosen- und Orangenöl in unsere Suite kamen. Ich tat so, als wäre ich gerade zufällig vom Schlafsofa im Wohnzimmer herübergekommen. Sie stellten die Massagebänke auf und gaben uns zu verstehen, dass wir uns ausziehen und in Laken hüllen sollten. Wir taten wie geheißen und tapsten zu den

Bänken hinüber, um uns von diesen finster dreinblickenden Frauen, die unsere Sprache nicht sprachen, einreiben und kneten zu lassen. Unsere Gesichter waren nur einen halben Meter voneinander entfernt, unsere Körper glänzten vom duftenden Rosenöl.

Ich sagte: »Das ist zu schön, um wahr sein.«

»Ich weiß«, sagte Eleanor. »Nach dem Mittagessen kommt die Maniküre.«

Ich sagte zu Eleanor, das ist unsere Fahrt ins Land Erewhon, und sie stimmte mir zu. Unser persönliches Nowhere, sagte sie, liegt nördlich von Maine. Hol schon mal deinen Pullover heraus. In der Abenddämmerung erreichten wir eine Hütte mit Blick aufs Meer, und wir luden das Auto aus, ehe es ganz dunkel wurde. Wir teilten uns einen Brandy und die restlichen Salzbrezeln und standen in unserer Nachtwäsche auf der kleinen Veranda, die große Steppdecke um unsere Schultern gelegt. Der gescheckte, strahlend helle Mond zog die Flut wie einen silbernen Teppich auf den dunklen Kiesstrand. Der Himmel hätte von Sternen übersät sein müssen, aber er war einfach nur tiefblau, wie das Meer darunter, bloß der Abendstern war zu sehen.

»Ich wünsche mir jetzt etwas«, sagte ich.

Wir aßen Kartoffelpfannkuchen zum Frühstück. (In jedem Café und jedem Diner standen Kartoffeln auf der Karte. Wir aßen sie gerieben mit Butter und Käse aus der Kartoffelschale, was köstlich war, und gestampft als Beigabe zu Schokoladenkuchen, was nicht köstlich war.) Wir gingen spazieren und entwarfen unser Traum-Cottage. Manchmal war es eine Variante von Val-Kill, Eleanors geliebtem Cottage in Hyde Park, einem regelrechten Labyrinth von Zimmern, mit viel Platz, einer Bibliothek und einem großen Speisezimmer. Manchmal war es ein Cottage auf Long Island – wo ich jetzt lebe –, von Rosen umrankt und mit Blick auf den Sound. An einem Abend machte ich Schattenspiele, zeigte alles, was wir von unserer Traumveranda aus sehen würden. Ich ließ einen Fuchs, einen Reiher, ein Eichhörnchen und ein sich küssendes Paar an der Wand erscheinen, mehr Figuren konnte ich nicht. Wir aßen ein Thunfischsandwich am steinigen, windigen Strand und richteten unsere Traumwohnung in Greenwich Village ein. Wir malten uns Reisen an Orte aus, an denen wir beide noch nie gewesen waren. Wie wär's mit der Gaspé Bay, sagte ich. Da waren wir noch nie. Baie de Gaspé, sagte sie. Also gut, sagte ich. Nehmen wir noch Upper Gaspé, Land's End und die Chaleur Bay dazu. Nicht zu vergessen Armonk und Massapequa. Hauptsache das Nachtleben tobt.

Ich stellte mir vor, wie Eleanor ihren Kindern von uns erzählen würde. Wären sie tatsächlich noch Kinder gewesen, hätte ich wohl bessere Karten gehabt. Wären sie noch Kinder gewesen, hätte ich ihnen selbst von uns erzählt. Kinder mochten mich. Ich verteilte großzügig Süßigkeiten und schimpfte wenig. Ich konnte einen Angelhaken beködern, Kartenhäuser bauen und Erdbeerkuchen backen. Ich zwinkerte ihnen hinter dem Rücken ihrer Mutter zu, wenn sie nach dem letzten Plätzchen griffen, und fand es schön, wenn ein kleines Kind auf meinen Schultern saß. Ich hatte ein Händchen für Kinder, aber die Roosevelt-Söhne waren verzogen und hohl und unendlich fordernd, und Anna war hübsch und durchtrieben. Hätte sie eine ausgeprägtere Arbeitsmoral gehabt, hätte sie bei L'Étoile du Nord Burlesque-Tänzerin werden können. Ich empfand ihnen allen gegenüber, was hart arbeitende arme Leute gegenüber den Reichen empfinden (nicht unbedingt Bewunderung und Zuneigung), und sie empfanden mir gegenüber, was Kinder für die Person empfinden, die das Herz ihrer

Mutter gewonnen hat. Anna könnte ich vielleicht auf meine Seite ziehen, aber allein die Vorstellung, Eleanors Söhnen irgendetwas zu erzählen, lähmte mir die Zunge.

Eleanor sagte, wir müssten doch keine offizielle Erklärung abgeben.

»Wir bestellen sie ja nicht ins Oval Office ein. Es gibt keinen Grund, das an die große Glocke zu hängen.«

Sie saß so da, wie wenn sie ihren Kindern eine Strafpredigt hielt, mit straffem Rücken und gefalteten Händen. Ich warf ein Kissen nach ihr, und sie duckte sich.

»Es ist das Ende seiner Amtszeit –«

»Er wird eine zweite haben«, sagte ich.

Sie runzelte die Stirn.

»Ich habe nichts gesagt. Sprich weiter.«

»Wir sagen ihnen: ›Ihr Lieben, jetzt wo Vater nicht mehr Präsident ist, haben er und ich die Gelegenheit, weiter im Staatsdienst zu arbeiten und unsere Ehe fortzuführen. Aber zugleich werden wir auch getrennte Wege gehen.‹«

»Was nichts Neues ist«, sagte ich.

»Stimmt. Ich sage natürlich auch, dass Franklin und ich immer ein Team bleiben werden.«

»Natürlich«, sagte ich. »Boola boola.«

»Wir sind nicht in Yale«, sagte sie kopfschüttelnd.

»Und anschließend bricht Junior zusammen, als hätte ihn eine Kugel getroffen, Jimmy betrinkt sich, John fordert eine Taschengelderhöhung, und Elliott kreischt: ›Und wer kümmert sich um unseren armen Herrn Papa?‹«

»So viel trinkt Jimmy gar nicht. Ich sage ihnen: ›Euer Vater und ich lieben uns, und unsere Ehe wird fortbestehen.‹ Und dann: ›Ihr könnt ihn auf Campobello besuchen, und uns könnt ihr in …‹«

Sie wischte sich die Augen.

»Das ist ein dummes Spiel«, sagte sie. »Wenn es so weit ist, werden wir einfach ins Val-Kill-Cottage ziehen, du und ich, und damit hat sich die Sache.«

»Das ist mehr als genug«, sagte ich.

Wir glauben immer, wir würden alles in Erinnerung behalten, und am Ende erinnern wir uns an fast nichts. Selbst wenn das Auto nur vierzig fährt, ist es immer noch zu schnell. Die Bäume sind verwischte grüngraue Flecken, das Restaurant, wo wir uns über die Schreibfehler auf der Speisekarte halbtot lachten, ist längst von der Bildfläche verschwunden. Neongrüne Streifen und flamingorosa Blitze erleuchten den Himmel in einer Winternacht in Maine, und wir denken, oh, dieses Nordlicht, das werden wir nie vergessen, und dann vergessen wir es doch. Was wir in Erinnerung haben, ist dieses wellig gewordene Bild in der linken Schublade (Presque Isle, Maine, 1934) oder ein hinreißendes halbseitiges Foto aus einem alten Reisemagazin, aber das, was wir sahen, als wir Händchen haltend das Kinn in den Himmel reckten, wie um in dieses zuckende, funkelnde Leuchten einzutauchen, das sahen wir nur für zehn Sekunden und dann nie wieder.

Sie liebte das Theater. Sie war verrückt nach Cole Porter, und es gab keinen Song von ihm, den sie nicht gekannt hätte. Sie nickte allen zu. Sie drückte jede Hand. Die Beleuchtung im Zuschauerraum wurde gedämpft, und Eleanor küsste mich auf die Handfläche und flüsterte mit der Musik: *You're the top. You're Mahatma Gandhi. You're the top. You're Napoleon Brandy.* Ich dachte: Das vergesse ich nie. Und ich habe es nicht vergessen.

Wir waren im Rosengarten und duckten uns hinter eine blassrosa Rosensäule, um uns zu küssen. Wir gingen an dem Mann vom Geheimdienst vorbei nach oben, und Eleanor sagte: Guten Abend, Wyatt. Ich muss etwas an meiner Kleidung richten, und er sagte sehr herzlich: Ja, Ma'am. Sie fragte: Die Party dauert doch sicher noch zwei Stunden, oder was meinen Sie?, und er schaute auf seine Uhr. So wurde es uns gesagt, Ma'am. Wir liefen im Sturmschritt zu ihrem Schlafzimmer, als wären wir wild entschlossen, so schnell wie möglich eine Sicherheitsnadel zu finden. Ihr mit Pailletten besetztes Jäckchen glitt zu Boden und mit ihm das kunstvolle Ansteckbukett aus drei weißen Orchideen, das in ungefähr einer Stunde wieder am Platz sein musste. Sie sagte: Fass das Ding nicht an. Sie zog mich aufs Bett. Ich dachte nicht: Hoffentlich vergesse ich das nie. Trotzdem habe ich es nicht vergessen.

ERSTER TEIL

GLÜCK IST NICHT ZUFALL

1932 war mein Vater tot, und mein Stern war im Aufgehen. Ich konnte schreiben. Man hielt nach meinem Namen Ausschau. Ich hatte einen Riesensprung vom *Milwaukee Sentinel* nach New York gemacht, weil ich die einzige Frau war, die sowohl über die Entscheidungsspiele im Football der Big Ten als auch über den großartigen Smith-Skandal schrieb (schwachköpfiger Miederwarenvertreter und seine dralle Mätresse schneiden deren Gatten den Kopf ab und verstecken ihn in der Badewanne). Ich hatte erst beim *Daily Mirror* in Brooklyn ordentlich geklotzt und war dann zu Associated Press gewechselt. Ich hatte eine kleine Wohnung mit handtellergroßem Fenster und Etagenklo. Ich besaß eine Bratpfanne, zwei Teller und zwei Kaffeebecher. Meine Freunde waren Zeitungsleute, meine Freundinnen oft Korrektorinnen (scharfer Verstand, sanftes Wesen), und ich war, was man eine Reporterin nannte. Meine Artikel erschienen unter meinem Namen, und alle wussten, dass ich nicht über Hochzeiten berichtete. Es lief gut.

Die Männer spendierten mir Drinks, und ich gab jeden Abend eine Runde aus, bevor ich nach Hause ging. Sie redeten vor mir über ihre Frauen und ihre Geliebten, und ich zuckte nicht mit der Wimper. Rümpfte nicht die Nase. Ich nahm Anteil. Egal ob die Frau ihre Tage hatte oder die Geliebte einen Braten in der Röhre oder ob einer von ihnen vor verschlossener Tür gestanden hatte, ich sagte immer, das sei wirklich hart. Ich nippte an meinem Scotch. Ich blieb souverän und schaute freundlich. Ich sagte den Kerls nicht, dass ich genauso war wie sie, dass ich eher ein Dutzend Mädels von der falschen Sorte beschlafen und in einem Dutzend Stundenhotels ohne mein Portemonnaie, aber mit ein paar neuen Kratzern aufwachen würde, als mich an eine Frau und ein paar Bälger zu binden. Ich gab vor, zwar noch nicht den richtigen Mann gefunden zu haben, aber sehr wohl einen zu wollen. Ich gab vor, ihre Frauen zu beneiden, und das kostete mich einige Mühe.

(Ich war nie auf eine Ehefrau oder einen Ehemann neidisch gewesen – bis ich Eleanor kennenlernte. Dann allerdings hätte ich alles, was ich je an Gutem erlebt hatte, jede Limousinenfahrt, jedes Nacktbaden, jeden namentlich gekennzeichneten Artikel und jeden entspannten Spaziergang gegen das eingetauscht, was Franklin hatte, inklusive Polio und allem Drum und Dran.)

Es war der perfekte Abend, um in einer Bar in Brooklyn zu sitzen und darauf zu warten, dass es anfing zu schneien. Ich winkte nach einem weiteren Bier, und ein junger Mann von den Lokalnachrichten, stämmig und rotgesichtig wie ich, brachte es mir herüber und fragte dann: »Hick, heißt dein Vater zufällig Addison Hickok? Du kommst doch aus South Dakota?«

Ich sagte, ja, das stimme, und ja, das sei mein alter Herr.

Tut mir leid, sagte er, anscheinend hat er sich umgebracht. Es ist gerade über den Ticker gekommen, eine Welle von Selbstmorden in der Dust Bowl. Er war Handelsvertreter, oder? Tut mir leid.

Schon gut, sagte ich. Ich konnte ja schlecht sagen, ich gebe eine Lokalrunde aus, weil man Vater tot ist und ich nicht nur froh darüber bin, sondern verdammt froh. Kein Mann trinkt einer Frau zu, die so etwas sagt. Ich legte fünfzig Cent unter mein Glas und machte mich auf den Weg nach Hause, und dort empfing mich ein Brief von Miz Min, der zweiten Frau meines Vaters, in dem sie fragte, ob ich ihr Geld für die Beerdigung schicken könnte. Ich zündete den Umschlag an der Glut meiner Zigarette an und fuhr nach New Jersey.

Ich war bei Associated Press die Nummer eins in Sachen Entführung des Lindbergh-Babys. Es gab einen Wettlauf darum, wer die Story als Erstes bringen würde, und die *Daily News* gewann, mit einem riesigen, grobkörnigen Foto des Babys und der Schlagzeile »Lindys Baby entführt« – kurz und prägnant; die Schlagzeile der *Times*: »Lindbergh-Baby aus Elternhaus auf Farm nahe Princeton entführt«, war präziser, aber eben nicht die erste. Bei der *Times* verzichtete man auf plumpe Vertraulichkeit, aber mal ehrlich, wen kümmert es schon, ob das Baby von einer Farm oder einer Ranch oder aus einem Kleefeld geraubt wird.

THE DAILY NEWS, 2. MÄRZ 1932

Das berühmteste Baby der Welt, Charles A. Lindbergh Jr., wurde gestern Abend zwischen 19.30 und 22.30 Uhr aus seinem Kinderbettchen im Erdgeschoss seines Elternhauses in Hopewell, N. J., geraubt.

Anne Morrow Lindbergh, die Frau des auch als Lone Eagle (Einsamer Adler) bekannten Piloten, entdeckte um 22.30 Uhr, dass ihr 20 Monate alter Sohn nicht mehr da war. Ihre Mutter, Mrs Dwight W. Morrow, die bei dieser Gelegenheit bekannt gab, dass Mrs Lindbergh ihr zweites Kind erwartet, befürchtet, der Schock könnte ernste Folgen haben.

Anne rief sofort Col. Lindbergh herbei, der im Wohnzimmer saß. Da er dachte, das Kindermädchen habe das Kind vielleicht aus dem Bett genommen, stellte der berühmte Pilot zunächst selber Nachforschungen an, ehe er die Polizei benachrichtigte.

So schnell über Radio, Telefon und Telegraf Alarm geschlagen werden konnte, begann die größte polizeiliche Suchaktion aller Zeiten.

Siebzig Polizisten aus Morristown, Trenton, Somerville und Lambertsville sprangen auf ihre Motorräder und in ihre Autos und rasten los, um in einem Umkreis von hundert Meilen rund um Princeton, das zehn Meilen westlich des Lindberghschen Wohnsitzes liegt, das Land zu durchkämmen.

Bis Mitternacht war die Suchmeldung per Fernschreiber in insgesamt fünf Staaten verbreitet worden. Der New Yorker Polizeichef Edward P. Mulrooney, der von der Nachricht aus dem Schlaf gerissen wurde, übernahm höchstpersönlich die Leitung der Suchaktion in New York City, die sich auch auf Fähren, Tunnel und Brücken erstreckte. In Pennsylvania, Delaware und Connecticut warf die Polizei ebenfalls ihre Netze aus.

ENTFÜHRER DURCHS FENSTER EINGESTIEGEN

Das Baby der Lindberghs, das von seinem Kindermädchen für die Nacht umgezogen und zu Bett gebracht worden war, lag schlafend in seinem Kinderzimmer im Erdgeschoss des Landhauses, als es geraubt wurde. Der oder die Entführer stiegen offenbar durch ein Fenster ein und brachten das Kind auf diesem Weg auch aus dem Haus.

Im ersten Stock des Hauses wurde eine Nachricht unbekannten Inhalts gefunden. Ob es sich um eine Lösegeldforderung handelt, war nicht zu erfahren – allerdings gibt es einige Stimmen, die das für wahrscheinlich halten.

So ging es noch über mehrere Spalten weiter, der Nachbar mit dem grünen Auto (der absolut nichts mit der Sache zu tun hatte) wurde ebenso erwähnt wie die liebevolle und spielerische Meinungsverschiedenheit, die es anscheinend zwischen den Lindberghs gegeben hatte, als es darum gegangen war, wie das Baby heißen soll, und durch deren rührselige Darstellung (Wie wollen wir den kleinen Adler nennen?) das Ausmaß der so wahrscheinlichen wie unwiderstehlichen Tragödie noch besonders hervorgehoben wurde.

Ich rutschte im schmutzigen Schnee von New Jersey herum, hielt nach Fußspuren Ausschau und war zufrieden wie eine Rose in der Sonne. Tag für Tag erschienen Artikel unter meinem Namen. Morgen für Morgen kroch ich aus meinem armseligen Motelbett und sang, während ich mich anzog. Wo immer ich hinging, hatte ich Doughnuts, Zigaretten und dreckige Witze im Gepäck, und als man in Hopewell, New Jersey, Reportern den Zugang verwehrte, war ich nicht unter ihnen. Ich saß in einem eiskalten Zimmer mit Mantel und Hut an der Schreibmaschine, schrieb einen Artikel nach dem anderen herunter, folgte einem Hinweis nach dem anderen. Es war besser als jede Radioserie. Dreizehn Erpresserbriefe und eine Reihe verrückter Charaktere, darunter John Condon, Direktor einer Highschool, der aus dem Nichts auftauchte und sich als Vermittler zwischen Lindbergh und den Entführern anbot. John Condon wirkte seriös, bescheiden, tief bekümmert und war, würde ich sagen, der beste Hochstapler, den ich je erlebt habe. Niemand von uns fand heraus, was er letztlich im Sinn hatte. Wäre der arme Richard Hauptmann, der Entführer, so clever gewesen wie John Condon, wäre er nicht auf dem elektrischen Stuhl gelandet. Und wäre der arme Richard Hauptmann kein Deutscher gewesen, hätte ihm die Presse nicht den Spitznamen »Bruno« verpasst und wir hätten nicht so tun müssen, als wären die beiden Augenzeugen, die gegen ihn aussagten, irgendetwas anderes als blind und pleite. Ich konnte schreiben, was ich wollte, konnte jeden noch so abwegigen Hinweis aufgreifen (ein Fetzen blauen Stoffs in Maryland, ein geheimnisvoller Mann in Rhode Island), solange der Kern der Geschichte unangetastet blieb: Amerikanischer Held und seine Frau suchen vermisstes Baby.

Insofern wir die Polizei, J. Edgar Hoover und das FBI der Korruption und schlichten Verzweiflung verdächtigten, behielten wir das für uns. Lindbergh war unberührbar. (Wen kümmerten schon seine »America First«-Reden, in denen er den Juden die Schuld am Antisemitismus gab. Wen kümmerte es, dass sein berühmtes jungenhaftes Lächeln aufstrahlte, als er 1938 in Berlin von Göring den Verdienstorden vom Deutschen Adler verliehen bekam, mit den besten Wünschen von Hitler. Wen vor allem kümmerte es, dass Lucky Lindy sein Baby ganze vier Monate vor der Entführung selbst in einem Wäscheschrank versteckt hatte, während Anne Morrow Lindbergh, seine Frau, hysterisch weinend das ganze Haus absuchte. Bis er ihr das Baby überreichte. Was für ein Spaßvogel.)

Ich war überzeugt, dass Lindbergh John Condon angeheuert hatte. Ich glaubte, Lindbergh habe das Baby aus Versehen umgebracht und versuche das nun mit der Verwegenheit und Präzision, für die er bekannt war, zu vertuschen. Und als das arme Kind, bereits am Verwesen, schließlich vier Meilen vom Haus entfernt mit eingeschlagenem Schädel gefunden wurde, hatte der arme Deutsche Richard Hauptmann keine Chance.

Ich schrieb nicht die Story, die ich eigentlich schreiben

wollte, und alle wussten es. Steck's auf, sagte mein Chef zu mir. Berichte zur Abwechslung mal über Eleanor Roosevelt, ihr Alter ist auf dem Weg ins Weiße Haus. Ich sagte nicht nein. Albany war ein Kaff und Eleanor Roosevelt womöglich nett und langweilig, so erzählte man sich jedenfalls, aber ich war mir ziemlich sicher, dass sie nicht ihr eigenes Kind umgebracht und einen Unschuldigen dafür auf den elektrischen Stuhl befördert hatte.

Nett und langweilig war sie in den ersten fünf Minuten. Ich saß direkt neben ihr in einem verblichenen Samtsessel im altmodischen Salon der Gouverneursvilla in der Eagle Street, betrachtete ihr billiges, zweckmäßiges Sergekleid und ihre flachen Schuhe und dachte: Wer um alles in der Welt hat dir die Kleider ausgesucht? Ich schaute genau hin, um mir Notizen machen zu können, und dann schaute ich weg, um höflich zu sein. Sie schenkte uns Tee ein, und ich nahm sehr wohl ihre schönen Hände wahr und den sehr schlichten Ehering, der etwas locker am Finger saß. Wir plauderten. Wir nippten. Ich machte ein paar Bemerkungen über die Republikaner, und sie lachte, und zwar nicht nur aus Höflichkeit.

Sie fragte mich nach dem Fall Lindbergh, ich schilderte ihr meine Einschätzung, und sie schüttelte den Kopf über Lindbergh. Ich ziehe Amelia Earhart vor, sagte sie. Sie war Sozialarbeiterin, bevor sie Pilotin wurde, wissen Sie? Nicht nur das, dachte ich, aß dann aber doch lieber ein Plätzchen.

Wir unterhielten uns über den großartigen Staat New York und darüber, was seine Einwohner brauchten, und dann war es Zeit fürs Abendessen, und es gab eine mit Sherry verfeinerte Pilzsuppe, die ich heute noch schmecke. Wir aßen und unterhielten uns bis spät abends. Sie erzählte mir, ihr Mann sei der Ansicht, dass es die Aufgabe der Regierung sei, den

Menschen zu helfen. Ich nickte. Allen Menschen, sagte sie. Sie erzählte mir von Louis Howe, Gouverneur Roosevelts Wahlkampfleiter, den sie zu bewundern gelernt habe. Es hat ein bisschen gedauert, sagte sie. Einige Leute hielten ihn für einen Machiavelli. Er sei ungehobelt, sehr direkt und ein zutiefst politischer Mensch. Aber zugleich, sagte sie, ist Louis Howe der freundlichste, loyalste, anständigste Mensch, den ich kenne. Als mein Mann an Polio erkrankt ist – sie schlug die Hand über den Mund. Bitte schreiben Sie das nicht. So etwas möchte ich in der Zeitung nicht zum Thema machen. Ich strich ostentativ einen Satz durch. Wir belassen es bei Louis Howe und seinen guten Eigenschaften, sagte ich. Und jetzt bitte noch etwas Erbauliches, wir wollen mit ein paar positiven Worten zum Gouverneur und seinem Kampf ums Weiße Haus schließen.

»Der Sinn demokratischen Lebens besteht nicht darin, die Maßstäbe zu senken, sondern sie da, wo sie zu niedrig sind, anzuheben.«

»Sehr gut«, sagte ich.

Sie betätigte eine Klingel und fragte: Wie wär's mit einem Sherry? Ihre Augen waren hellblau, dann dunkelblau, seeblau. Ich sah etwas darin aufflackern und wieder verschwinden, eine Zündflamme des Interesses.

Ich legte mein Notizbuch weg, und wir saßen zusammen, tranken Sherry und hörten Opernmusik, bis ein Hausmädchen hereinkam und fragte, ob sie mir meinen Mantel bringen solle.

Mrs Roosevelt, ich gehe äußerst ungern, sagte ich, aber ich habe einen Artikel abzugeben. Sie sagte, stellen Sie mich nicht allzu naiv dar, Miss Hickok. Ich sagte, das könnte ich gar nicht, selbst wenn ich es wollte, worauf sie sagte, das sei wohl die erste Lüge, die sie an diesem Abend von mir gehört habe. Wir standen beide auf, und sie half mir in den Mantel. Wir betrachteten einander in dem prächtigen goldgerahmten Spiegel, und sie rückte meinen Hut zurecht. Dann sagte sie: Wir sind erwachsene Frauen und tun beide unsere Arbeit. Nennen Sie mich Eleanor. Ich lächelte auf dem gesamten Heimweg.

Während des Wahlkampfes sahen wir einander jede Woche, und was ich da sah, gefiel mir so gut, dass ich vorschlug, in Vollzeit für Associated Press über sie zu berichten, als Roosevelts Kampf ums Weiße Haus in die heiße Phase ging. Meinem Chefredakteur gefielen meine Artikel, und manchmal sagte er: Die Frau hat gute Sätze auf Lager. Mir wiederum gefielen ihre Körpergröße und ihre Energie. Mir gefielen ihr ausholender, lässiger Gang und ihre fortschrittlichen Prinzipien. Sie beleidigte Konservative und Feiglinge, sobald sie den Mund aufmachte, und ich schrieb alles mit. Sie lächelte, wenn sie mich kommen sah, und ich ebenso. Wenn wir zusammen frühstückten, nahm ich manchmal ein Würstchen von ihrem Teller.

Ende Oktober rief sie mich an und sagte mir, die Mutter von Franklins Sekretärin sei gestorben. Ich hatte Missy LeHand schon kennengelernt, ein Ausbund an Takt und Kompetenz, Chefsekretärin des Gouverneurs und vermutlich mehr. Dutzende von Reportern, darunter auch ich, hatten Missy spätabends sehr nah bei Gouverneur Roosevelt sitzen und ihm die Schultern massieren sehen. Eleanor sagte, sie wolle nicht allein mit der lieben, trauernden Missy nach Potsdam, New York, fahren, und Franklin werde sich ganz gewiss nicht einem Ansturm hoffnungsvoller, flennender Weiber aussetzen (nicht dass Eleanor das so formuliert hätte). Sie fragte: Wollen Sie nicht mitkommen, Hick? Es ist eine ziemlich lange Fahrt, wir werden uns besser kennenlernen, und danach können wir ein Kraftwerk besichtigen. Wir können uns unterwegs auch anschauen, wo der Sankt-Lorenz-Seeweg gebaut werden soll.

Ich hatte gerade weder Freundin noch Hund. Ich packte meine Sachen.

Bevor wir in den Zug stiegen, gingen wir noch in ein Warenhaus, wo sie sich ein paar Taschentücher besorgen wollte. Nur wenige Köpfe drehten sich nach uns um. Ich sagte, ich könne einen neuen Schal gebrauchen. Wir gingen zusammen durchs Kaufhaus, und zwischendurch hakten wir uns unter, wie zwei Damen beim Einkaufsbummel. Wir fanden schlichte Leinentaschentücher für sie, und ich hielt einen roten Seidenschal hoch und legte ihn wieder hin. Todschick, sagte sie. Den sollten Sie nehmen. Wir saßen nebeneinander im Kaufhaus-Café, das für mich als Jugendliche der Himmel auf Erden gewesen wäre, ein sauberer Ort zum Essen, wo man von adretten Frauen die Getränke gebracht bekam und von Seidenblumen umgeben war. Ich bestellte mir ein gegrilltes Schinken-Käse-Sandwich und wünschte, in dem Café würde Bier ausgeschenkt. Eleanor, die sich gern anspruchslos und bescheiden gab, bestellte sich eine Erbsensuppe. Dazu gab es kleine runde Cracker, und nachdem sie ihr Tütchen in den Suppenteller geleert hatte, schaute sie auf meinem Teller nach, ob ich zu meinem Sandwich auch welche bekommen hatte.

»Fragen Sie doch einfach, ob Sie noch ein paar Cracker kriegen können«, sagte ich.

»Das ist schon in Ordnung. Wir haben bekommen, was wir bestellt haben«, sagte sie.

Ich bedachte die Kellnerin mit einem breiten Lächeln und einem kleinen Winken. Als sie vor uns stand, bat ich um drei weitere Tütchen Cracker. Eleanor verschränkte irritiert die Hände, dann fasste sie sich ein Herz.

»Die Cracker sind einfach köstlich, Miss«, sagte sie. »Wenn sie nicht im Preis enthalten sind, setzen Sie sie bitte einfach auf die Rechnung.«

Ich sagte: »Niemand wird der künftigen First Lady vorwerfen, dass sie sich auf Kosten der Arbeiterklasse den Bauch mit Crackern vollschlägt.«

Sie lachte, und dann legte sie zwei der drei Tütchen ungeöffnet auf meinen Teller.

Im Zug nach Potsdam setzte sich Eleanor neben Missy. Ich gab vor, zu lesen. Sie hielt Missys Hand. Missy sagte, sie finde Beerdigungen schrecklich. Sie sagte, sie lasse den Präsidenten nicht gern so lang allein, und Eleanor lächelte. Niemand kann Sie ersetzen, sagte sie. Eleanor überließ Missy den Salonwagen, und wir nahmen den Schlafwagen. Danach dachte ich nicht mehr an Missy.

Eleanor und ich konnten den Blick nicht voneinander lösen. Wir pressten die Knie gegeneinander. Wir tätschelten einander den Arm. Wir teilten uns die Sandwiches. Teilten uns einen Apfel, dann Trauben, pflückten sie abwechselnd von der Rispe. Wir redeten und redeten dort in ihrem Schlafabteil, und abends gegen zehn wurde mir klar, dass sie kein Nachthemd anziehen würde, oder was immer sie nachts trug. Ich hatte meinen marineblauen Sulka-Pyjama, vornehm und über jeden Verdacht erhaben, in meine Reisetasche gepackt, aber unaufgefordert wollte ich ihn nicht herausholen. Marineblaue Sulka-Pyjamas, wie sie der Duke of Windsor auf Geheiß von Wallis Simpson trug, fand man damals in jedem Modemagazin.

Ich war Wallis Simpson schon persönlich begegnet. Zwei Mal. Sie war nicht hübsch. Sie war eine magere Krawallmacherin aus einem beschissenen Südstaatenkaff, aber es war phänomenal, wie sie sich selbst neu erschaffen hatte, wie sie gutaussehende Rivalinnen ausgestochen und einen geselligen, nicht dummen, aber ziemlich rückgratlosen Angehörigen der königlichen Familie in ihren Liebessklaven verwandelt hatte. Wie so vielen reichen Leuten waren ihr Nazis lieber als Demokraten, und sie war berühmt dafür, dass sie nach oben buckelte und nach unten trat. Sie befürchtete immer, man könnte ihr anmerken, was sie einmal gewesen war: die unscheinbare Tochter eines Mehlhändlers aus Baltimore mit jeder Menge Charme und jeder Menge unbezahlter Rechnungen. Sie ließ Charme und Schulden hinter sich und machte auf ihre unmögliche Weise jenen von uns Hoffnung, die keine konventionellen Schönheiten waren.

Eleanor und ich waren keine konventionellen Schönheiten. Das sagten wir gern und betonten dabei lachend *konventionell*, als wären wir womöglich Schönheiten anderer Art. Wobei die Fotos der von meterweise Weiß umflossenen Eleanor an ihrem Hochzeitstag – das reizende Gesicht von ihrem hübschen dunkelgoldenen Haar gekrönt, die Hände voller Lilien – so bezaubernd sind, dass sich der Gedanke aufdrängt, die schrecklichen Fotos, die danach von ihr entstanden, seien alle von Republikanern aufgenommen worden. Als ich mich später tatsächlich mal über die Zeitschriftenfotos beklagte, fächerte Eleanor die schlimmsten auf und seufzte. Liebste, sagte sie, wenn man vorstehende Zähne und ein fliehendes Kinn hat, kann man dafür schwerlich den Fotografen verantwortlich machen. Aber genau das tat ich. Ich fand auch die Bilder von mir furchtbar (man muss die Arme mindestens fünfzehn Zentimeter vom Körper weghalten, damit man nicht wie ein Koloss aussieht, hat mir mal eine Freundin von Eleanor gesagt), aber Eleanor mochte Eitelkeit nicht, also tat ich so, als wüchse ich da mit der Zeit heraus.

Im Zug tranken wir Sherry, während die Sonne unterging, und sahen zu, wie die Welt in Sonnenuntergangsgelb und -rosa vorüberzog, Felder und Seen, kleine Häuser mit struppigen Gärten, aufgehängte Wäsche, hohe, schmale Bäume, die sich das Licht wegnahmen, und morgens um zwei, beste Wachzeit im Nachtzug, weinten wir umeinander.

»Meine Mutter«, sagte sie, »war außerordentlich schön. Ihre Schönheit war legendär. Und sie fand mich ... enttäuschend. Ich war reizlos, weißt du, und schüchtern, und meine Mutter hat Partys geliebt, Ausgelassenheit. Ich war leider ein ernstes kleines Ding.«

Ich drückte ihre Hand.

»Für meinen Vater«, sagte sie und entzog mir ihre Hand, »war ich ein Wunder, ein Geschenk des Himmels. Er hat alles gelobt, was ich tat. Er hat mich zu Tapferkeit und Selbstständigkeit ermuntert. Hat mich angespornt, zu glänzen und meine Meinung zu sagen.«

Sie senkte den Blick.

»Ich kann das nicht so gut, wie ich sollte. Aber er wollte, dass ich eine starke Persönlichkeit werde und auf eigenen Füßen stehe. Leider hatte er selbst gewisse Schwierigkeiten.«

Ich sagte, ob reich oder arm, jeder Mensch habe mit seinen Dämonen zu kämpfen, und dann fügte ich hinzu, eigentlich wolle ich sagen, jeder Mensch habe zu kämpfen, und da sei es besser, reich zu sein.

Eleanor sah aus dem Fenster.

»Als ich noch ziemlich klein war, zweieinhalb, sind meine Eltern, mein Kindermädchen – eine wunderbare junge Frau – und meine Tante Tissie, wir alle zusammen sind mit dem Schiff nach Europa gefahren.«

Sie wischte mit dem Finger über die beschlagene Scheibe.

»Es war einmal«, sagte ich.

»Ja, genau. Es war einmal ein sehr kleines, reizloses Mädchen mit zu vielen Zähnen und einer riesigen weißen Schleife im Haar, das ging an Bord eines riesigen Schiffs, zusammen mit seiner schönen Mutter, seinem feschen Vater, seinem gutherzigen Kindermädchen und seiner lebenslustigen Tante Tissie. Sie schifften sich mit mehr Schachteln, Koffern und Reisetaschen, als du dir vorstellen kannst, auf der *Britannic* ein. Das kleine Mädchen durfte seine Puppe in einer Hutschachtel mitnehmen. Sie waren unterwegs, um den Kontinent zu bereisen. Europa.«

»Ich war noch nie in Europa«, sagte ich. Fahr mit mir hin.

»London würde dir gefallen«, sagte sie. »Ich habe immer noch viele Freundinnen dort. Schulfreundinnen.«

Wir sannen beide ein wenig über englische Schulmädchen nach, und sie errötete.

»Am allererste Tag der Reise zog Nebel auf. Er trieb über das Meer heran und legte sich über alles. Hast du jemals in richtig dickem Nebel gesteckt? Es ist unangenehm.«

»Ich komme aus South Dakota. Alles, was keine trockene Erde ist, gefällt mir.«

»Na ja, der Nebel war jedenfalls sehr dicht. Ich habe auf Deck kaum den Toast auf meinem Teller gesehen. Zimttoast«, sagte sie. »Das weiß ich noch.«

Sie lächelte etwas gequält.

»Plötzlich wurde überall geschrien, Leute rannten an dem kleinen Mädchen vorbei. Kinder kreischten. Das kleine Mädchen sah, wie Blut in einer Fontäne hochschoss, auf Deck landete und den Teetisch bespritzte. Das kleine Mädchen hatte keine Ahnung, was da vor sich ging. Wie sich herausstellte, hatte uns ein Dampfer gerammt. Ein großer Mann, größer als ihr Vater, hob die Kleine hoch und drückte sie an sich. Sie roch das Salz auf seiner blauen Jacke und sah die glänzenden Borsten seines kurzen blonden Haars. Ihre schöne Mutter, ihr fescher Vater, ihr gutherziges Kindermädchen und ihre wunderbare Tante Tissie standen alle in einem kleinen weißen Boot ganz weit unten und riefen nach ihr. Sie wollten, dass der Mann mit der blauen Jacke das kleine Mädchen in das Boot hinunterwarf. Ihr Vater sagte, er werde sie auffangen, er versprach ihr, sie aufzufangen, aber dem kleinen Mädchen war klar, dass bei all dem Geschrei und dem Blut und dem Nebel niemand in der Lage sein würde, sie aufzufangen, wenn der Mann in der blauen Jacke sie fallen ließ. Das kleine Mädchen klammerte sich an den Knöpfen des Mannes fest. An seinen Haaren. Der Mann löste die Finger des kleinen Mädchens, sodass es sich nicht mehr an ihm festhalten konnte. Er fasste sie um die Taille und ließ sie herunterfallen wie einen Stein. Sie fiel ganz, ganz langsam in die Arme ihres Vaters. Sie war in Sicherheit. Sie wusste, dass sie in Sicherheit war, aber den anderen zufolge weinte sie noch tagelang. Ihre schöne Mutter sagte, der Aufprall sei nicht hart gewesen, aber das kleine Mädchen sollte sich für den Rest seines Lebens an die Schreie und Hilferufe und die blutenden Kinder erinnern. Ein kleiner Junge verlor einen Arm. Und ich hasse es noch heute, mit dem Schiff zu fahren.«

Ich werde nie eine Kreuzfahrt mit dir machen, dachte ich.

Eleanor bat mich, ihr auch eine Es-war-einmal-Geschichte aus meiner Kindheit zu erzählen. Ich sagte: Lass mich mal überlegen.

Die Menschen haben es gern, wenn ihre Kümmernisse sich entsprechen, wenn ihre Leiden dieselbe Bühne teilen können. Mein Herzeleid, dein Herzeleid. Meine Krankheit, deine Krankheit. Nicht mein gebrochener Arm, dein Massenmord. Ich falte meine Jacke zusammen, lege sie mir über die Schulter und setze mich aufrecht hin, und wenn Eleanor sich ausstreckt, kann sie den Kopf bei mir anlehnen.

45

Ich war dreizehn. Mein Vater beugte sich über mich, eine Hand auf meiner Schulter, die andere an den Latten, um sich abzustützen. Er presste mich von hinten gegen den klapprigen Zaun zwischen unserem Grundstück und dem Eisenbahngelände. Seine Hosenträger schlugen leicht und rhythmisch gegen meinen Rücken. Das tat nicht weh. Ich knüllte mein Schulkleid zwischen meinem Bauch und dem splitternden Holz zusammen und hielt mich an den Latten fest, damit ich nicht das Gleichgewicht verlor und auf der harten Erde näher zu ihm rutschte. Ich bog mich so weit wie möglich von ihm weg, aber es reichte nicht, und zwischen meinen Beinen tat es weh, es fühlte sich an, als rammte er ein Stemmeisen in mich rein, wieder und wieder. Ich beobachtete eine Schar Krähen, die V-förmig über den Himmel zog, versuchte an nichts zu denken. Mein Vater wischte sich mit dem Hemdzipfel ab und knöpfte seine Hose zu. Wir beobachteten beide die Krähen.

Ich zog mein Kleid glatt und meine Socken hoch und schüttelte den Staub von meinen Schuhen. Es wäre so schön, wenn er anstelle meiner Mutter gestorben wäre, und sie sich wieder erholt hätte. Dann würden Myrtle und Ruby und ich bei meiner Mutter bleiben, und wir würden zusammen irgendwo anders neu anfangen, wo es besser war als in Bowdle, South Dakota, mit seinem flachen, baumlosen Elend. Wir würden die Zeit zurückdrehen und wieder nach Milbank ziehen, wo es gar nicht so schlecht gewesen war, oder noch weiter zurück, nach Elgin, wo wir vor Myrtles Geburt gewohnt hatten und wo es Wasser und grüne Blätter und den Friseurladen gab; dort wo Mama Näherin gewesen war, sodass Ruby und ich beide ein Sonntagskleid, ein Schulkleid und außerdem noch Spielkleider gehabt hatten. Jetzt säßen wir, nur wir vier, wo immer wir auch wären, um einen Tisch mit Wachstuch und vier Tellern und Gabeln und echten Servietten, und meine

Mutter würde summend Kanincheneintopf verteilen. Ruby reicht das süße Hefebrot herum, und Myrtle hat sich in meiner Vorstellung in ein nettes kleines Mädchen verwandelt. Der Himmel ist blau und weiß, die orange Sonne sinkt, alle Pflichten sind erfüllt, es ist die eine angenehme Stunde an einem Sommertag in South Dakota.

Mein Vater legte mir die Hand auf den Mund, nur als kleine Erinnerung, und ich roch die Hühnerkacke und Milch an seinen Fingern. Er klopfte mir aufs Bein, um mich darauf hinzuweisen, dass Blut daran hinunterlief. Er zog sein großes Taschentuch hervor und drückte es mir in die Hand, dann ging er mit leichtem Hinken zum Haus zurück. Ich blieb noch eine Weile am Zaun stehen, strich ein paarmal über die Vorderseite meines Kleides, die ich gegen den Zaun gedrückt hatte, dann ging ich zur Wasserpumpe, wusch mich von der Taille abwärts, bis ich triefend nass war. Ich war sauber. Das Taschentuch versteckte ich unter einem Stein.

Ich trödelte, wie so oft. Es gab keinen Grund, mich zu beeilen, keinen Ort, wo es besser sein würde als hier, und als ich schließlich hineinging – mir tropfte immer noch Wasser in die Schuhe –, saß Myrtle im Schaukelstuhl meiner Mutter, das Kissen wieder auf der Sitzfläche, und zog sich einen Splitter aus dem Fuß. Ruby saß auf dem Boden und krümmte sich zu einem kleinen Knäuel zusammen. Der Hut meines Vaters war weg, und eine Frau, die ich noch nie gesehen hatte, war dabei, unseren Küchenboden zu wischen.

»Ich bin Miz Min«, sagte sie.

Meine kleinen Schwestern senkten den Blick.

»Euer Daddy arbeitet jetzt als Handlungsreisender, und ich bin hier, um den Laden am Laufen zu halten.«

Ich fragte: »Und was ist mit dem Buttermachen? Macht er keine Butter mehr?«

Miz Min schaute mich an. Ich glaube, sie war gar nicht auf die Idee gekommen, dass wir miteinander reden könnten. Sie öffnete die Küchentür und spie ihren Kautabak aus.

»Hast du mich verstanden? Dein Daddy ist jetzt Handlungsreisender. Er kommt Ende der Woche wieder. Vertreter ist er.« Sie stützte die Hände in die Hüften. »Ihr hört jetzt auf mich.«

Ich ging auf unser Zimmer, versuchte forsch zu wirken. Die kleinen Mädchen folgten mir. Sie sahen zu, wie ich mich mit dem unteren Ende der Steppdecke meiner Mutter abtrocknete, und warteten, bis ich fertig war. Es war noch hell draußen, aber ich zog die Schuhe aus und legte mich in unser Bett, und die Mädchen folgten mir. Myrtle konnte im Schlaf richtig fies sein – Fuß ins Auge, Ellenbogen in die Niere –, trotzdem ließ ich sie auf meiner rechten Seite liegen, ihr Haar über mir ausgebreitet, während sich Ruby links von mir wie ein Baby zusammenrollte, die drallen Händchen an meinem Hals.

Wir hatten schon die finstere Nacht vor einer Woche überstanden, als meine Mutter ihren Schlaganfall erlitten hatte, direkt nach dem Waschtag, dem schlimmsten Tag der Woche, der Hölle, wie sie heißer und feuchter kaum sein kann. Mein Vater war spätabends in unser Zimmer gekommen, hatte mich aus dem Bett gezerrt und gesagt, ich solle mich anziehen, aber dalli, so wie er mich auch zum Laden schickte, wenn uns Mehl oder Haferflocken ausgegangen waren, bloß war es diesmal stockfinster, und er redete in seinem freundlichen Ton, wie wir es nannten, was bedeutete, dass er wahrscheinlich nicht im nächsten Moment den Stampfer aus dem Butterfass ziehen und mich oder Ruby oder Myrtle grün und blau hauen würde.

Er sagte: »Deiner Mutter geht es nicht gut.«

Er schubste mich in den Flur und öffnete die Tür zum Elternschlafzimmer. Ich war noch nie in ihrem Zimmer gewesen, während sie beide dort waren. Wenn nötig, stand ich meiner Mutter bei, brachte ihr Waschschüssel, Wasserkrug und Nachtgeschirr. Sie hatte zweimal Bronchitis gehabt, und im vergangenen Jahr hatte uns eine Nachbarin einen Eintopf mit Schweinefleisch gebracht, von dem es meiner Mutter so übel wurde, dass sie kotzte, bis nichts mehr kam, und selbst dann wand und krümmte sie sich noch auf dem Boden. Ich half ihr auch nach Rubys Geburt, half ihr, sich aufzurappeln und Ruby zu stillen, denn die Gemeindeschwester war, kaum dass sie gekommen war, schon wieder weg. Meine Mutter lehnte sich ins Kissen, und ich steckte dem Baby ihre Brust in den Mund, strich die Milch heraus und kniff sanft in Rubys Bäck-chen, damit sie anfing zu saugen. Wenn Ruby und ich später miteinander spielten und ich sie ein bisschen grob behandelte, fragte sie manchmal, warum ich das tat, und dann sagte ich, weil ich deine wahre Mama bin, und was ich sage, gilt.

Mein Vater und ich standen an ihrem Bett in dem kleinen, hei-ßen Zimmer, das Papierrollo schlug gegen das einzige Fenster. Die Bettdecke lag auf dem Boden. Er sah meine Mutter an, sah mich an, und dann schob er mich näher ans Bett.

»Lorena ist da«, sagte er.

Ihre Brust hob und senkte sich mühsam, ihre grauen aufge-sprungenen Füße traten zuckend ins Nichts. Aber sie atmete. Ihre Lippen öffneten sich schlaff und feucht ins Kissen, Spucke lief heraus und benässte das Ende ihres grauen Zopfs, und ich starrte auf das klappernde Rollo und dachte: Du kannst mich prügeln, bis dir die Hände abfallen, ich werde mich nicht um sie kümmern. Ganz bestimmt nicht, genauso wenig wie sie sich in den letzten Jahren um mich gekümmert hat. Mein Vater verprügelte uns, aber Ruby war niedlich, und Myrtle war noch klein, und ich war die Älteste, also erwischte es hauptsächlich mich. Wenn ich mit den beiden in der Scheune »Nachmachen«

spielte, und sie rutschten auf der Leiter aus und schürften sich die Knie auf, dann tröstete ich sie und dachte, das ist nichts im Vergleich zu dem, was ich ertragen muss und ihr nicht.

Meine Mutter wollte nur ihren Frieden. Als mein Vater unseren Welpen prügelte, weil er auf den Teppich gepisst hatte, hielt sich meine Mutter die Schürze vors Gesicht, bis er fertig war, und dann schaffte sie den toten Welpen hinaus in den Graben. Nachdem er unser Kätzchen nicht weniger als fünf Mal gegen die Scheunenwand geschleudert hatte, stellte sich meine Mutter mit Mantel und Hut an die Straße, als wollte sie ihn verlassen, und sah zu, wie er den kleinen goldenen Leichnam ins Gestrüpp warf. Ruby und ich wickelten das tote Kätzchen dann nach der Schule in einen gehäkelten Lappen, den meine Mutter mir gegeben hatte (hinten in der Küche, den Finger auf den Lippen), und ich sang »Seligstes Wissen«.

Seligstes Wissen: Jesus ist mein!
Köstlichen Frieden bringt es mir ein.
Leben von oben, ewiges Heil,
völlige Sühnung ward mir zuteil.

Und Ruby, die so musikalisch war wie ein Holzpfosten, schmetterte neben mir mit. Myrtle, die mehr nach meinem Vater als nach meiner Mutter kam, stieß die tote Katze mit einem Stock und murrte vor sich hin, bis wir alle vier Strophen gesungen und das kleine Ding begraben hatten. Wir gingen wieder ins Haus, und meine Mutter gab uns Brotkanten mit Rübensirup darauf und legte wieder den Finger auf die Lippen, den Blick zur Straße gerichtet.

Meine Mutter wollte in Frieden leben und in Frieden sterben. Die Augen zur Zimmerdecke gehoben, rief sie aus: Mutter

Gottes, lass mich gehen. Ich ging mit möglichst großem Abstand um ihr Bett herum und öffnete das Fenster, um etwas Luft hereinzulassen. Ich wedelte mit dem Rollo, um ihr Kühlung zu fächeln. Das Nachtgeschirr musste geleert werden, und ich ging damit nach unten, hielt das Gesicht so weit wie möglich weg von der schrecklichen schwarzen Brühe in der Schüssel, in der eklige Klumpen hochschwappten, und versuchte zu verhindern, dass etwas auf meine Finger oder meine Schuhe spritzte. Es stank furchtbar. Ich leerte die Schüssel und spülte sie dann wieder und wieder aus, aber irgendwie stank das Porzellan immer noch. Wo ich sie ausgeleert hatte, würde nie mehr etwas wachsen. Ich wusch mir an der Pumpe mit einer Portion Borax die Hände. So langsam, wie ich es nur wagte, ging ich wieder nach oben, wo ich sie umdrehte, vorsichtig wegen der Blutergüsse, die entlang ihrer knochigen Wirbelsäule aufgeblüht waren, das Laken wendete, das Fenster schloss, da jetzt Staub auf sie hereinblies, ihr etwas Wasser aus der Teetasse gab und es aufwischte, als sie nicht mal das bei sich behalten konnte. Ich tat alles zu langsam, und sie hob den Oberkörper ein wenig an und packte mich am Ärmel.

»Herrgott, tut das weh«, sagte sie und sank wieder zurück, und dabei zog sie mich mit, sodass ich auf dem Bett landete. Ich wand mich von dem Gestank weg, zum Boden hin, aber sie fuhr mit der Hand in mein Haar und hielt mich fest.

»So schöne Locken«, sagte sie.

Sie rang nach Luft, und ich setzte mich auf. Sie rang erneut nach Luft und ließ mich los.

»Schon gut«, sagte sie. »Hast du Angst?«

Ich hatte Angst. Ich versuchte, nicht einzuatmen, mich nicht mit dem, was sie hatte, anzustecken. Sie würde sterben, und ich würde als Nächste dran sein.

Meine Mutter wandte das Gesicht vom Fenster ab. Das Rollo

war kaputtgegangen. Ich hängte eines ihrer Kleider über die Stange, und sie nickte. Sie gähnte, und ich fragte hoffnungsvoll: Müde, Mama? Möchtest du dich ein bisschen ausruhen? Sie schüttelte den Kopf und gähnte noch einmal. Ich konnte in ihren Mund hineinschauen, sah die dicke Zunge, das leuchtend rote Zahnfleisch, die Zahnlücken. (Mit jedem Kind, das kommt, geht ein Zahn, hieß es immer.) Sie stank zum Himmel, und ich ging ans Fenster, um es wieder zu öffnen. Ihre Augen drehten sich im Kopf nach hinten, sie riss den Mund auf, und an ihrem Hals traten die Adern hervor, als würde sie schreien, und dann erschlaffte sie plötzlich und sank tiefer ins Kissen. Etwas Blut rann aus ihrem Mund. Ich stürmte die Treppe hinunter, über Ruby hinweg, die nach meinen Beinen fasste, schubste Myrtle zur Seite.

Mein Vater hatte in der Küche auf dem Boden geschlafen, mit zwei Decken unter sich und dem Schaukelstuhlpolster als Kopfkissen, und hatte alles in einem Haufen liegen lassen.

Ich sah ihn am Zaun stehen und rannte zu ihm. Ich sagte ihm, dass meine Mutter aus dem Mund blutete. Er fragte, ob sie noch sprechen könne, und ich sagte, wir hätten gerade noch miteinander geredet.

»Dann stirbt sie nicht. Geh wieder hoch. Wisch ihr den Mund mit Wasser ab. Das tut gut.«

Er nahm einen Schluck aus seiner Taschenflasche und reichte sie mir.

»Hier, das kannst du ihr geben.«

Ich fragte nicht, wann er hochkommen würde oder wann ich aufhören durfte, mich um sie zu kümmern.

Ich fütterte ihr den Whiskey löffelweise, bis die Flasche leer war.

»Pa hat gesagt, du stirbst nicht«, sagte ich.

Sie hob das Kinn.

Ich zog ihr das Laken bis zu den Schultern hoch, und sie zuckte zusammen und schob es wieder weg.

»Ich geh jetzt«, sagte ich. »Aber nur nach unten.«

Sie winkte mich fort.

Ich schlief lange, bis mir die Sonne ins Gesicht knallte. Die kleinen Mädchen waren irgendwo draußen. Mein Vater saß mit dem Pfarrer und einer älteren Dame in der Küche.

»Lorena«, sagte mein Vater, und ich knickste, um Respekt zu zeigen.

Der Pfarrer sagte: Wir wollen beten, worauf mein Vater den Kopf nach vorne sacken ließ wie ein altes Pferd, das auf die Trense wartet, und ich tat es ihm gleich. Der Pfarrer sagte Jesus und er sagte unser Herr und er sagte den Namen meiner Mutter. Er sagte Anna Hickok, Mutter von Lorena, Rose und Myrtle, geliebte Ehefrau des Addison Hickok, und da wusste ich es. Ich konnte die Mädchen ein Stückchen entfernt auf der Straße spielen hören. Ich seufzte, und mein Vater umfasste meine Hand fester und drückte warnend meine Fingerknöchel zusammen. Die Stimme des Pfarrers erstarb, und ich sagte, ich sollte mich wohl um die Mädchen kümmern, und machte mich davon.

Ich ging zum Zaun. Ruby weinte noch, und Myrtle war ungebärdig wie immer.

»Das wird schon wieder«, sagte ich.

»Nein, wird es nicht«, sagte Myrtle.

Ich hob Ruby auf meine Schultern und zerrte Myrtle hinter mir her. Wir setzten uns in die Scheune, dösten im Schatten und spielten mit einem alten Hufeisen Himmel und Hölle, bis es fast dunkel war. Ich dachte mir, dass uns diejenigen unserer Nachbarn, die dazu in der Lage waren, wahrscheinlich vor Einbruch der Dunkelheit einen Laib Brot oder einen Käsekuchen oder Kartoffeln mit Bohnen vorbeibringen würden.

So war es auch, und zu viert setzten wir uns zu einem so üppigen Abendessen an den Tisch, wie wir es seit einem Jahr nicht mehr gegessen hatten, und mein Vater schlug niemandem die Hand von irgendetwas weg. Ruby sagte, Gott segne Mama, und wir drei nickten. Das war die Beerdigung meiner Mutter.

Am letzten Freitag im August kam mein Vater in seinem engen Geschäftsanzug mit schmierigem Kunststoffkragen, den er auf Miz Mins Geheiß gekauft hatte, nach Hause. In dem Anzug sah er schäbig aus, was er auch war, und unehrlich, was er nicht war, jedenfalls nicht im Geschäftsleben. Er legte seine braune Melone auf die Anrichte, hängte das knittrige Jackett über die Lehne des Schaukelstuhls und drehte den Kopf zur Entspannung nach beiden Seiten. Er nickte Miz Min zu. Sie wischte den Staub von seinem Stuhl, und zu uns sagte sie, wir sollten uns zu ihr setzen. Mein Vater sagte, Ruby werde in Zukunft bei einem Onkel mütterlicherseits wohnen, in Wisconsin. »Brave Leute«, sagte mein Vater, und Miz Min zuckte mit den Achseln. Ihr war es schnurzegal, ob das brave Leute waren oder nicht. Ruby war die Hübsche, Goldige, und ich nahm an, dass Miz Min erleichtert sein würde, wenn sie weg war.

Myrtle war die Hölle auf zwei Beinen, aber sie war schlau und erst sechs, also würden sie Myrtle noch etwas bei sich behalten, bis sie ihnen lästig wurde.

Ich war störrisch und machte zu Hause nur Ärger, außerdem war ich fast eine Frau. Ich hatte eine schöne Singstimme, und wenn mal nicht alles im Argen lag, ging mein Vater mit mir in die Kirche, setzte sich in die vorderste Bank (wie ein zahlender Gast, sagte er) und sorgte dafür, dass ich ein Solo bekam. Ich konnte mir vorstellen, wie Miz Min das sehen würde.

Mein Vater nahm eine Pappschachtel aus seinem Kleiderschrank und sagte, es gebe Leute in der Stadt, viele Leute, die eine »Hausgehilfin« brauchten. Einen Dollar die Woche, sagte er. Vielleicht sogar mehr. Plus Essen. Nicht schlecht, und du kannst weiter zur Schule gehen. Er sagte, ich wisse ja wohl, wie man ein Haus putzt, und wir schnaubten beide, denn nachdem meine Mutter krank geworden war, hatte ich keinen Strich mehr im Haushalt getan, und das wusste er genau. In der Woche vor ihrem Tod hatte er mich jeden Tag geschlagen, aber es hatte ihm nicht mehr gebracht als eingelaufene Hosen und einen Eintopf, der so seifig und versalzen war, dass mein Vater uns erlaubte, ihn hinters Haus zu stellen und zu schauen, welches tapfere Nagetier sich wohl daranwagen würde. Miz Min hätte uns sicher nicht erlaubt, zu beobachten, was mit dem Eintopf geschah.

Sie gab Myrtle einen kleinen Klaps auf den Hintern, um ihr klarzumachen, dass sie ab jetzt wirklich auf Miz Min hören musste, und zu mir sagte sie, da sie drei nun ein neues Leben begännen, könne sie mir nur raten, das Gleiche zu tun.

»Trampel nicht so herum, wenn's geht«, sagte sie. »Und lächle. Die Leute mögen es, wenn ein Mädchen lächelt.«

Ich ging in unser Zimmer, und mein Vater folgte mir. Er stellte die Pappschachtel auf mein Bett. Für deine Sachen, sagte er. Er legte die Haarbürste meiner Mutter hinein. Benutz sie. Ich packte alle Kleidungsstücke ein, die ich besaß, die Schuhe meiner Mutter und den letzten Rest ihrer Maiglöckchenseife, die sie splitterweise aufgebraucht hatte, seit ich ein kleines Mädchen gewesen war. Ich umarmte Ruby ganz fest, wir drückten beide das Gesicht an die Schulter der anderen und versuchten, nicht loszuheulen. Ich winkte Myrtle zu, und sie hob die Hand. Mein Vater brachte mich zur Tür und öffnete sie.

Ich ging die Straße entlang und ließ die erste Biegung hinter mir, sodass sie mich nicht mehr sehen konnten. Ich kannte diese Straße so gut wie ein Zugführer die Schienen. Es war nach sechs an einem Freitagabend im August. Der Himmel war immer noch strahlend blau, der Umriss der Bäume nur eine Spur dunkler. Es herrschte kein Verkehr mehr. Die Farmer waren mit der Arbeit fertig. Ich hätte mitten auf der Straße stehen bleiben oder mich dort schlafen legen können, und keine Menschenseele wäre vorbeigekommen.

Ich schlief unter einer Pappel und erwachte mit der Schachtel in den Armen. Ich wusste nicht, wohin, außer zu Lottie Miller, die vier Meilen entfernt wohnte. Lottie war das andere gescheite Mädchen in der Schule. Wir hatten drei Jahre lang in der Mittagspause nebeneinandergesessen. Ich durfte zwanzig Minuten am Stück neben Lottie sitzen, ihre Hand halten, sie einatmen. Als ich merkte, dass ich bei Lottie den Fuß in die Tür bekam, legte ich mich richtig ins Zeug. Ich bürstete mir die Haare und kaute auf dem Weg zur Schule Minze. Ihre Mutter holte sie manchmal zu Fuß von der Schule ab, und ich begrüßte sie jedes Mal mit einem beherzten: »Guten Tag, Mrs Miller«, worauf sie immer lächelte. Lotties Vater war einer der Ladenbesitzer, die Myrtle oft anschrien.

Ich spuckte mir auf den Ärmel, um mir das Gesicht damit abzuwischen, und fuhr mir mit der Bürste durchs Haar. Dann band ich mir die Haare zum Pferdeschwanz und hoffte, dass mein Wunsch, den Millers zu gefallen, wiederum ihnen gefallen würde, auch wenn ich wie eine Landstreicherin oder schlicht bescheuert aussah.

Ich saß ungefähr eine Stunde auf der hinteren Veranda der Millers, bis ich Lotties Mutter in ihrem Hauskleid in der Küche wirtschaften sah. Sie schnappte nach Luft, als sie mich sah. Ohne ein unfreundliches Wort brachte sie mich dazu, mich in der Sitzbadewanne abzuduschen, während sie an der Tür Wache stand. Sie fragte, ob mein Vater und meine Mutter wüssten, wo ich sei, und ich erzählte ihr, dass mein Vater gesagt habe, ich solle mir Arbeit suchen, und meine Mutter drei Wochen zuvor gestorben sei. Ich lächelte bei jeder ihrer Fragen, um zu zeigen, wie nett und willig ich war.

Ich hätte mich in das Leintuch hüllen sollen, das Lotties Mutter mir reichte, aber da war dieser leichte Wind. Er kam durch die Hintertür, berührte mich an der Brust, am Hals, zwischen den Beinen. Wasser rann mir aus den Haaren, den Rücken hinunter und bis auf die Füße. Ich schüttelte die Haare, versprühte Wasser. Es war himmlisch. Ich hatte mich in meinem gesamten Leben nie schön gefühlt, aber als ich in diesem Moment barfuß auf dem Flickenteppich stand, der das Linoleum bedeckte, wusste ich, dass ich sauber, jung und nass war und damit auf eine ganz eigene Weise schön. Lotties Mutter drehte sich sofort weg.

Ich trocknete mich gemächlich ab, spürte meine Haut durch das alte Laken. Ich tupfte meine Zehen trocken, jedes Körperteil einzeln. Ich hielt das Laken wie einen Schal und zog es über der ganzen Länge des Rückens hin und her. Ich schlüpfte in meine einzige Garnitur Unterwäsche, meine blaue Bluse und den besseren Rock und zog die Schuhe meiner Mutter an. Ich merkte Mrs Miller an, dass sie gehofft hatte, nach dem gründlichen Bad und mit den Zöpfen, die sie mir geflochten hatte, würde ich Lottie ähnlicher sein. Ich hatte das auch gehofft. Ich wusste, dass wir ein Problem hatten.

Ich aß auf der Veranda zu Abend, um Mr Miller nicht zu stören. Ich gab mich ganz in Mrs Millers Hand, um so zu tun, als wäre ich ein Mädchen wie Lottie, umhegt und behütet, von liebender Fürsorge getragen. Ich betete, Lotties Mutter möge mich ganz aufnehmen. Ich hinterließ keine Krümel. Ich putzte jeden Tag meine Schuhe. Ich trank nur Wasser und bat nie um einen Nachschlag, damit niemand auf die Idee kam, ich könnte eine Belastung für den Miller'schen Haushalt darstellen. Abends fegte ich die Küche aus und setzte mich dann auf die Veranda, reglos wie ein Holzpfosten, bis Lottie mir das Signal gab, in ihr Zimmer hochzukommen. Ich war dreizehn Jahre alt, und falls ich auf dem besten Weg in die Hölle oder ins Armenhaus war oder gezwungen sein würde, mich in der Innenstadt von Pierre zu verkaufen, was laut einem der älteren Mädchen in der Schule nicht auszuschließen war, wollte ich vorher wenigstens einmal richtigen Urlaub haben.

Lottie und ich lasen einander Gedichte vor. Wir entdeckten Mrs Millers Ouijabrett auf dem Speicher, und ich ließ es vorhersagen, dass ich weit kommen und Lottie einen reichen, schönen Mann heiraten würde. Ich zog Lottie wegen ihres Zukünftigen auf und hoffte, daraus werde sich ergeben, dass wir Hochzeitsreise spielten, wie schon mal an einem verregneten Nachmittag, als der Regen die Straße zu mir nach Hause überflutet hatte und Rose und Myrtle bei unserer Lehrerin geblieben waren. Wir machten uns gerade für Hochzeitsreise bereit (Lottie hatte sich einen Kissenbezug wie einen Schal um den Kopf gelegt, um eine Zugreise anzudeuten, und ich trug als Bräutigam eine zugeknöpfte Strickjacke über der Bluse), als Lotties Mutter hochkam. Sie stellte sich in die Tür, sagte, wir seien zu laut, und schickte mich in den Wintergarten, wo ich schlief. Jeden Morgen legte ich dort meine Decke zusammen und fegte auch noch durch, als weiteren Beweis dafür, dass ich ein braves Mädchen war. Am vierten Tag des einzigen Urlaubs, den ich je gehabt hatte, weckte Lotties Mutter mich schon früh. Sie nahm mich bei der Hand und führte mich in ihr Schlafzimmer. Sie gab mir einen weißen Unterrock und eins ihrer Kleider. Sie bürstete mir das Haar und steckte es mit zwei Emaillespangen an den Seiten fest, was ungefähr so sinnvoll war, wie eine Haarschleife um einen Besen zu binden, aber ich ließ sie machen. Sie gab mir ein Paar bestickte Söckchen von Lottie, und wir versuchten gemeinsam, das Beste aus den Schuhen meiner Mutter herauszuholen, die kurz vorm Auseinanderfallen waren.

»Ich wünschte, wir hätten dieselbe Schuhgröße«, sagte sie.

»Wirklich. Dann würde ich dir welche von mir geben.«

»Ich weiß, dass Sie das tun würden«, sagte ich. »Ich kenn keinen netteren Menschen wie Sie.«

»*Als* Sie.« Lotties Mutter seufzte. »Danke.«

Als Eleanor aufwachte, sagte ich, wenn sie wolle, könne ich ihr jetzt meine Geschichte erzählen, und sie sagte, sie wolle. Ich erzählte, wir seien fast immer arm gewesen (wir hatten zwei gute Jahre in Wisconsin, sagte ich, aber an die erinnere ich mich kaum), ja schlimmer noch, arm in South Dakota. Ich sagte, mein Vater sei brutal zu meinen Schwestern und mir gewesen und meine Mutter sei gestorben, als ich dreizehn war, und ich hätte sie, so gut ich konnte, gepflegt.

»Das hat deiner Mutter sicher viel bedeutet, dass du bei ihr warst«, sagte Eleanor.

»Ich hoffe es.«

Ich sagte ihr, dass ich meine beiden Schwestern aus den Augen verloren hätte, und erzählte ihr eine lustige Geschichte darüber, wie Ruby und ich, als wir klein waren, Drachen aus Zeitungspapier gebastelt hätten. Manchmal hätten wir Onkel Toms Hütte gespielt, und eine Weile sei ich Hausgehilfin gewesen, hätte Böden gewischt und Plätzchen anbrennen lassen. Auch von der freundlichen Mrs Miller erzählte ich ihr.

»Ich bin keine gute Hausfrau«, sagte ich.

»Ich auch nicht«, sagte sie. »Ich wurde nicht dazu erzogen.

Offen gestanden bewundere ich Frauen mit hauswirtschaftlichen Fähigkeiten.«

Ich sagte, dass ich Leute bewunderte, die ein Kaninchen töten, häuten und braten könnten, aber selbst wolle ich das nicht machen.

Eleanor klopfte mir auf die Schulter und verließ unser Abteil. Als sie wiederkam, trug sie eine frische Bluse und hatte sich die Lippen nachgezogen (meine Tochter erwartet das von mir, sagte sie), und sie brachte Kaffee, Orangensaft und Brötchen auf einem Tablett mit. Eleanor sagte, sie werde dann mit Missy zusammen zur Beerdigung gehen. Ich müsse nicht mitkommen, was bedeutete, dass ich nicht mitkommen sollte. Ich dachte mir, dass ich eine ziemlich heiße Story darüber schreiben könnte, wie die Frau und die Mätresse des Gouverneurs zusammen zur Beerdigung der Mutter der Mätresse gingen, aber dann würde es keine Eleanor mehr für mich geben und keine gemeinsame Rückfahrt.

Ich sagte, ich würde mir einen Diner suchen und dort warten, bis der Pfiff des Fünf-Uhr-Zugs ertönte.

Ich mag Diners, auch heute noch. Ich schob zwei Dollar unter die Zuckerdose, damit mir die Bedienung, eine große, hübsche Rothaarige, die von Kopf bis Fuß mit Sommersprossen übersät war, den ganzen Tag Kaffee nachschenken würde. Mittags kamen ein paar Handelsvertreter herein und um drei einige Mütter mit ihren vom Schicksal begünstigten, wohlgenährten Kindern. In der Nische vor mir saßen ein stämmiges dunkelhaariges Mädchen und eine schlanke ungepflegte Blondine und teilten sich ein Moxie, ihre Strohhalme hatten sie ineinander verschränkt. Die Blondine sagte, nie wieder eine Toilette sauber machen zu müssen, das wär's. Die Dunkelhaarige seufzte, und sie streiften sich beide die Schuhe ab.

Meine Schwestern, die Hausgehilfinnen.

Ich erzählte Eleanor nicht viel. Ich erzählte ihr nicht, dass ich in meinen Ärmel weinte, als Mrs Miller mich ans Tor eines ziemlich großen Hauses brachte. Du wirst uns allen fehlen, sagte sie, aber es ist eine gute Stelle, und du kannst weiter zur Schule gehen. Sie strich mir ein letztes Mal das Haar zurück und küsste mich auf die Stirn, was ich noch Tage später spürte. Ich sagte ihr freiheraus, ich taugte nicht als Hausgehilfin, ich hätte mich nach Kräften bemüht, ihr mit all dem Fegen und Schuheputzen etwas vorzumachen, aber ich hätte noch nie etwas anderes als Windeln gewaschen, noch nie gekocht oder auf irgendjemand anderen aufgepasst als auf Rose und Myrtle, und das könne nun sicher nicht als Empfehlung gelten. Mrs Miller schaute nach rechts und nach links und flüsterte dann, das mache nichts, die O'Neills bekämen niemand Besseres, weil sie katholisch seien.

Nach allem, was ich gehört hatte, gab es ungefähr fünfundsiebzig Kilometer von uns entfernt eine kleine katholische Kirche, und der Klan war durch einige der größeren Ortschaften geritten, aber ich hatte nie davon gehört, dass jemand vor der Kirche ein Kreuz verbrannt oder den Leuten aus der chinesischen Wäscherei etwas zuleide getan hätte. Und trotzdem nahmen die O'Neills mich deshalb, weil die bessere Sorte Hausgehilfin – adrett, angenehm, fröhlich, geschickt im Umgang mit Schäler und Staubwedel – nicht für Iren arbeitete. Ich konnte absolut nichts, außer Haferbrei kochen und Babywindeln waschen, bis sie nicht mehr stanken, und trotzdem wollten die O'Neills mich haben. Für einen Dollar die Woche.

Die O'Neills waren sehr umgänglich. Sie waren nicht netter als Mrs Miller, die, wie mir heute klar ist, eine motivierte Verkäuferin war, aber sie waren voller Zuversicht und hatten, von meinem Standpunkt aus gesehen, genug Geld, außerdem liebten sie einander, was mich erstaunte. Als Charley O'Neill das erste Mal mit erhobener Hand auf seine Frau zuging, zuckte ich zusammen. Er steckte ihr ein braun gerändertes Gänseblümchen hinters Ohr, und sie küsste seine Hand. Ihre kleine Tochter, ganz schwindlig von so viel Liebe, drückte ihr Gesicht an Mrs O'Neills Brust, und ich dachte: Von welchem Stern kommt ihr denn? Ich liebte sie, so wie junge Mädchen heutzutage Filmstars lieben. Ich stand früh auf, um der kleinen Lucille und Brendan, dem Baby, Frühstück zu machen. Mrs O'Neill kam herunter, um das Ganze zu beaufsichtigen, verstrubbelt und bezaubernd wie ein Gibson Girl in der Morgenröte. Ich fütterte die Kinder und wusch die Babywindel aus. Ich schrubbte den Topf, dann rannte ich zur Schule und aß unterwegs meinen Toast oder Brendans Zwieback. Wenn Miss West uns entließ, stürmte ich zurück zu den O'Neills, um mich ans Abendessen zu machen und mit den Windeln hinterherzukommen. Manchmal rannte Lottie ein Stückchen mit, und wenn ich zu den O'Neills abbog, winkte sie mir sehr herzlich, und ich winkte so heftig ich konnte zurück. Lottie war zu nett, um sich wirklich mit einem anderen Mädchen einzulassen, aber ich sah wohl, dass sie in der Mittagspause voller Interesse zu Addie Long hinüberschaute.

Ich war, wie gesagt, keine besonders gute Hausgehilfin. Doch wie sich zeigte, war ich gut darin, Mrs O'Neill Gesellschaft zu leisten. Sie kam aus dem fernen Boston, was erklärte, warum sie mit diesem seltsamen Akzent sprach und gelegentlich eine Zigarette rauchte, obwohl sie kein loses Frauenzimmer war, wie sie mir eines Nachmittags im Oktober erzählte, während sie in einer Zeitschrift blätterte und ich beide Kinder wiegte. Ich lachte und sagte ihr, eine Zigarette zu rauchen sei nicht meine Vorstellung von einem losen Frauenzimmer. Sie sagte, es überrasche sie, dass ein junges Mädchen wie ich überhaupt irgendeine Vorstellung davon habe, was ein loses Frauenzimmer sei. Ich sagte, aber ja doch, eindeutig, und sie schüttelte den Kopf. Ich leg mich mal ein bisschen aufs Ohr, sagte sie und ließ mich allein im Schatten zurück, wo ich Kinderwagen und Korbwiege schaukelte. Ich wusch ihre Monatsbinden, wischte ihren Kleinen den Po ab und schrubbte alles Schmutzige, was mir unter die Augen kam. Ich machte nichts davon gut, aber, wie Mrs O'Neill oft sagte, ich bemühte mich, und wenn sie schon in Bowdle, South Dakota, leben müsse, ersparte ich ihr wenigstens, auch noch selbst das Haus putzen zu müssen. Ich war früher Sekretärin, sagte sie.

Ich badete die Kinder gerade in der Sitzbadewanne, ließ den Kleinen Seifenblasen machen und Lucille nach Herzenslust herumspritzen. Mrs O'Neill hatte ein Auge auf uns und sinnierte dabei laut über das Brownies-Rezept in ihrer Zeitschrift und ob es ihr oder mir wohl gelingen könnte, in ihrem unzuverlässigen Ofen ein Blech davon zu backen. Wir hörten beide das Klopfen an der Haustür. Es war nicht standesgemäß für sie, selbst an die Tür zu gehen, aber ich war tropfnass und barfuß, und das war noch schlimmer. Sie schaute auf meine Füße und ging an die Tür. Ich legte das Baby auf den nassen Boden und zog Strümpfe und Schuhe an. Ich strich mir das Haar aus dem Gesicht und trocknete Gesicht und Hände ab. Ich hörte die Stimme meines Vaters und setzte mich wieder auf den Boden, Lucille und den kleinen Bren auf dem Schoß. Mrs O'Neill kam herein, und ihre Stimme zitterte etwas. Sie hatte noch nie einen Mann im Haus gehabt, ohne dass Mr O'Neill da gewesen wäre, und sie war noch nie einem Mann wie meinem Vater begegnet. Dein Vater ist im Wohnzimmer, sagte sie. Nein, Ma'am, sagte mein Vater direkt hinter ihr. Er schaute auf die nackten Kinder und mich hinunter, und ich hüllte sie beide in

Handtücher und reichte sie Mrs O'Neill, die neben mir stand. Mrs O'Neill war eine hübsche und reizende junge Frau aus Boston, und sie würde mich nicht vor Addison Hickok retten können. Lorena gehört praktisch zur Familie, sagte sie. Sie ist uns eine große Hilfe.

Mein Vater nickte. Er sagte, es sei das Beste, wenn ich mit ihm, Myrtle und Miz Min nach Aberdeen zöge. Was immer ich für diese Familie hier tue, könne ich auch für eine andere Familie tun. Er sagte, sie wollten in Aberdeen neu anfangen und könnten meinen Lohn gebrauchen. Zu Mrs O'Neill sagte er: Danke, dass sie Lorena ertragen haben. Ich stand in meinem kleinen Zimmer, bis er nach mir rief. Ich nahm meine Schachtel, und Mrs O'Neill umarmte mich und drückte mir verstohlen 50 Cent in die Hand. Vom Fußboden winkten mir die beiden Kinder zum Abschied. Auf dem Weg hinaus klaute ich eine Briefmarke von Mrs O'Neills Schreibtisch, damit ich Ruby in Wisconsin von unserem Umzug nach Aberdeen schreiben konnte, wozu ich letztlich aber nie kam. Miz Min wartete draußen beim Wagen, und Myrtle lag hinten drin, über zwei Koffer ausgestreckt. Ich kletterte auch hinten rein, und Myrtle trat nach mir, damit ich es mir nicht bequem machen konnte. Als es dunkel wurde, hielten wir vor einem alten Farmhaus, vor dem ein paar Männer auf Bänken saßen; aus ihren Pfeifen und einem kleinen Lagerfeuer kräuselte sich Rauch empor. Mein Vater sagte: Hier steigst du aus. Deinen Lohn behalte ich. Miz Min sagte kein Wort, und Myrtle streckte mir die Zunge heraus; es war das letzte Mal in meinem Leben, dass ich sie sah.

Eine alte Frau öffnete die Tür.

»Ich bin Mrs Cotter. Und du bist Lorena. Dein Vater hat gesagt, du kannst kochen. Also kochst du für uns«, sagte sie.

»Na dann«, sagte ich.

Ich sah, wie Mrs Cotter mich prüfend betrachtete, grobknochig und breitschultrig in meinem umgeänderten Kleid. Seit einem Jahr wurde ich ständig von irgendwem gemustert. Von Kopf bis Fuß.

»Verschlagen siehst du nicht aus«, sagte sie.

»Nein, Ma'am. Ich bin eine ehrliche Haut.«

»Tja, was bleibt dir auch anders übrig. So wie du aussiehst.«

Sie warf mir ein paar Erdnüsse aus einem offenen Sack zu, der auf dem Boden stand.

»Ich zahl dir einen Dollar die Woche, du kannst in der Küche auf dem Boden schlafen. Aber keine nächtlichen Besuche, verstanden?«

»Ich erwarte keine Besucher«, sagte ich.

Ich schlief auf dem Küchenboden, auf Bettzeug, das tagsüber zusammengerollt wurde, und kochte drei Wochen lang für die Drescher. Die Farmer hatten sich zusammengetan und Drescher angeheuert. Zwei Jungen in meinem Alter waren mit ihrem Onkel zum Dreschen gekommen. Sie sagten, der Zahltag sei ein großes Fest. Die Männer säßen dann an langen Tischen und tränken, und die Farmer mit ledigen Töchtern plauderten mit den Dreschern, die sich durch harte Arbeit hervorgetan hätten.

»Da wird ordentlich gefeiert«, sagte Bernie. »Und du kannst dir einen Mann angeln.«

Sein Bruder lachte, und ich auch.

»Oder ein Bier«, sagte Jim.

Es war andauernd schlechtes Wetter, und es schien, als würde der Zahltag nie kommen. Die Frauen und Töchter der Farmer kochten rund um die Uhr. Ich war schmutzig, und meine Arme waren bis zu den Ellbogen von Blasen und Verbrennungen übersät. Ich lernte, für eine große Anzahl von Leuten zu kochen. Die Jungs setzten sich an den meisten Abenden zu mir ans Herdfeuer, während ich mich neben dem Ofen ausstreckte, weil meine Füße mich nicht mehr trugen. Bernie sagte, er habe gehört, dass die Abrechnung diesmal unerfreulich werden würde. Es sehe ganz so aus, als werde es diesmal keinen Zahltag für sie geben. Ich sagte, ihr Onkel scheine sich nicht recht um sie zu kümmern, und Bernie sagte, Onkel, dass ich nicht lache. Bernie sagte, sie würden sich vielleicht morgen von dem Holztransporter mitnehmen lassen, der vor dem Frühstück hier vorbeifahre.

»Komm doch mit, Hick«, sagte Bernie. »Na los. Was Besseres als hier findest du allemal.«

Ich streckte mich auf dem Boden aus, ohne mich um Ruß und fliegende Funken zu scheren. Ich war hundemüde und genauso verdreckt wie die Jungs.

»Guck doch mal, ob du was mitgehen lassen kannst«, sagte Jim. »Wir halten Wache.«

Ich schlich durch den Flur zum Schreibtisch des Alten. Dort sammelte ich mich erst mal. Ich wischte mir die Hände am Rock ab, und dann durchsuchte ich den schweren Eichentisch Schublade für Schublade. Hinter einer kleinen quadratischen Intarsie aus hübschem Vogelaugenahorn entdeckte ich ein Schubfach, das sich von vorn bis hinten durch den ganzen Schreibtisch zog. Ich hielt zwei Silberdollar hoch, und die Jungs jubelten leise. Ich spürte diesen inneren Sog, den Kitzel der Gefahr, schnappte mir auch noch Mrs Cotters Sonntagshut aus grauem Filz und ihr bestes Brotmesser und packte beides in meine Schachtel.

Die Jungs und ich gingen gemeinsam zur Straßenkurve vor und warteten, bis der Holztransporter kam und kurz nach der Kurve, vor der Pappel, hinter der wir uns versteckten, etwas langsamer wurde. Der Fahrer sagte: So, drei und nicht zwei. Das macht noch mal einen Dollar. Die Jungs schauten mich an, und ich gab dem Mann einen meiner beiden Dollars. Wir fuhren wie Geschwister zum Bahnhof, und die Jungs gaben mir die Hand. Sie wollten in Oregon ihr Glück versuchen, und ich beschloss, als wir dort zwischen den Zügen standen, dass es für mich Chicago sein würde, wo es Arbeit und Schulen gab und die Schwester meiner Mutter, Tante Ella.

Der Eisenbahner gab das Signal zum Einsteigen, und ich hielt meine Schachtel und die Fahrkarte fest. Ich setzte mir den grauen Hut so auf, dass ich für sechzehn durchgehen würde. Mein Vater kam in den Zug gestürmt, schwitzend und ohne Hut, und schrie mich an, ich solle zurückkommen und meine Arbeit tun. Den Haushalt führen. Mrs Cotter habe ihm gesagt, dass ich weggelaufen sei, und ich renne direkt in mein Verderben. Ich blieb sitzen. Er sagte, er wolle nichts mehr mit mir zu tun haben. Ich sagte, das treffe sich gut, ich wolle auch nichts mehr mit ihm zu tun haben. Eigentlich hätte er mein Rückgrat und meinen Schneid bewundern sollen, doch stattdessen gab er mir eine Ohrfeige und schlug mir meinen neuen Hut vom Kopf. Ich presste den Rücken gegen die Fensterscheibe und umklammerte die Schachtel so fest, dass meine Finger die Pappe eindrückten und auf den Griff des Messers trafen. Ich schloss die Finger um den Messergriff, so, dass mein Vater es sah. Ein Paar im Waggon schaute zu mir herüber, und ich machte eine Handbewegung, als tränke ich aus einer Flasche, worauf sie den Kopf schüttelten, und ich dachte: Ihr werdet nicht erleben, dass man mich aus diesem Zug zerrt. Ich hielt mich am Geflecht des Sitzes fest, bis der Zug sich in Bewegung setzte und mein Vater absprang.

In Oneida schlief Eleanor ein.

Als der Tag anbrach, küsste sie mich auf die Stirn. Du kannst wunderbar Geschichten erzählen, sagte sie. Sie verschwand, um sich frisch zu machen, und kam regelrecht gepanzert wieder, in einer frischen Bluse und einer steifen blauen Kostümjacke.

»Wie Boudicca« sagte ich, um ein bisschen anzugeben. »Königin der Icener.«

»Oh ja«, sagte sie. »Eine große Kriegerin. Erzähl weiter.«

Sie richtete meinen Kragen.

»Und mach dich ein bisschen hübsch«, sagte Eleanor.

Churchill hat mal gesagt (zu mir, um genau zu sein): Kritik ist wie ein körperlicher Schmerz – nicht angenehm, aber was nicht wehtut, das beachtet man nicht.

BRUDER UND SCHWESTER IN EINEM KÖRPER

Ich sagte zu Eleanor: Meine eigentliche Ausbildung hat im Zug nach Chicago begonnen. Ich beschrieb den kleinen Mann im auffälligen karierten Anzug, der im Vorbeigehen mit seiner manikürten Hand meine Sitzlehne streifte, während er das Gleichgewicht zu halten versuchte und sich mit dem schwankenden Zug bewegte. Er schob sich die Kreissäge in den Nacken und tupfte sich mit einem weißen Taschentuch das Gesicht ab.

Er sagte: Meine Damen und Herren, darf ich mich vorstellen: Lucius P. Wilson.

Dann begann er die Werbetrommel zu rühren, und ich fand jeden seiner aberwitzigen Bandwurmsätze hinreißend.

»Ich bin hier, um Ihnen vom siebten, achten und neunten Weltwunder zu berichten. Sie haben bestimmt nicht damit gerechnet, uns hier anzutreffen, in Lake Preston, in Plankinton, in Groton und in Brookings, auf unserem glorreichen Weg nach Minn-ee-sot-a, ja wirklich und wahrhaftig, dem Land der tausend Seen, der schönen Indianerinnen und ihrer tapferen Krieger, wo wir den Leuten in Red Wing eines der größten Spektakel aller Zeiten präsentieren werden, diesen Glücklichen, die uns per Brief und Telegramm angefleht haben, noch einmal zu ihnen zu kommen mit unseren majestätischen Elefanten, die Kiki, unser entzückendes Nilpferdbaby, direkt aus den afrikanischen Schlammbädern adoptiert haben. Unsere Lipizzaner, unter der Führung des meisterhaften Tip McCarthy, des besten, ausnahmslos besten Reiters dieses Jahrhunderts, sind in Showalters Spektakulärer Pyrotechnischer Parade zu sehen. Wir haben Nummern und Attraktionen für Groß und Klein. Die älteren Herrschaften werden sich an den einzigartigen Forestina-Schwestern ergötzen, den Königinnen der Luft mit ihrer atemberaubenden Akrobatik. Meine Herren – bringen Sie Ihre Frau mit! Meine Damen – bringen Sie die Männer mit, und Sie können alle zusammen unseren Goldenen Orient bestaunen, mit einer ganzen Schar von Schönheiten, wie Sie sie noch nie gesehen haben. Kultur, Erbauung, und das ist noch lange nicht alles …«

»Wie sieht's aus, Kleine?«, fragte er mich. »Willst du nicht deine Ma und deinen Pa anspitzen, mit dir und der ganzen Sippe zu unserer Vorführung in Brookings zu kommen? Das ist unsere letzte Station hier im sonnigen South Dakota.«

Ich sagte ihm, ich hätte keine Eltern und sei auf dem Weg nach Chicago.

»Keine Eltern«, sagte er. »Und wie kommst du zurecht?«

Ich sagte ihm ein wenig steif, es gehe schon, und er winkte ab.

»Ich frage nicht nach deinem Befinden. Du siehst aus wie ein patentes großes Mädchen. Du hast bestimmt was auf dem Kasten, ich wette, du kannst sogar Kurzschrift –«

Ich nickte. Mrs O'Neill hatte aus ihrer Zeit als Sekretärin noch ein altes Lehrbuch der Kurzschrift nach dem Pitman-System, und wenn die Kleinen schliefen, hatten wir damit gemeinsam geübt. Einen kurzen Brief brachte ich durchaus zustande.

»Und du siehst mir aus wie achtzehn, was du auch sein musst, um das Angebot anzunehmen, das ich dir jetzt mache, nämlich dich Showalters einzigartiger Truppe anzuschließen, dem Wanderzirkus L'Étoile du Nord, dem ich, Lucius P. Wilson, nur als bescheidener Repräsentant und Werbetrommler diene.«

Er machte eine kleine Verbeugung. Ich nickte kurz und sagte nicht: Ich bin fast vierzehn und habe genau einen Dollar in der Tasche.

»Habe ich recht mit meiner Einschätzung? Du hast einen Kopf für Zahlen und kannst ausgezeichnet schreiben und lesen, und kannst du vielleicht sogar Schreibmaschine schreiben, Schwester?«

Ich sagte ja, was gelogen war, aber ich hatte schon Bilder von Leuten gesehen, die Schreibmaschinen benutzten, und kannte das Alphabet, und in Rechtschreibung war ich ein Ass.

»In Rechtschreibung bin ich ein Ass«, sagte ich.

»Ich irre mich nie«, sagte Mr Wilson. »Hast du auch eine Haarbürste oder so was?«

Ich hob automatisch die Hand, ließ sie aber gleich wieder sinken. Ich war jetzt achtzehn. Ich konnte Kurzschrift und Schreibmaschine schreiben. Ich war ein wertvolles Gut, und dieser Mann hatte schütteres blondes Haar und trug einen schicken Anzug mit Fettflecken auf dem Revers.

»Ich kann mich fein machen«, sagte ich.

Er grinste mich an. »Gut. Könntest du den Hut weglassen? Und lächle ein bisschen, das wäre famos. Wenn es nicht geht und dich jemand fragt, warum du so verdammt niedergeschlagen aussiehst, dann sag, dass deine Mutter, Melina, die Löwenkönigin, erst letzte Woche von einem ihrer eigenen Tiger zerfleischt worden ist. Ah, schau an«, sagte er, »das nenne ich ein Lächeln, Herrschaften!«

Wir stiegen in Tyndall aus, einem Ort, der größer als Bowdle und größer als Aberdeen und deshalb für mich eine richtige Stadt war. Ein Mann in einem Model T fuhr uns an den Rand eines weiten braunen Felds, das sich topfeben vor uns erstreckte.

Ich sah, wie Wimpel und goldbefranste Banner gehisst wurden, sah riesige weiße Segeltuchquadrate, groß wie ein Dach, die auf dem Boden lagen und von Männern in Unterhemd, grüner Hose und hohen Arbeitsstiefeln hochgezogen wurden. Überall lagen aufgerollte schmutzige Taue herum, wie Riesenstrumpfbandnattern. Eine blonde Frau in Männerjacke, schmutzigem weißem Trikot und weißen Stiefeln führte zwei staubige Palominopferde über das Feld. Zwei dunkelhaarige Mädchen mit goldenen Fransengürteln und schimmernden goldenen Haarspangen gingen an uns vorbei, jede mit einem Affen in goldener Fransenweste auf der Schulter, dessen Kreischen sie nicht davon abhielt, sich miteinander zu unterhalten. Männer luden Pferde, Hunde, Schweine und einen rotäugigen, schwerfälligen Elefanten aus. Ein Mann im Overall ging neben dem Elefanten her und fütterte ihn mit händeweise Heu. Weitere Männer mühten sich mit Zeltplanen, Stahltrossen und Flaschenzügen ab. Es war wie das Innere einer großen Uhr, in der Schweiß und Flüche das Räderwerk in Bewegung hielten. Rote und blaue Wagen waren im Kreis um das Gelände aufgestellt, die Treppen heruntergelassen, die Läden gegen die Hitze geschlossen. Ich roch verkochtes Gemüse und brutzelndes Fleisch, den Geruch bäuerlichen Essens. Ich muss wohl wie ein echtes Waisenkind geguckt haben, denn Lucius stupste mich an.

»Wir können später beim Küchenwagen vorbeigehen«, sagte er. »Aber du musst gleich heute mit der Arbeit anfangen. Ich bin im Rückstand.«

Er haute mir auf den Hintern, was ich ignorierte. Wir gingen direkt zu seinem Wagen, der aus zwei Räumen mit einer schmalen Verbindungstür bestand.

»Das hier ist der Empfangsraum«, sagte er. »Wenn jemand kommt, klopfst du bei mir an und sagst, Mr Wilson, und dann, wer es ist, und dann komme ich heraus.«

Ich setzte mich auf einen der Stühle, den Hut auf dem Schoß, und zupfte an der Hutkrempe herum. Mr Wilson nahm mir den Hut ab.

»Den werde ich verbrennen«, sagte er.

Wir arbeiteten den ganzen Nachmittag im Empfangsraum. Ich sortierte Papiere, heftete Quittungen und Rechnungen ab und notierte die Namen der Stadtbeamten, Geschäftsleute und Polizisten all der Orte, in die wir noch fahren würden. Er sagte, er sei froh, ein gescheites, fleißiges Mädchen in seinem Büro zu haben, und habe das sichere Gefühl, dass ich weder Drama noch Irrsinn in Showalters Truppe hineintragen würde, wofür er persönlich dankbar sei.

»Heißt das, Sie haben mich nicht für die Burlesque-Show geholt?«

»Guter Witz.«

Er sagte, ich müsse mir keine Gedanken machen, niemand werde mich mit Geld hantieren lassen. Ich würde mit zwei anderen Mädchen in einem Wohnwagen wohnen und solle keinen Ärger machen.

»Ich werde mich bemühen«, sagte ich. Es gefiel mir, achtzehn zu sein.

Wir aßen unsere frittierten Hackfleischpasteten im Empfangsbereich. Draußen arbeiteten immer noch Männer, inzwischen bei elektrischem Licht. Er sagte, ich würde mir den Wagen mit Betty, dem Hummermädchen, teilen, einem prima Mädchen, das es leid geworden sei, bei seinen Eltern, dem Hummermann und der Hummerfrau, zu wohnen. Außerdem wohne da noch Maryann, das Krokodilmädchen. Eine Klugscheißerin. Er erzählte, die Missgeburten bei Showalter (sie nennen sich selbst so, sagte er, warum auch nicht) kämen von überallher, aus dem ganzen Land, wo die Leute ihre nicht-normalen Kinder im Speicher, im Rübenkeller oder auf dem Heuboden versteckten. Es gebe – wenig überraschend – Missgeburten aus Alabama und Missouri, aber auch welche aus New Jersey und Pennsylvania.

»Der Westen von Pennsylvania war eine wahre Goldgrube. Da haben wir den Beinlosen Benny und Greta Grübchen gefunden.«

Er sagte, Mr Showalter fahre immer noch zu Leuten, von denen er gehört habe, dass sie eine Missgeburt in der Familie hätten, oder er, Lucius Wilson, fahre Mr Showalter hin und bereite ihm den Weg, die Bibel in der Hand und einen Vertrag in der Tasche. Manchmal, sagte er, flehten einen die Eltern regelrecht an, ihr Kind mitzunehmen, damit es noch eine Chance im Leben habe. Manchmal flehten einen die Kinder an, damit sie nicht bis ans Ende ihrer Tage in einem Keller leben müssten. Er reichte mir einen Mehlsack für meine Sachen.

Der Wohnwagen der Mädchen war marineblau mit einem gewellten weißen Zierstreifen um die Fenster. Er sah aus wie ein Schulkleid aus dem Katalog. Mr Wilson klopfte an, und wir warteten vor der Treppe. Ich hörte Mädchenstimmen und dann rasche Schritte zur Tür. Das Krokodilmädchen öffnete uns. Sie trug einen grünen Frotteebademantel, war kleiner als ich und hatte eine dicke, höckerige Haut, wie ein rosa Krokodil. Die raue ungleichmäßige Haut erstreckte sich auch über den größten Teil des Gesichts und rund um die Augen, wie eine Maske. Sie stand mit einem Buch in der Hand da, und als sie mich sah, setzte sie sich wieder aufs Bett und begann voller Ingrimm zu lesen.

Ihre Mitbewohnerin, das Hummermädchen, war klein und

hübsch und hatte Hände, deren Finger zu großen rosa Scheren verschmolzen waren. Sie polierte gerade ihre Schuhe, wie ein ganz normales Mädchen. Ich duckte mich, um mir beim Eintreten in den kleinen Wagen nicht den Kopf anzustoßen. Ich sah zwei einander gegenüberliegende Kojen, wie ich sie bisher nur auf Bildern von Schiffskajüten gesehen hatte, und dazwischen ein Feldbett mit grüner Decke für mich. Da stand ich nun, meinen Mehlsack in der Hand.

»Na, wenn du mal nicht Gulliver bei den Liliputanern bist«, sagte das Krokodilmädchen. »Und einen Mehlsack hast du außerdem.«

Das Hummermädchen lachte und sagte: »Herrje, Maryann. Sie kann doch nichts dafür, dass sie nicht so ein Zwerg ist wie wir.«

Mr Wilson verbeugte sich, sagte: »Das ist Lorena Hickok, sie arbeitet im Büro, also benehmt euch«, und ging.

Ich hatte nichts, was ich zum Schlafen anziehen konnte, und die zwei sahen zu, wie ich mich auf das Ende des Feldbetts setzte. Sie waren beide deformiert und entstellt, und draußen in der weiten Welt wären sie wahrscheinlich nicht gut aufgehoben gewesen, aber hier bei Showalters Étoile du Nord standen wir uns schlicht als drei junge Mädchen gegenüber. Sie hatten richtige Betten und Shampoo und Zahncreme und die richtige Größe für diesen Wohnwagen, und ich war die Außenseiterin.

»Hast du keine Nachtwäsche?«, fragte Maryann, das Krokodilmädchen, und ich schüttelte den Kopf.

Maryann sagte: »Ich hab nichts, was dir passen würde.« Sie hielt zwei kleine rosa Nachthemden hoch.

»Und du, Betsy?«, fragte sie.

Betsy antwortete sehr freundlich: »Du kannst in deiner Unterwäsche schlafen, Lorena. Morgen sage ich Miss Paula, dass du ein paar Sachen gebrauchen könntest. Es findet sich bestimmt etwas, irgendwas ist immer da.«

»Anzunehmen«, sagte Maryann. »Du bist ziemlich groß. Ich wäre immer gern etwas stattlicher gewesen, aber ›Kann man des Guten zu viel haben?‹ Das ist aus *Wie es euch gefällt*.«

»Meine Güte, Maryann«, sagte Betsy. »Wen interessiert das denn? Schlaf gut, Lorena. Träum von schönen Männern.«

Sie kicherte, und ich dachte mir, dass wir Freundinnen werden könnten.

Ich legte meine Kleider und Socken auf das Feldbett und stand gequält in meiner schäbigen Unterwäsche da.

»Wir sind nicht schamhaft«, sagte Maryann. »Wieso auch? Ich meine, *pourquoi*?«

Ich sagte gute Nacht. Dass Maryann gebildet war, hätte ich durchaus auch bemerkt, wenn sie keine in Leder gebundene Ausgabe von Shakespeare auf ihrem Regal stehen gehabt hätte. Sie sah meinen Blick.

»Hast du auch ein Faible für Shakespeare?«, fragte sie. Ich antwortete nicht gleich, denn das Wort *Faible* hatte ich noch nie im Leben benutzt. Maryann seufzte und zog ihre Bettdecke hoch.

»Willkommen in unserem Wohnwagen, Lorena.«

Maryann löschte die Lampe über ihrem Bett, und Betsy ebenso. Ich lag lange im Dunkeln wach, weinte in mein flaches Kissen und schaute über Betsys Koje hinweg aus dem Fenster. Draußen waren noch Männer am Werk. Ich sah die Glühwürmchen ihrer Zigarettenglut.

Am nächsten Morgen waren die beiden Mädchen fort, ihre Betten gemacht, die Handtücher aufgehängt.

Mr Wilson klopfte an die Tür. Er hatte ein paar Doughnuts für uns zum Frühstück besorgt und sagte, ich brauchte wahrscheinlich etwas Reichhaltigeres, aber das müsse warten, weil er mit allem hinterher sei. Miss Paula, die Kostümfrau, war kurz da gewesen und hatte eine geflickte Männerhose mit dickem Gürtel dagelassen, ein Paar türkische Pantoffeln, wie Mr Wilson sie nannte (Schuhe mit hochgebogener Seidenspitze und sehr dünnen Sohlen), und ein weiches, sauberes Herrenhemd. Ich zog mich um und nahm – barfuß, um meine Pantoffeln zu schonen – Mr Wilsons Diktat auf: Ich saß unter einem alten Schild, auf dem *Ergötzung, Unterhaltung, Verblüffung* stand, und notierte die Namen derer, die laut der Liste, die Mr Wilson vorlas, für die am nächsten Tag bevorstehende Aufführung in Tyndall noch bestochen werden mussten. Er reichte mir eine Tasse Kaffee. Ich würde erst mal nicht nach Chicago fahren, um meine liebe Tante Ella ausfindig zu machen und eine Highschool zu besuchen. Das hier war ein Abenteuer. Ein großer Mann mit Spitzbart steckte den Kopf herein. Mr Wilson sprang auf. »Mr Showalter. Sir.«

»Gerry hat von der Neuen gehört. Er hat eine Idee. Schicken Sie den Grünschnabel mal zu ihm rüber.«

Ich sah auf, und er wandte sich zur Tür. Mr Showalter sprach Leute wie mich nicht direkt an.

Mr Wilson ging mit mir über das Gelände.

»Hey, Sunshine, ich hab eine Freundin mitgebracht. Miss Lorena Hickok.«

Ein drahtiger dunkelhaariger Mann saß vor seinem Wohnwagen, schäumte sich vor einem Handspiegel das Gesicht ein und rief: »›Sie wird zappeln, sie wird schnippeln, wird dich blenden und deine Augen in ihrer Schönheit baden.‹ Hallo, Lucius. Hallo, Kleine.«

Eines der kleineren Banner, lila, gelb, rot und blau mit goldenem Fransenbesatz, Mond und Sterne aus dem Stoff ausgestanzt, hing an der Seite des Wohnwagens, und um die Fenster sowie entlang des Dachs waren Lichterketten gespannt. Ein Mann mit in die Stiefel gestopfter Latzhose und einem geblümten Seidenumhang kam heraus. Er war groß und schlank. Sein Haar war auf der einen Seite normal geschnitten, auf der anderen Seite hochgesteckt wie bei einer Frau.

»Ich bin Gerry.« Er küsste mir die Hand und fügte hinzu: »Bruder und Schwester in einem Körper.«

Sunny sagte: »Und ich bin Sunny Florent. Anreißer. Ger, du denkst ja wohl nicht, dass sie für die Burlesque taugt.«

Gerry sah mich an und sagte: Stell dich mal aufrecht hin, was ich tat, obwohl ich dem anderen Mann zustimmte. Ich sah es richtig vor mir, wie ich auf der Bühne herumstampfte mit kaum etwas am Leib, während ein paar Männer, die aussahen wie mein Vater, ihre Kommentare abgaben.

»Wer weiß«, sagte Gerry. »Erinnerst du dich an Bertile? Manche Männer mögen große Mädchen. Sie hat schöne Augen.«

»Du bist der Chef«, sagte Sunny.

Mr Wilson winkte uns und machte sich wieder auf den Weg zu seinem Büro, seine Haare leuchteten in der Sonne, und sein Anzug glänzte.

»Bleib doch zum Abendessen«, sagte einer der Männer.

Bis wir die Teller, Platten und Flaschen zum Picknicktisch getragen hatten, waren auch das Krokodilmädchen (Maryann) und das Hummermädchen (Betsy) in ihren leinenen Hängekleidern und Filzpantoffeln gekommen, mit einem Strauß Wiesenblumen in einer Milchflasche als Tischdekoration. Gerry setzte sich zwischen Betsy und mich. Ich schielte zu Betsy rüber, um zu sehen, wer ihr mit dem Huhn und den faustgroßen Klößen helfen würde. Ich versuchte, mich nicht zu blamieren, wie ich da auf ihre miteinander verschmolze-

nen Finger starrte, mit denen sie Messer und Gabel fest um-
schlossen hatte und fröhlich drauflossäbelte.

»Gewöhnst du dich langsam an uns?«, fragte Gerry. Er fuhr
mir mit dem Finger den Arm hoch. »Oh, Gänsehaut?«

Er gab mir Huhn und Kartoffelsalat auf den Teller. Ich aß
mein Huhn so ruhig ich konnte, versuchte keine ausladenden
Bewegungen zu machen, mein Wasserglas nicht umzuwerfen,
nichts zu tun, was den Eindruck erwecken könnte, ich würde
nicht in ihren Kreis passen.

»Was du wissen musst: Jeder Bauerntrampel meint, er wäre
etwas Besseres als wir, und jede Missgeburt weiß, wie es
wirklich ist. Es ist ganz einfach: Wir sind diejenigen, die etwas
Besseres sind.«

»Ich halte mich nicht für etwas Besseres«, sagte ich. »Wirklich, absolut nicht.«

Maryann tätschelte mir freundlich den Arm.

»Er meint nicht dich speziell«, sagte sie. »Er sagt, wie es im
Allgemeinen ist. Und im Allgemeinen kommen die Leute zu
uns, um sich zu gruseln oder zu amüsieren oder beides, vor
allem aber, um sich besser zu fühlen. Das sind arme Schlucker,
die sich in irgendwelchen Käffern mühsam durchschlagen,
wo es noch nicht mal Elektrizität gibt. So nach dem Prinzip:
Wenn man fett ist, aber ein hübsches Gesicht hat, beklagt man
sein Schicksal, bis Gott einem netterweise ein fettes Mädchen
mit Damenbart und einem dunkelroten Muttermal vor die
Nase setzt. Wir sind ein Trost für die – so ist das. Gottes au-
genfällige Fehler.«

»Ist sie nicht beeindruckend«, sagte Betsy. »Maryann hätte
ans College gehen können. Sie hätte am College *unterrichten*
können.«

»Kann sie immer noch«, sagte Gerry, und Maryann warf
den Kopf in den Nacken, als hätte sie eine Lockenmähne statt

ihrer traurigen, schuppigen, fast haarlosen Kopfhaut, die sie unter einer karierten Schiebermütze verbarg.

Gerry verneigte sich vor ihr.

Betsy sagte: »Wir sind ja nicht taub, weißt du. Wir hören, was die sagen. Oh, murmel murmel, schau dir mal ihre Arme an. Schau dir mal die kleine Titte an. Offenbar glauben die, wenn man auf der Bühne sitzt, klappen einem automatisch die Ohren zu. Und wir sehen sie auch. Wir sehen sie, und ich kann dir sagen, diese Leute haben keine Ahnung. Die schlimmsten von uns sind immer noch besser als diese Bauerntrampel.«

»Amen!«, sagte Gerry. Er stellte sein Weinglas ab und führte auf der hölzernen Veranda einen kleinen Stepptanz auf.

Gerry sagte: »Lorena und ich gehen mal eine Runde spazieren.«

Wir gingen an den Wohnwagen vorbei zu den Tieren. Er hielt meine Hand.

»Ich glaube nicht, dass die Burlesque für dich das Richtige ist.«

»Weil ich reizlos bin«, sagte ich. »Und zu groß.«

»Hör auf mit diesem Quatsch«, sagte er. »Du bist nicht reizlos. Und groß ist kein Problem. Es gibt Männer da draußen, die sich nur zu gern auf dich stürzen würden, so jung und knackig wie du bist. Vielleicht auch Lucius Wilson. Aber mach dir keine Gedanken, Schätzchen.«

Er küsste mich auf die Wange. »Ich habe erst in dem Moment angefangen, Geld zu verdienen, wo ich die Hosen runtergelassen habe. Aber ich behaupte nicht, dass es für dich genauso sein muss.«

Immer nach einer Woche packten wir zusammen und zogen weiter, von Tyndall nach Plankinton, nach Lake Preston und dann nach Tracey, Minnesota, wo unsere Arbeiter die Dekoration um Traumfänger mit roten und blauen Bändern und Indianerkopfschmuck ergänzten. Ich stand jeden Morgen mit Maryann und Betsy auf. Die Mädchen bezogen mich in ihre Morgenroutine ein. Maryann war am stärksten entstellt, am intelligentesten und am grausamsten. Betsy konnte mit langen Ärmeln und ausgestopften Fäustlingen oder Fingerhandschuhen immerhin in die Welt hinaus. Betsy und ich gestanden Maryann so viel Privatsphäre wie möglich zu. Betsy ließ mich ihr Haar bürsten, was sie zwar auch allein konnte, aber nur mit Mühe, und so hatten wir beide etwas, worauf wir unsere Aufmerksamkeit richten konnten, während Maryann sich an- und auszog. Betsy hatte wunderschönes Haar – »nach bester Monstrositätenshow-Manier«, sagte Maryann.

»Man hebt die Entstellung besonders hervor«, sagte sie. Sie warf sich für uns in Pose, als würde sie bei Marshall Fields Abendkleider vorführen. Sie hielt den einen rosigen, komplett von harten Schuppen überzogenen Arm in die Höhe und fuhr mit der ebenso grauslich aussehenden anderen Hand darüber. Sie reckte die Handgelenke hoch, die Hände nach hinten abgeknickt, wie eine Revuetänzerin. Sie stemmte beide Hände in die Taille und beugte sich vor. Die einzigen Stellen, an denen sie keine Schuppen hatte, waren ihr Nasenrücken und die Oberlippe.

»Aber man weist auch darauf hin, an welchen Stellen man nicht deformiert ist.« Sie drückte ihre schmale Taille noch mehr zusammen und zog dann an Betsys langem Zopf.

Die beiden setzten sich auf ihre Betten, um zuzusehen, wie ich mein Nachthemd, das meiner Vorgängerin im Büro gehört hatte, auszog und mich dann ankleidete. Es schien uns allen nur recht und billig, dass sie mir zusahen. Ich stellte mich ans Fußende meines Feldbetts und zog mir das Nachthemd über den Kopf. Dann stand ich nur in der Unterhose da und sah aus wie das, was ich war: ein ziemlich großes Mädchen aus South Dakota, das buttern konnte und – wenn ich das Glück hatte, irgendwo zu sein, wo es eine gesunde Kuh gab – auch helfen konnte, ein Kalb zur Welt zu bringen. Maryann suchte nach irgendeinem Makel, Betsy dagegen nahm ihre Brüste in beide Hände und betrachtete daraufhin meine.

»Du hast wirklich einen sehr schönen Busen«, sagte sie. Ich zog mein Mieder an und schnürte es ein bisschen fester. Ich wusste, dass es schlechter Stil wäre, mich zu beeilen.

Ich errötete und schlüpfte in meine Schuhe, während sie warteten, und dann gingen wir untergehakt hinaus und zwischen den Wagen hindurch.

»Alle mögen dich«, sagte Gerry.

Ich massierte ihm vor seiner Probe die Schultern. Er hatte gesagt, ich hätte kräftige Hände, und er könne die Hilfe gebrauchen. Gleichzeitig als Mann und als Frau zu singen und tanzen, das sei eine verdammt anspruchsvolle Nummer. Wir machten Tauziehen mit einem Handtuch, um seine Muskulatur zu lockern, und dann setzte ich mich neben ihn und half ihm, das Knie bis zum Ohr hochzuziehen. Er stand auf, schüttelte Arme und Beine aus und sagte mir, ich solle mich hinstellen und absolut reglos stehen bleiben, damit ich nicht eins aufs Maul kriegte, und dann schwang er eins seiner langen Beine auf meine Schulter. Er neigte erst den Kopf nach hinten und bog dann den ganzen Oberkörper von mir weg. Beide Hände landeten auf dem Boden, und sein anderer Fuß im Lederschläppchen kam auf meiner anderen Schulter zu liegen. Ich roch Talkum, Schweiß und ein herb-fruchtiges Parfüm an seinem Trikot.

»Du bist echt gut«, sagte ich.

»So gut bin ich gar nicht. Ich bin einfach nur beweglicher als die meisten Männer, und deshalb kriege ich es hin, nicht zur Hälfte Mann und zur Hälfte Frau zu sein, sondern *ganz* Mann und *ganz* Frau.«

Er rief das mit sonorer Stimme aus dem Handstand, und dann schwang er sich wieder auf die Füße und stützte sich kurz an meiner Schulter ab, um das Gleichgewicht wiederzufinden.

»Hast du gestern Abend gehört, wie Sunny mich angekündigt hat? Sunny ist der absolute Knaller. ›Diese extraordinäre Darbietung ist nur etwas für Leute über achtzehn oder unter achtzig. Wer unter achtzehn ist, versteht sie nicht, wer über achtzig ist, steht sie nicht durch!‹«

Gerry holte sein Radio heraus und legte das Bein auf einen Heuballen, um die Muskeln zu dehnen. Er fand einen Sender, auf dem Ragtime gespielt wurde.

»Ich tanze unheimlich gern Peabody«, sagte er.

Er wirbelte mich herum.

»Diesen Tanz hat ein richtig fetter Kerl erfunden«, sagte er. »Der Mann hat das Beste aus dem gemacht, was er hatte – und bei dem Umfang hatte er schlichtweg mehr, was man lieben konnte. Verstehst du?«

Gerry nahm mich bei der Hand.

»Du bist die Dame«, sagte er. »Wir tanzen Rumba.«

Er bog den Rücken durch und stellte das rechte Bein nach vorn, beide Knie durchgedrückt, der Oberkörper aufrecht. Ich stand da wie eine alte Frau mit einem Mopp, was er wahrscheinlich erwartet hatte. Er setzte zwei Finger auf meine Schulter und spazierte mit ihnen ein Stück vor und zurück. Dann schwang er vor mir herum und legte die andere Hand auf meine Schulterblätter. Er nahm meinen Arm und legte ihn um seinen Hals.

»Der gehört dahin. Und – zwei, drei, vier«, sagte er und zog mich an sich.

Ich machte einen Schritt und blieb stehen.

»Weiter. Rechts, Wiegeschritt, links. Rechts, Wiegeschritt, links.«

Ich machte einen weiteren schlurfenden Schritt und blieb stehen.

Er gab mir einen leichten Klaps auf die Wange.

»Sei nicht so eine Tranfunzel«, sagte er. »Wir sind doch gleich groß. Das ist gut.«

Er öffnete eine Truhe und holte eine Flasche schwarzgebrannten Schnaps und zwei Kaffeetassen heraus.

»Was feiern wir denn?«, fragte ich.

»Nichts. Zahltag. Deinen Geburtstag. Alles was einen Schluck Schwarzgebrannten aus Mississippi rechtfertigt.«

»Ich hab aber gar nicht Geburtstag«, sagte ich, obwohl ich Gerry nur äußerst ungern widersprach, selbst bei so was. Wir tranken unseren Schnaps. Ich hustete hinter vorgehaltener Hand.

»Ich will einfach nur sagen, dass wir zusammen süß aussehen könnten.«

»Ich bin nicht süß«, sagte ich und hätte am liebsten losgeheult. Ich war nicht süß. Ich wusste nur zu gut, dass ich nicht süß war, und wenn Gerry mir ins Gesicht sagte, ich sei süß, musste er irgendeinen Grund haben, mich anzulügen. Gerry bugsierte mich durch einen Shim-Sham, durch die gesamte Schrittfolge. Ich lernte, was der Flap, der Stamp, der Stomp und der Shuffle war, und ich glaube, ich machte keinen einzigen Schritt richtig.

»Also, jetzt pass mal auf. Wir wollen, dass du bei uns bleibst. Wenn wir nach Red Wing kommen, wird Miss Paulas Cousine dich mit einem kräftigen Hüftschwung von deinem Posten schubsen. Sie ist Mr Showalters Liebling. Ich versuche gerade, was anderes für dich zu finden.«

»Tja, mit dir zu tanzen ist es jedenfalls ganz sicher nicht.«

Ich zog meine Strickjacke fester um mich und stapfte zu meinem Wohnwagen zurück. Gerry rief mir nach, Gute Nacht, Kleine, aber ich wusste, dass ich meine Chance gehabt hatte und voll auf die Fresse gefallen war.

Am nächsten Morgen bereitete ich die Handzettel für den nächsten Ort vor, und Mr Wilson las meine Pressemeldung. Genau so gehört das, sagte er. Du sagst ihnen, was bei uns Sache ist. Ein reißerischer Einstieg und dann die Fakten. Sie bringen es als Nachricht, und wir lachen uns eins.

Mr Showalter kam herein. Er sah mir einen Moment lang beim Tippen zu, dann schaute er zu Lucius hinüber, der mit den Achseln zuckte. Mr Showalter schüttelte kaum merklich den Kopf.

Als ich an diesem Abend zu unserem Wagen zurückkam, nachdem wir in vier Orten Handzettel verteilt hatten, fand ich am Spiegel eine Nachricht von Gerry vor. Er fragte, ob ich vorbeikommen und ihm beim Dehnen helfen könne.

Gerry und ich machten seine Übungen, auch die, die seinen Brustkorb weitete. Ich führte seine beiden Arme hinter seinen Rücken und zog erst die linke Hand zum rechten Schulterblatt hoch, dann die rechte zum linken.

»Beweglichkeit ist das A und O«, sagte er. »Illusion und Beweglichkeit.«

Er trug kein Unterhemd, und ich sah zum ersten Mal seine Brust, den weichen Teil und den harten. Er bemerkte meinen Blick.

»Ich beiße nicht«, sage er. »Und die da auch nicht. Wir sind fertig, Zuckerpüppchen.«

Er nahm mich mit zu seinem Wagen, einer schmaleren Version von unserem mit einem einzelnen Bett, einer verwaschenen Patchworkdecke, einer Waschschüssel aus Metall und einem glasklaren Spiegel, der von sechs an einem Kabel befestigten runden Glühbirnen umrahmt war. Gerry legte vier weiche Brötchen auf einen Blechteller, mit einem Klecks Honig und leuchtend roten, in Zucker gewälzten Beeren.

»Johannisbeeren«, sagte er. »Die sind so sauer, dass es einem den Mund zusammenzieht, aber durch den Zucker werden sie süßsauer. Und die ganzen Vitamine verhindern, dass wir Beriberi kriegen.«

Das Brötchen war noch warm und enthielt Speckstückchen. Ich hätte den ganzen Abend mit Gerry dasitzen und Speckbrötchen essen können.

»Es lohnt sich, der Köchin zu schmeicheln«, sagte er. Er strich sich das Haar aus dem Gesicht und lächelte, nur ein kleines bisschen, sodass sich der eine Mundwinkel in Richtung seines Grübchens hob.

»Gefällt dir mein Lächeln?«, fragte er.

»Es ist ein schönes Lächeln«, sagte ich.

»Allerdings. Jeder kann ein schönes Lächeln haben. In einem gewissen Rahmen. Natürlich nicht jede Missgeburt und auch nicht irgendein Bauerntrampel, dem die Schneidezähne fehlen, aber du zum Beispiel, du könntest lächeln.«

»Ich lächle aber nicht gern.«

Er küsste mich auf den Mund, und während ich blinzelte wie ein geprügeltes Kalb, hielt er mein Gesicht in beiden Händen.

»Ich finde, ich habe nicht viel Grund zu lächeln«, sagte ich und bereute es sofort.

Er nahm die Hände von meinem Gesicht und knackte mit den Fingergelenken.

»Ach, du Arme. Ich verstehe schon. Da sitzt du, mit zwei ordentlichen Beinen, zwei Armen, einer durchaus passablen rosigen Haut, schwarzen Locken. Du kannst lesen, schreiben, tippen, und zwar mit genau den Körperteilen, die dafür vorgesehen sind. Du machst Öffentlichkeitsarbeit. Du hast zwei Titten, die sich richtig schön entwickeln. Ich verstehe, was du meinst. Du bist ein tragischer Fall.«

Gerry wollte nichts davon wissen. Bevor ein Schausteller es zulässt, dass man ihm von seinem Kummer erzählt, hat man seine Faust im Gesicht, und umgekehrt würden sich diese Leute eher die Zunge herausreißen, als von ihrem eigenen Kummer zu erzählen.

Er legte sich hin und klopfte neben sich aufs Bett. Ich streckte mich aus wie zu einer medizinischen Untersuchung, und er lachte.

»Du kannst ruhig die Schuhe ausziehen. Gott liebt dich«, sagte er, als ich es tat. »Wo hast du denn diese Treter her?«

Statt meiner türkischen Pantoffeln trug ich inzwischen kleine Männerschuhe, Budapester, die ich unter den Fundsachen entdeckt hatte. Sie waren mir ein bisschen zu groß, aber es waren richtige Schuhe, aus glänzendem Leder mit Gummiabsätzen und einer stabilen Sohle. Bis zu dem Moment, wo Gerry sie betrachtete, hatte ich nichts anderes über sie gedacht, als dass es die besten Schuhe waren, die ich je gehabt hatte.

»Ich traue mich ja kaum zu fragen«, sagte er. »Aber wie steht's mit deinen Socken?«

Meine Socken waren aus schlichter weißer Baumwolle, und das Einzige, was ich an ihnen auszusetzen hatte, war, dass ich sie immer drei Tage hintereinander tragen musste, weil ich nur zwei Paar besaß.

»Ich nehm dich doch bloß ein bisschen hoch«, sagte er. »Komm, leg dich zu deinem Onkel Gerry. Oder deiner Tante Gerry.«

Er schob die Träger seines Unterhemds herunter. Seine rechte Schulter war gebräunt und muskulös. Die linke war ein bisschen heller und weicher. Er zog das Unterhemd ganz aus, rollte es hinunter wie ein enges Kleid und hob seine schmalen Hüften an, um es abzustreifen. Ich saß neben ihm und versuchte zu sehen, was er tat, ohne hinzustarren. Er schob das Laken zur Seite und zündete eine weitere Kerze an. Die linke Seite seiner Brust war glattrasiert, bis zur Mitte, wo die dunkle Behaarung der rechten Seite begann. Sein ganzer Oberkörper war honigfarben, und die Rippen traten unter der dünnen Haut hervor.

»Siehst du?«, sagte er. »Wenn du mir deine Geschichte noch erzählen willst, kannst du es jetzt tun.«

Ich wollte nicht. Ich konnte nicht sprechen, denn ich hielt den Atem an. Nicht dass ich seinen Anblick mit dem irgendeines anderen Mannes hätte vergleichen können. Einmal hatte ich einen Blick auf meinen Vater erhascht, während er sich umzog, ganz früher, bevor ich Angst vor ihm bekam. Ich hatte die rosa Truthahnsäcke zwischen seinen Beinen gesehen und gedacht: Das? Als mir die großen Mädchen von Mann und Frau erzählt hatten, war ich mir sicher gewesen, dass sie das alles nur erfanden und mir eine schrecklichere Wahrheit verschwiegen.

Da unten war sein Haar dunkelbraun. Auf der einen Seite ließ er es voll und buschig stehen. Vielleicht hatte er sogar mit dem Kamm ein bisschen nachgeholfen, so sehr stand es ab. Auf der anderen Seite bildete es ein sauberes kräuseliges Dreieck, klar abgegrenzt wie ein Blumenbeet. Ich sah weg, und er legte meine Hand auf das Haar.

»Keine Angst«, sagte er. »Ist handzahm.«

Sein Penis regte sich ein wenig unter meinen Fingern, und ich schrie auf und klemmte meine Hände zwischen die Knie. Gerry lachte. Er stützte sich auf einen Ellbogen, und seine linke Brust, diejenige, die der eines Mädchens glich, fiel nach vorn. Sie war klein, viel kleiner als meine, und die Brustwarze war dunkler. Ich hatte in meinem Leben nur selten Gelegenheit gehabt, in einen Spiegel zu schauen, aber bei den O'Neills hatte ich das elektrische Licht, den Wasseranschluss im Haus und den glänzenden Badezimmerspiegel ausgenutzt. Ich hatte mich ausgiebig betrachtet. Was ich sah, hatte mich nicht begeistert, aber geheimnisvoll war es nicht.

»Da ist nichts dabei«, sagte er leise. »Wenn man weiß, was jemand erwartet, gibt man es ihm.«

Er legte meine Hand auf die flache Seite seiner Brust.

»Das?« Er schob meine Hand auf die andere Seite. »Oder das?«

Mir war leicht übel. Ich hatte noch nie eine nackte Männerbrust berührt. Es war mir gerade mal gelungen, unter einigen Verrenkungen und »Oh, Entschuldigung« Lottie zu streifen, als sie nur ihr Nachthemd anhatte. Ich rollte mich auf die Seite. Ich legte die Hand auf seine Brust, presste sie auf die flache muskulöse Fläche, auf den winzigen Nippel, kaum größer als ein Stecknadelkopf. Ich spürte ein paar drahtige Haare unter meinen Fingern.

»Das ist schön«, sagte er. »Für mich jedenfalls. Und für dich?«

Es war nicht schön, nicht in dem Sinne, wie ich das Wort verstand. Seine Mädchenbrust anzufassen – und näher würde ich einem echten Mädchen wohl nie kommen – brachte mich dagegen ins Schwitzen. Und es weckte den heftigen Wunsch in mir, am anderen Ende dieser Brust ein Mädchen vorzufinden. Die rechte Seite führte zu dem, was tatsächlich da war:

ein Mann mit einer weichen weißen und einer festen gebräunten Schulter, und mit nur einer kleinen, schwammigen Brust, und einen Mann wollte ich nicht küssen, das war mir eben erst klar geworden. Ich hatte bisher jede Frau, nach der ich mich sehnte, für besonders gehalten. Seit meinem neunten Lebensjahr hatte ich mir eingeredet, dass ich natürlich hoffte, eines Tages einen Ehemann zu haben, und diese Frauen meinen eigentlichen Weg bloß unterbrochen hatten – nur kurz und nur weil sie eben so besonders waren. Jetzt erkannte ich, dass das nicht stimmte. Für mich unterbrachen Frauen überhaupt nichts.

Gerry sagte: »Genug von mir.«

Mein Mieder und meine Unterhose waren nur unwesentlich sauberer als meine Socken. Gerrys Blick war neugierig und angenehm. Ich war mir nicht sicher, wie Lust aussah. Ich versuchte mir vorzustellen, wie ich Lottie angeschaut hatte, oder auch wie ich mich gefühlt hatte – ich spürte, wie mein Gesicht heiß wurde –, als Mrs Miller mich umarmte. Gerry zog sich einen rosa Seidenschlüpfer an.

»Wir tun einfach so, als wären wir beide Mädchen«, sagte er. »Ich war noch nie ein Mädchen mit einem anderen Mädchen.«

Das hieß wohl, dachte ich, und mir schwindelte, dass er alle anderen Varianten schon ausprobiert hatte.

Ich legte mich hin, setzte mich wieder auf, legte mich wieder hin, wie ein Kind, das Fieber hat. Gerry seufzte und setzte sich mit mir auf.

»Schon gut«, sagte er. »Ich dachte, es könnte gehen. Ich dachte, ich hätte da was gesehen … nicht so.«

»Tut mir leid«, sagte ich. »Ich wäre … es ist so, wie du es gesagt hast. Ich wäre gern ein Mädchen mit einem anderen Mädchen.«

»Und ich bin keins.« Er zuckte die Achseln. »Tja, du hast

recht, ich bin keins. Aber hey, betrachte es mal von der positiven Seite – jetzt weißt du sicher, dass du Mädchen magst. Du musst also keinen Mann heiraten. Aus Versehen, meine ich.«

Ich setzte mich auf. Gerry seufzte erneut. Er legte mir den Arm um die Taille und hielt mich fest.

»Also, ich hab mir Folgendes überlegt. Wenn wir uns ein bisschen aneinander gewöhnt haben, dann probieren wir eine Tanznummer. Du machst das Gleiche wie ich, nur andersherum. Du trainierst deine linke Seite, stemmst meine Hanteln, bräunst dich. Vielleicht ein angeklebter halber Schnauzbart. Die andere Seite halten wir so mädchenhaft wie möglich. Wir könnten Tango tanzen und im nächsten Moment die Rollen tauschen. Ich wäre der Mann, du das Mädchen, und dann – zack – umgekehrt.«

Ich wollte nicht auftreten. Ich würde genauso wenig Tango tanzen wie fliegen, und ich wollte nicht halb Junge, halb Mädchen sein. Ich war, fand ich, kein so schreckliches Mädchen, dass ich aufhören sollte, eins zu sein.

Am liebsten hätte ich geheult. Ich war keine Missgeburt. Ich hatte weder irgendeine Begabung noch eine Missbildung, die andere Leute gegen Geld würden sehen wollen. Ich war ein Bauerntrampel, und das waren die Schlimmsten.

»Keine Tränen«, sagte Gerry. »Vergiss es. Wir machen es uns einfach gemütlich.«

Er wickelte sich fest in seinen Kimono und strich sich das Haar zurück.

Ich legte mich hin und gab vor, zu schlafen. Tatsächlich betrachtete ich die Patchworkdecke. Gerry änderte immer wieder unsere Stellung. Er schmiegte sich in Löffelchenhaltung um mich. Dann rollte er mich auf die andere Seite, sodass ich in Löffelchenhaltung um ihn geschmiegt lag. Er führte meine Hand nach unten und bewegte sie, wie er es wollte, und die ganze Zeit tat ich so, als schliefe ich, und er tat so, als glaubte er, dass ich schlief. Danach wischte ich meine Hand an der Unterseite der Patchworkdecke ab, setzte mich auf und wiegte mich, fühlte mich elend. Ich dachte sehnsüchtig an das Speckbrötchen und den ersten Teil des Abends, als ich noch gedacht hatte, Gerry und ich würden bis zum Morgengrauen plaudernd und lachend zusammensitzen.

Draußen begann es zu dämmern, und wir hörten, wie die Arbeiter die Stangen zerlegten und die Zeltplanen zusammenfalteten. Ich hatte ganz vergessen, dass wir heute weiterziehen würden.

Gerry sagte: »Vielleicht ziehst du nicht mit uns weiter. Vielleicht machst du dich selbst auf den Weg. Du nach Osten und wir nach Westen, ›und niemals werden sie zueinander kommen‹.«

Ich saß auf dem Bett und pulte an den Nähten der Patchworkdecke herum, bis eine aufging und die dünne Füllung herausquoll. Gerry schlug mir auf die Hand.

»Oh nein, das tust du nicht«, sagte er. »Es ist an der Zeit, dass du dich fortmachst, Zuckerpüppchen.«

Als ich schließlich aufstand, war er bereits angezogen und wartete drauf, dass ich in meine Schuhe schlüpfte.

Gerry brachte mich zu unserem Wagen. Er stopfte meine Kleider in eine kleine lederne Reisetasche, hielt drei Dollar demonstrativ hoch und steckte sie in einen Geldbeutel aus grüner Seide. Dann klopfte er mir auf die Schulter. »Wenn die Sonne aufgegangen ist, will ich dein ungelenkes Gehampel hier nicht mehr sehen. Der Bus hält eine Meile von hier an der Straße und kommt in einer halben Stunde.«

Für Eleanor übersprang ich Gerry komplett. Ich sagte, ich sei ein paar Wochen mit einem Zirkus mitgereist und hätte Schreibmaschineschreiben gelernt. Ich sagte, ein Mann habe Annäherungsversuche gemacht, ich hätte sie abgewehrt und den Bus nach Chicago genommen, um das alles hinter mir zu lassen und die Highschool zu besuchen, und von dort sei es nach Battle Creek weitergegangen, wo die Laufbahn von Lorena Hickok, der jungen Reporterin, begann. Eleanor sagte, genau wie ich es gehofft hatte: Du bist so interessant.

Ich erzählte Eleanor, was ich erzählen konnte. Meine Tante Ella war gut zu mir. Ich brachte die Highschool im Nullkommanichts hinter mich, strengte mich an, um meinen Rückstand aufzuholen. Ich schoss übers Ziel hinaus und bekam ein Stipendium fürs College, das jedoch nicht die Kosten für Essen und Kleidung deckte, und ich tat, was gescheite, mittellose Mädchen eben tun. Ich ging putzen. Ich aß die Reste von den Tellern anderer, und ich las in den Lehrbüchern, die andere in der Bibliothek auf den Tischen liegen ließen. Ich ging zu jeder Party, von der ich erfuhr, und war die Erste an der Bar und die Erste, die sich eine Schale Nüsse in die Tasche leerte. Ich schlief unter meinem Mantel. Ich roch nicht besonders gut. Das Leben der Collegeleute, die Kaschmirpullover und Winterhandschuhe, die gefütterten Stiefel und kessen Hütchen, war nichts für meinesgleichen, und ich hatte weder die Nerven noch die Disziplin, um zu bleiben.

Ich ging nach Battle Creek und bekam eine Stelle bei einer Zeitung, und ich dankte Lucius Wilson dafür, dass er mir das Prinzip der W-Fragen beigebracht hatte.

Ich erzählte Eleanor, dass ich damals meine ersten namentlich gekennzeichneten Artikel schrieb: über Leute, die auf dem Weg in Kelloggs Sanatorium waren, um Cornflakes zu essen und von ihren jeweiligen Beschwerden geheilt zu werden. Ich blieb gerade lang genug in Battle Creek, um mit einem netten Mädchen und deren Katze in eine Wohnung zu ziehen, wobei ich Eleanor gegenüber weder das Mädchen noch die Katze erwähnte. Ich küsste das Mädchen und zog weiter nach Milwaukee, um mein nächstes Leben zu beginnen.

Mehr, sagte Eleanor, später.

SEHNSUCHT IST WIE DAS SAATKORN

Ich hetzte zum Zug. Eleanor war bereits da und erwartete mich; mit Hut und Handschuhen saß sie sehr aufrecht auf dem mittleren Sitzplatz. Sie sah müde aus und zeigte keine Regung, als sie mich sah. Sie seufzte.

Ich erzählte ihr von dem wunderbaren Diner in Potsdam. Sie erzählte, nach der Beerdigung habe es Corned Beef, Kohl und selbstgebrautes Bier gegeben. Der Trauergottesdienst sei irisch-katholisch und sehr innig gewesen. Ich hängte meinen Mantel auf und zog ostentativ meinen Notizblock hervor, um meine Arbeit wiederaufzunehmen und sie nach den Ambitionen ihres Mannes zu fragen. Angeblich hatte der Gouverneur ein echtes Talent dafür, die Karriereleiter hochzuklettern, unabhängig davon, ob er auf den unteren Stufen erfolgreich gewesen war, und danach fragte ich sie jetzt.

»Deine Beobachtungen sind ja nicht ohne«, sagte sie.

Sie sah mich mit diesen außergewöhnlichen Augen an, hell und klar wie ein See in Maine, mit Sprenkeln in einem dunkleren Blau. Ich hab es nicht so gemeint, dachte ich. Mir ist das doch egal. Ich werde deinen Mann preisen, bis mir die Zunge am Gaumen kleben bleibt. Ich werde so tun, als wüsste ich nichts über Missy LeHands eigentliche Pflichten. Ich werde nur das sehen, was ich deiner Meinung nach sehen soll. Plötzlich legte sie mir beide Hände auf die Wangen, und ich weiß bis heute nicht, was sie über Franklins Ambitionen sagte.

Wir beugten uns beide vor.

»Danke, dass du mir zugehört hast«, sagte sie. »Und danke fürs Erzählen.«

»Ich bin noch lange nicht fertig«, sagte ich. »Und du kannst mir alles erzählen. Es bleibt unter uns.«

»Lass uns etwas zu Abend essen, und dann erzähle ich dir vom Anfang und vom Ende meiner Ausbildung«, sagte sie.

Der Zugkellner brachte uns das Abendessen ins Abteil: gekochtes Schweinefleisch auf einem Bett aus wässrigen Erbsen, und zum Nachtisch zwei Scheiben Dosenpfirsich, leicht grünlich an den Rändern. Ich sagte, dieses Essen sei der Großen Depression ja mehr als würdig. Eleanor sagte, sie finde es in Ordnung, sie brauche keinen Schnickschnack, ja gerade jetzt, wo so viele litten, sei ihr jeglicher Schnickschnack unerträglich. Ich aß meinen Dosenpfirsich und dachte: Eleanor, du hast solches Essen dein Leben lang nur dann gegessen, wenn du es selbst wolltest. Wir haben einander unsere traurigen Geschichten erzählt, und das Bemerkenswerte ist nicht, wie ähnlich wir uns sind mit unseren verstorbenen Müttern und den tragischen Ereignissen in unserer Vergangenheit, sondern wie unterschiedlich das Wort »Waise« zu verstehen ist, je nachdem, ob man dein oder mein Leben betrachtet. Ich ging hinaus, um eine Zigarette zu rauchen, und schaute zu, wie die tiefblauen Umrisse und noch dunkleren Schatten vorbeisausten. Im gelben Scheinwerferlicht des Zugs zeigten sich weitere Bäume, weitere Felder, weitere Schienen.

Ich ging wieder ins Abteil. Die Teller waren fort, und Eleanor hatte das Rollo heruntergezogen.

»Ain't nobody here but us chickens«, sagte ich und dachte

im selben Moment, wenn ich mir nur selbst einen Maulkorb verpassen könnte, dann würde das alles viel besser laufen.

»Meine beste Lehrerin sah ein bisschen aus wie du«, sagte sie. »Sie war nicht ganz so groß. Und sie war ... nicht gerade grazil. Mademoiselle Souvestre stand mit beiden Beinen auf dem Boden. Sie hatte ein prächtiges Haupt, wie eine Göttin. Welliges weißes Haar, das sie immer nach hinten gebunden trug, so wie du. Wunderschöne furchtlose Augen. Ein strahlendes Preußischblau. Du siehst ihr wirklich ein bisschen ähnlich. Ich habe damals bei meiner Großmutter gelebt, mit meinem Bruder Hall, bei ihr und all unseren glamourösen Tanten und Onkeln. Ich habe jeden Abend meine Tür abgeschlossen, wenn meine armen Onkel auf dem Kriegspfad waren. Meine Tante Tissie hat mitbekommen, dass es gewisse Probleme gab, und hat offenbar jeden adeligen Namen fallen lassen, der ihr nur einfiel, damit meine Großmutter mir endlich erlaubte, an die Allenswood Academy zu gehen. Die Strachey-Töchter waren alle bei Mademoiselle Souvestre, weißt du, und die Töchter der Barneys auch, und schließlich hat meine Großmutter eingewilligt. Ich war fünfzehn. Es war wunderbar. Die Schule war in Wimbledon und sah genauso aus wie das Somerville College in Oxford. Das war mein Oxford.«

Ich verstand kaum etwas von dem, was sie da erzählte, bis auf die Sache mit den gefährlichen Onkeln.

»Du warst bestimmt bezaubernd«, sagte ich.

»Ich glaube, das sind fünfzehnjährige Mädchen fast immer.«

Ich widersprach nicht.

»So glücklich war ich in meinem ganzen Leben nicht«, sagte sie. »Weder vorher noch hinterher. Ich war einer ihrer Lieblinge. Nein, ich war *ihr* Liebling. Ich kann gar nicht glauben, dass ich das sage.«

Ich sagte, ich sei auch mal jemandes Liebling gewesen, und sie lächelte.

»Weißt du, ich durfte beim Abendessen neben ihr sitzen. Jeden Abend. Ich hatte auch wunderbare Freundinnen. Wir saßen alle zusammen. Wenn man Englisch sprach, auch nur ein einziges Wort, galt das als Verbrechen, und es konnte passieren, dass man all seine Habseligkeiten aufs Bett gekippt bekam. Aber mein Französisch war ziemlich gut. Ist es immer noch. Mein Italienisch war passabel. *Abbastanza buono.* Mein Deutsch allerdings, na ja, das war *furchtbar.* Sie fand meine Kleider grauenhaft. Das hat sie tatsächlich mal gesagt, sie hatte eine sehr scharfe Zunge. Sie war herrlich geistreich, aber nicht immer freundlich, außerdem war sie äußerst aufbrausend, und ich dachte erst, das würde mich einschüchtern, aber so war es nicht. Ich hatte eine Freundin, die das nicht ertragen konnte, sie wurde sehr oft gescholten und hat die Schule schließlich verlassen. Ich habe von meinem Fenster aus gesehen, wie sie abgereist ist, und sie hat mir leidgetan, aber mein vorrangiger Gedanke war: Wie hältst du es nur aus, von hier wegzugehen? Ich habe danach noch härter gearbeitet, um Mademoiselle zufriedenzustellen. Sie konnte einen Aufsatz regelrecht in der Luft zerreißen. Irgendwann hat sie ein schönes rotes Kleid für mich bestellt, burgunderrot, um genau zu sein, für Feste und Tanzveranstaltungen. *Sie* hat es bestellt. Für mich. Sie sagte, ich solle auf meine Körpergröße stolz sein und mich wie eine Frau kleiden, nicht wie ein Baby. Ach, was habe ich dieses Kleid geliebt.«

Sie strahlte, und ich sah das Mädchen, ganz und gar.

»Mademoiselle konnte sehr vehement sein, da blieb kein Stein auf dem anderen. Und sie hat uns dazu ermuntert, ungestüm zu sein. Unterwürfigkeit konnte sie nicht leiden. Siehst du, genau wie du. Sie hat uns eine humanistische Bildung angedeihen lassen, mit kritischen Textanalysen, Geschichte, Fremdsprachen und Literatur. Wer nicht argumentieren konnte, war dort fehl am Platz. Sich drücken oder faul sein, das gab es bei ihr nicht. Sie bewunderte harte Arbeit und Ehrgeiz. O je, ich bin wohl etwas ins Reden gekommen.«

Ich fand es herrlich, wie sie angab, mit all den Fremdwörtern um sich warf und mich sehen ließ, wie sehr sie sich an ihrem berauschten, beglückten früheren Ich erfreute. Um mich ist es geschehen, dachte ich.

»In den Ferien ist sie mit mir durch ganz Frankreich gefahren, manchmal tatsächlich nur mit mir. Meine Güte, es war so ein Privileg, mit ihr zu reisen. Sie wusste alles. Sie glaubte an Schönheit, Wissen, soziale Gerechtigkeit. Sie glaubte, dass man für das, was richtig ist, kämpfen muss, auch wenn man den Kampf verliert, und sie glaubte, dass ihre Mädchen moralisch verpflichtet waren, die Welt zu einem besseren Ort zu machen. Marie Souvestre hat mich erschaffen«, sagte Eleanor.

Sie lehnte ihren Kopf an die Rückenlehne.

»Ich habe einen Monat lang geheult, als meine Großmutter mich für den Debütantinnenball nach Hause schleifte. Mademoiselle hat argumentiert, ich habe argumentiert, aber wir hatten keine Chance. Bis zu ihrem Tod haben wir korrespondiert, sie starb zwei Wochen nach meiner Hochzeit. Zwei Wochen. Mein Hochzeitskleid war hübsch, aber es war nichts gegen dieses burgunderrote Kleid.«

»Ich hätte dich zu gern in diesem Kleid gesehen«, sagte ich, worauf sie errötete, und ich beugte mich vor und dachte: Los geht's.

ZWEITER TEIL

HEART OF MY HEART

Freitag, 27. April 1945, am Nachmittag
29 Washington Square West
New York, New York

Ich mache gerade Thunfischsalat, als das Telefon klingelt.

»Hallo? Hier ist Anna Roosevelt Boettiger, Mrs Roosevelts Tochter. Lorena, bist du das? Was machst du denn in der Wohnung?«

Niemand anders, den sie kennt, klingt so wie ich. Ich klinge wie die Hinterwäldlerin, die ich bin, wie die Raucherin, die ich war, und wie die Trinkerin, die ich vermutlich bleiben werde. Anna sagt, dass sie ihre Mutter sprechen möchte, und ich sage, sie schläft, worauf Anna sagt: Könntest du mal schauen, ob sie vielleicht aufgewacht ist? Als ich mir nicht die Mühe mache, den Hörer hinzulegen und so zu tun, als ginge ich durch den Flur, um nachzusehen, wird ihr Ton schärfer.

»Ist ›sie schläft‹ ein Code für ›sie will nicht mit mir sprechen‹?«

Das wäre durchaus denkbar. Ich jedenfalls hätte nichts dagegen, so einen Geheimcode zu benutzen.

»Sie schläft einfach, Anna«, sage ich.

Eine lange Pause folgt, und falls ich mich gefragt haben sollte, auf welche Weise Anna mich, die sie innigst verabscheut, bitten wird, gut Wetter bei ihrer Mutter zu machen, die von ihr verraten wurde, muss ich nicht lange auf die Antwort warten.

»Ich habe mir Sorgen gemacht. Seit der Beerdigung habe ich kaum von ihr gehört. Das ist gar nicht ihre Art.«

Nein, das ist es wirklich nicht. Normalerweise ist Eleanor diejenige, die anruft, sich kümmert, die ganze Nacht am Krankenbett sitzt. Da sie früh Mutter und Vater verloren hat und von einem Haufen reicher Verrückter aufgezogen wurde, die nicht aus ihrem mit Farnen und Statuen vollgestopften Kuckucksnest herausfanden, ist Eleanor sehr vehement, was Bindung und Kontrolle betrifft. Ich wünschte, ich hätte sie schon gekannt, als wir noch Mädchen waren. Ich wünschte, sie wäre damals, als sie die Möglichkeit dazu hatte, mehr in Europa gereist, mit all den glamourösen lesbischen Französinnen und vernünftigen Engländerinnen, und hätte alles studiert, was sie nur irgend interessierte, statt wie ein braves Mädchen nach Hause zurückzukehren und Franklin, der damals nichts Besonderes war, kennenzulernen und zu heiraten. Ich wünschte, sie hätte nicht so viele Kinder bekommen und nicht ausgerechnet dasjenige verloren, das sie am meisten liebte. (Manchmal bin ich nachts aufgewacht, weil sie um ihn weinte. Franklin Junior war elf Pfund schwer gewesen und das größte, schönste Baby auf der ganzen Welt. Dieses Lächeln, sagte sie.) Ich wünschte, ich hätte nicht stumm und bedrückt zusehen müssen, wie ein ganzes Heer von Kindermädchen unter Sara Delanos Ägide sowie Sara Delano selbst die Kinder verwöhnten und verängstigten und meinem Schatz auf Schritt und Tritt das Wasser abgruben. Franklin fand, sie könne sich glücklich schätzen, eine Schwiegermutter zu haben, die mit anpackte.

Ich weiß, dass man sich mit Franklin nie langweilte. Die Kinder erinnerten sich alle an die Zeit, als er noch laufen konnte und auf Campobello mit ihnen Versteck spielte oder sie im Wald von Hyde Park auf seinem Rücken reiten ließ, und keiner kannte sich besser mit Briefmarken und Münzen aus als er, falls einen so was interessiert. Und ihn an Weihnachten vorlesen und rezitieren zu hören, war selbst für mich ein Genuss. Auf einem ihrer Familienfeste (zwei große Scotch, so stand ich das üblicherweise durch) rezitierte ich die Ballade »Casabianca« (»Der Knabe stand auf dem brennenden Deck …«), und die letzte Strophe bestritten Franklin und ich ungeplant gemeinsam: Im melodramatischen Stil der englischen Music Halls fiel er schmetternd ein, und alle applaudierten überrascht. Er verbeugte sich im Sitzen vor mir, und ich erwiderte die Verbeugung von meinem Sessel aus, der immer zu nah am Feuer stand, aber mit Blick auf Eleanor.

Ich mache Franklin keine Vorwürfe. Er wollte, was er wollte und wann er es wollte, so wie wir alle, und Kinder sind da schnell im Weg. Selbst als ich die fünf kennenlernte, und da waren sie schon erwachsen, verlangten sie noch Unmögliches, wollten jeden Tag aufs Neue beschenkt, gelobt, verhätschelt werden. Er liebte sie, wenn sie gut aussahen (oft) und wenn sie gute Leistungen zeigten (nicht so oft), aber es machte ihm, glaube ich, nichts aus, dass sie allesamt hinter den Erwartungen zurückblieben, denn es war für jedermann ersichtlich, wie hoch die Latte lag. Die Jungs beobachteten Franklin, als gäbe es irgendeinen Trick, wie man Präsident wurde, und man müsse ihn nur beherrschen, um dasselbe Ziel zu erreichen. Anna hingegen wusste, dass ein Mädchen da ohnehin keine Chance hatte. Sie beobachtete beide Eltern, und Franklin war der Glücklichere. Sie sah, wie er die Augen verdrehte, wenn ihre Mutter mit einem Gesuch zu ihm kam, der Gelegenheit, jemandem zu helfen. Wen interessierte es schon, dass er selbst Eleanor beauftragt hatte, solche Gesuche, solche Gelegenheiten ausfindig zu machen. Wen interessierte es, dass Eleanor ihm während seiner gesamten politischen Laufbahn bei der Linken zu Ansehen und bei der Rechten zu mehr Spielraum verhalf. (Tja, das haben wir der Gnädigsten zu verdanken, sagte er mit einem Augenzwinkern zu irgendeinem aufgebrachten Hillbilly im weißen Anzug.)

Anna war nur eins wichtig, nämlich sich in der Liebe ihres Vaters zu sonnen, und ich denke nicht, dass sie deshalb ein schlechterer Mensch war als die anderen. Wäre ihr Vater Stalin gewesen, dann hätte Anna fröhlich tote Juden gezählt und den Wodka gekühlt. Eleanors Liebe war wie ein schäbiger alter Fußschemel: Keiner wollte ihn, aber alle benutzten ihn, ohne einen Gedanken daran zu verschwenden.

»Ja weißt du, Anna, deine Mutter und ich sind damit beschäftigt, stapelweise Kondolenzbriefe durchzugehen.«

Ich hoffe, das klingt wie Code für »Wir bringen die Wände zum Wackeln, kleine Lady«.

Ein kurzes Schnauben, kühl und enttäuscht. Dieses Schnauben hat sie von ihrer verstorbenen Großmutter, die ich absolut nicht leiden konnte. Lieber hätte ich mich nackt mit Franklin ins Dampfbad gesetzt, als mit Sara Delano Roosevelt einen Tee zu trinken.

»Es tut mir leid, dass du nicht zur Beerdigung meines Vaters kommen konntest«, sagt Anna mit etwas lauterer Stimme. Sie ist sich nicht hundertprozentig sicher, ob ich tatsächlich nicht da war. In dem ganzen Trubel, dem Kommen und Gehen von Botschaftern, Präsidenten, Freunden und jeder Menge lesbischen Staatsbeamtinnen könnte sie mich, so ihre unüberhörbare Befürchtung, auch schlicht übersehen haben.

»Tja, ich war sehr krank, sonst wäre ich gekommen. Und jetzt bin ich hier.«

Ich gebe den Versuch auf, subtil zu sein. Das war eh nie mein Ding.

»Es sind so schwierige Zeiten. Welchen Eindruck macht meine Mutter auf dich? Sie und Tommie sind wie die Berserker durchs Weiße Haus gestürmt und haben gepackt.«

»Du kennst doch deine Mutter. Mit einer Liste in der Hand und Tommies Hilfe erobert sie die ganze Welt.«

Wir lachen beide. Einmal haben Anna und ich meterhohe Corned-Beef-Sandwiches ins Haus geschmuggelt und sie in einem versteckten Winkel gegessen, wo Eleanor uns nicht finden konnte. Anna hatte in ihrer Handtasche zwei Flaschen Coca-Cola mitgebracht und ich in meiner Aktentasche einen Eimer Kartoffelsalat und einen Flachmann.

Vor vielen Jahren, zu meinen wilden Zeiten, war ich mit einer Malerin befreundet und spekulierte darauf, mit deren Liebster ins Bett zu gehen. Die Liebste war nicht in der besten Stimmung, als sie zu mir in die Wohnung kam, um sich ein bisschen zu vergnügen. Sie bereitete sich auf das Vergnügen mit drei Gläsern Hochprozentigem vor, die sie in klassischer Amateurmanier direkt hintereinander kippte. Dann kippte sie um, in meinem Schlafzimmer. Ich rief meine Freundin an, und sie kam herüber. Wir standen vor dem bewusstlosen Mädchen, zwei Frauen von Welt (wie wir damals glaubten), und obwohl sie richtig sauer auf mich war und ich mich schämte, tranken wir zusammen ein Bier und lachten.

Auf diese Weise lachen auch Anna und ich hin und wieder zusammen.

»Oh, Hick. Hat meine Mutter dir von … Warm Springs erzählt?«

Das hat sie. Ihre Mutter rief mich an, sobald sie aus dem

Kleinen Weißen Haus in Warm Springs zurückgekommen war.

»Meine Tochter hat Lucy Mercer nach Georgia geholt, damit sie bei Franklin sein kann«, sagte Eleanor. »Sie streitet es ab, aber ich weiß, dass es stimmt.«

Statt zu weinen, hustete sie. »Ich könnte das nie, jemanden so verraten.«

Das stimmte, sie hatte das nie gekonnt. Ich schon. Und ich hatte es auch getan. Franklin konnte es ebenfalls und hatte es ebenfalls getan, wahrscheinlich Tag für Tag, schon vor dem Frühstück etliche Male.

Ich sagte zu Eleanor, das weiß ich und dafür liebe ich dich. Sie hatte mir schon jede einzelne schreckliche Minute in Warm Springs geschildert, wie sie Franklins Leichnam nach Washington hatte schaffen lassen und dann jede einzelne schreckliche Minute dort. Warm Springs war Franklins großer Trost gewesen und hatte seine beste Seite zum Vorschein gebracht. Er hatte sämtliche sinnvollen und unsinnigen Therapien auf dieser Welt ausprobiert, und als er begriff, dass er nie wieder würde laufen können, es schließlich mit Bädern in dem Wasser versucht, das aus der Pine Mountain Range in Georgia herabströmte, und tatsächlich konnte er daraufhin sein Bein ein paar Zentimeter bewegen. Dass er selbst einer der größten Schwindler auf Erden war, hinderte ihn nicht daran, dem Glauben an die Heilkraft von Wasser zu verfallen. Er kaufte das heruntergekommene Kurhaus in Bullochville, Georgia, für zweihunderttausend Dollar (Eleanor erzählte, sie sei entsetzt gewesen, habe es ihm aber nicht ausreden können; schließlich sei es um seine Beine gegangen, und er habe daran geglaubt), ließ 1926 ein ordentliches Becken einbauen und nannte das Ganze Warm Springs. Und auch wenn das Wasser aus den Pine Mountains nie jemanden geheilt hat, so hat es auch niemandem geschadet. Er ermöglichte es Hunderten von Polio-Opfern, sich behandeln zu lassen, als vollwertige Menschen angesehen zu werden (manche wurden, auf der Ladefläche eines Pritschenwagens auf eine Decke gebettet, von verzweifelten Familien gebracht, andere kamen im Güterwaggon, mit nichts als ihren Krücken und den Kleidern, die sie am Leib hatten), und sorgte dafür, dass sie so viel Hilfe bekamen, wie sie brauchten. Eleanor sagte, es freue sie, dass ihn das alles so erfreue, aber Warm Springs sei sein Ort, nicht ihrer, sein Cottage, deshalb habe sie nichts dagegen, wenn Missy dort in dem Zimmer gegenüber von Franklins Zimmer schlafe und ihm beim Essen gegenübersitze. Er war für alle Patienten Vater und Freund und unermüdlicher Spendensammler. Er war der verkrüppelte König, und als er mir mal sagte, dass er lieber einen Abend lang mit zwei vierzehnjährigen Jungs aus Biloxi Dosenschinken und Baked Beans essen würde und sich ihre selbst ausgedachte Rollstuhlnummer vorführen ließe, als mit Claudette Colbert Cocktails zu trinken, glaubte ich ihm. Er war die Eleanor seiner Patienten.

In den letzten Wochen seines Lebens war er zu müde, um die Patienten zu besuchen. Lucy Mercer spielte Gastgeberin. Ihre Freundin Elizabeth Shoumatoff malte Franklins Porträt. Der Geheimdienst drehte seine Runden, und die verrückten Roosevelt-Cousinen rangelten um den besten Platz am Esstisch. Shoumatoffs Terpentin und Lucy Mercer Rutherfurds schweres Parfüm hingen noch in der Luft, als Eleanor ankam. Sie setzte sich zu Franklins Leichnam.

»Ich hab ihn betrachtet. Ich habe ein paar Minuten allein bei ihm gesessen. Ich habe ihn geküsst«, sagte sie. »Wie konnten die bloß denken, ich würde es nicht merken? Halten die mich wirklich für so dumm? Ich musste mit Cousine Daisy im Auto mitfahren, und die *ist* dumm. Und mit Cousine Polly.«

»Cousine Polly, diese lilahaarige Irre«, sagte ich. »Die wäre mal besser zu Hause geblieben, mitsamt ihren bekloppten Hunden.«

»Oh nein, die hätte sich doch niemals die Chance entgehen lassen, sich bei Franklin einzuschmeicheln. Außerdem konnte sie mir so erzählen, dass Lucy Mercer nicht das erste Mal in Warm Springs mit Franklin gekuschelt hat, und obendrein – ›Ach je, jetzt lass ich wohl die Katze aus dem Sack, aber Anna hat das mit Lucy alles gewusst‹.«

»Dieses Miststück«, sagte ich. »Bitte halt dich von ihr fern, oder sei wenigstens nicht so nett zu ihr.«

»Lucy Mercer ist ins Weiße Haus gekommen«, sagte sie. »Und alle wussten es. Außer mir. Und dir.«

Streng genommen hatte sie recht. Ich hatte wohl dies und das gehört, aber was Eleanor nicht erfahren sollte, das erzählte man auch mir nicht.

»Anna möchte sich entschuldigen«, sagte Eleanor. »Ich weiß, dass ich ihr das zugestehen muss und dass ich ihr verzeihen muss, aber jetzt will ich das noch nicht. Ich glaube, ich hätte mich nicht unter Kontrolle.«

»Lass es sein«, sagte ich. »Dazu hast du noch jahrelang Zeit.«

»Hick?«, sagt Anna.

»Ja, Warm Springs. Das muss knifflig gewesen sein, als deine Mutter da hinkam.«

Von meinesgleichen lässt sich Anna nicht einschüchtern. »Es war völlig unschuldig –«

»Wenn es unschuldig gewesen wäre, hättest du deiner Mutter wohl davon erzählen sollen, und dann hätte sie dir beigepflichtet, dass es völlig unschuldig ist, und hätte nicht am Tag der Beerdigung ihre eigene Trauer hintanstellen und stattdessen bei dir sitzen und sich von dir erklären lassen müssen, wie schwierig das alles für dich Arme war, wie anstrengend, das ganze Hin und Her, damit dein Vater ein bisschen Zeit für sich hatte, Entspannungszeit, wie du es immer wieder genannt hast – mit Lucy Mercer als Entspannungszauberin. Und zwar nicht nur in Warm Springs, wo niemand zusah außer den Angestellten, den Cousinen und vierzig Polio-Patienten, die das Kleine Weiße Haus bevölkerten, sondern sogar im echten Weißen Haus, am Esstisch deiner Mutter, im Esszimmer der Familie, vor Leuten, die deine Mutter, die First Lady, zwölf Jahre lang bedient hatten.«

»Das habe ich meiner Mutter gesagt. Ich habe es ihr sofort gesagt, und von Warm Springs wusste ich nichts.«

»So ein Quatsch«, sage ich fröhlich. Ich mag Streit. »Dir war dein Vater wichtiger als deine Mutter, und jetzt tust du so, als hättest du dich aus lauter Liebe so verhalten. Du hast das getan, um deine Position zu zementieren und deine Mutter ein weiteres Mal zur Seite zu drängen. Oh, ihr Kinder. Für ein Lächeln von eurem Alten hättet ihr eure Mutter über den Haufen gefahren. Und jetzt, wer ist euch geblieben? Eure Mutter. Und ich.«

Ich höre Anna atmen. Wenn Eleanor wach wäre, würde sie mich umbringen.

»Deine Mutter wird dir verzeihen«, sage ich. »Das weißt du. So ist es doch, oder? Sie wird dir deinen Verrat verzeihen. Herrgott noch mal, sie würde dir noch viel Schlimmeres verzeihen, dein Vater dagegen hätte dir niemals verziehen, wenn du ihm nicht geholfen hättest, die Vergangenheit zu romantisieren, mit ein bisschen Unterstützung von der gottverdammten Lucy Mercer.«

»Oh, Hick«, sagte sie. »Also gut.«

Seit ich die fünfzig überschritten habe, ist es mit meiner moralischen Überlegenheit nicht mehr so weit her, als hätte jemand die Luft herausgelassen. Und eigentlich mag ich Anna ja. Sie ist verrückt nach Liebe, und das gefällt mir.

Als sie in Scheidung lebte und schon etwas mit John Boettiger hatte, waren wir vier eine wandelnde Werbekampagne für Liebesaffären, auch wenn den beiden das nicht bewusst war. Anna war verliebt, John war verliebt, ich war verliebt, und Eleanor war in mich verliebt. Eleanor hat anderen Turteltauben immer gern geholfen. Wäre Al Capone mit einem Rasseweib an seiner Seite ins Weiße Haus eingebrochen, hätte Eleanor die beiden rasch in den zweiten Stock geleitet, damit sie ein bisschen für sich sein könnten. Wir waren 1933 alle entflammt. Anna hüpfte wie ein Kind auf dem Bett ihrer Mutter herum, weinte und lachte über ihr großes Liebesabenteuer, und Eleanor und ich hielten Händchen, wo immer Anna es nicht sehen konnte. Unter der Tischdecke, unter Servietten, hinter der Zeitung. Wenn es in den Korridoren still geworden war und die Hausangestellten sich zurückgezogen hatten, schloss Eleanor mir ihre Schlafzimmertür auf, und ich stürmte hinein.

»Das wird schon alles wieder«, sage ich zu Anna. »Deine Mutter braucht einfach noch ein paar Tage. Sag deinen Brüdern, dass sie auf sich aufpassen sollen. Vielleicht kriegen sie es ja hin, mal ein, zwei Jahre nichts zu stehlen, niemanden anzulügen und keine Frau zu schwängern. Und du pass auf dich und die Kleinen auf, und auf John. Das wird schon wieder.«

»Hick«, sagt sie, und ich denke, vielleicht entschuldigt sie sich jetzt für die jahrelange Süffisanz und die Blicke, für die ausgeklügelte Sitzordnung bei Partys und die Geschenke, die immer so ausgewählt waren, dass sie im Wert exakt dem entsprachen, was die Hausangestellten bekamen, oder etwas darunter lagen, und ich spüre eine Beklemmung auf der Brust. Dann muss ich über meine innere Hausgehilfin lachen, die immer wieder auf einen milden Moment bei der Familie hofft. Anna wird sich genauso wenig bei mir entschuldigen, wie sich Lucy Mercer bei Eleanor dafür entschuldigen wird, dass sie mit deren Mann geschlafen und ihre Freundschaft verraten hat.

Ach, diese hübschen kleinen Frauchen. Ich hatte Lucys Beileidsbrief gelesen. Ich nahm ihn Eleanor aus der Hand, um ihn zu lesen, und verbrannte ihn dann. Lucy Mercer Rutherfurd sandte Grüße und bekundete ihr tiefes Mitgefühl anlässlich Franklins Tod. Sie schrieb, Eleanor sei die privilegierteste und glücklichste Frau auf Erden, und sie machte deutlich, dass sie sehr genau wusste, worin die Beglückung bestand. Es war Lucy Mercer Rutherfurd nicht gelungen, die Ehe der Roosevelts zu zerstören, als sie alle noch jung und gesund gewesen waren, und auch später als hübscher Witwe gelang es ihr nicht. Sie kam zum Abendessen und zum Tee, machte mit Franklin Ausflüge aufs Land, und trotzdem sollte sie letztlich nur eine pikante Fußnote bleiben, wohingegen Eleanor in diesem Land immer eine Titelgeschichte sein würde. Es ist albern, mich von Anna ärgern zu lassen.

»Ich erzähl dir jetzt mal was: Deine Mutter hat Lucy eins von Shoumatoffs kleinen Aquarellporträts von deinem Vater geschickt. Und zwar nachdem sie dieses selbstgefällige, grausame, unerträgliche Briefchen erhalten hat. Deine Mutter ist unglaublich.«

»Ich weiß«, sagt Anna mit ihrem Vogelstimmchen.

»Nichts weißt du«, sage ich und lege auf.

Ich decke Eleanor ordentlich zu. Ich koche eine Kanne chinesischen Tee und gebe zwei Schnapsgläser Gin dazu. In Milwaukee haben wir das »Mutters Ruin« genannt, aber das fände Eleanor nicht lustig. Ich will ihr einfach nur etwas Gin verabreichen, damit sie zur Ruhe kommt.

Sie packt mein Handgelenk. Ihre Aufsteckfrisur hat sich teilweise gelöst, und sie versucht mühsam aufzuwachen, um vom letzten Kummer zum nächsten zu gelangen.

»Oh Liebes, ich träume dauernd von diesen Zirkusleuten aus deiner Jugend. Ich bin so froh, dass du da weggekommen bist.«

»Die haben mich ja nicht festgehalten«, sage ich. Die zimperliche Eleanor mag ich nicht so sonderlich. »Und das waren keine schlechten Leute.«

Sie sagt, sie ertrage es nicht, daran zu denken, was ich schon alles Schlimmes erlebt hätte.

Ich sage nichts. Ich sage nicht, die beiden schlimmsten Tage meines Lebens waren der, an dem mein Vater mich vergewaltigt hat, und jener andere Tag im Weißen Haus vor zehn Jahren, als ich von morgens bis nachts auf dich gewartet habe, vor aller Augen. Ich wartete so lange, dass ich zweimal Franklin über den Weg lief und seine grinsende Anteilnahme erdulden musste. (»Wartest du immer noch auf Babs?«, fragte er. »Irgendwo wird sie schon sein.« Dann rollte er davon, um sich schlafen zu legen.) Ich hatte seit dem Frühstück auf sie gewartet. Hatte mich hübsch gemacht. Ich hatte mir Rock und Jacke aufbügeln lassen – immer dieser Balanceakt zwischen zu viel Aufwand, sodass ich aussah wie eine Matrone aus Minnesota oder wie der Oscar Wilde von South Dakota, und gar keinem Aufwand, was bedeutete, Hose und ausgebeulter Pullover, wie ein alter Matrose. Eleanor kam erst nach Mitternacht nach Hause. Ich lag inzwischen im Bett. Sie schob mir ein parfümiertes Briefchen unter der Tür durch, das ich roch, bevor ich es sah. Ich öffnete den Umschlag vor dem Morgengrauen, und ich kann das verdammte Ding immer noch komplett auswendig. *Je t'aime* und *je t'adore* und ich weiß, dass du mich nicht unglücklich machen willst. Sie schrieb, die wahre Aufgabe für uns beide bestehe darin, zu lernen, einander zu lieben und zugleich loszulassen, ohne uns deshalb weniger zu lieben. Als ich das las, dachte ich, ich bin fast fünfzig, und der Rest meines Lebens wird aus Liebe und Verlust bestehen, und wenn ich in die Zukunft blicke, sehe ich eine dicke alte Frau und ihren Hund, das ist es, was ich sehe.

Eleanor greift nach ihrer Bluse und fummelt an der Brosche herum, die am Kragen steckt, eine Perlmuttlilie. Sie nimmt sie mit geschlossenen Augen ab und legt sie in meine Hand.

»Die hat er mir geschenkt. Ich schenke sie dir.«

Noch ein Erbstück. Von ihm an sie an mich.

Sie legt sich wieder hin. »Ich schlafe schon halb, Liebste. Weck mich am Montag.«

Ich kann warten, denke ich.

SWINGING ON A STAR

Freitag, 27. April 1945, am Abend
29 Washington Square West
New York, New York

Es ist kaum zu glauben, aber der erste Satz, den sie sagt, als wir bei Käse, Kräckern und Sidecars zusammensitzen, ist: »Liebste, am Montagmorgen kommt Tommie. In aller Frühe.«

»Ich werde mich beeilen«, sage ich.

»Du bist beleidigt«, stellt sie fest.

Allerdings bin ich das.

»Teils, teils«, sage ich und bekomme einen Kuss dafür, und diese Belohnung beleidigt mich noch mehr, als hätte ich gerade »Sitz!« und »Gib Pfötchen!« gemeistert.

»Ich könnte ja einfach bleiben«, sage ich, nur um zu sehen, was passiert.

Eleanor sagt: »Das wäre aber schwierig für Tommie, meinst du nicht?«

Tommie Thompson ist vor mir zu den Roosevelts gestoßen. Eleanor zu dienen ist ihr ganzer Lebensinhalt. Sie würde ungerührt zusehen, wie ich von einem Auto überfahren werde, und nur mit der leidenden Eleanor mitfühlen, und ich vermute, dass sie auch gegenüber allen anderen Menschen auf dieser Welt diese Haltung hat, einschließlich ihrem ersten Mann und ihrem derzeitigen Galan. Wenn Tommie hier hereinkommt und mich im Schlafanzug Kaffee trinken sieht, wird sie nicken und husten. Mir flüchtig zulächeln. Sie wird unruhig durchs Zimmer tigern. Hut auf, Hut ab. Schließlich wird sie sich an den Esstisch pflanzen, ihre Hutnadel herausziehen, als wollte sie im nächsten Moment Hitler ermorden, und den Hut ein letztes Mal abnehmen; sie wird ihre tragbare Schreibmaschine aufklappen und sagen: Fangen wir an, Mrs R. Sie wird wieder aufstehen, in die Küche gehen und einen Kaffee kochen, in dem der Löffel steht (für jede von ihnen eine Tasse) und dann einfach dasitzen, ein Klotz von einer Frau (ich weiß, das sagt gerade die Richtige), und darauf warten, dass ich meine Sachen zusammensuche, mein Handtuch aufhänge und nach Long Island zurückfahre.

Jahrelang sind Tommie und ich uns auf dem Weg zu denselben Besprechungen begegnet, eingezwängt in Franklins Aufzug. Wir passten gerade so hinein, mussten einander direkt gegenüberstehen. Wir waren vierschrötige Frauen, breite Brust an breiter Brust, und rochen Morgenkaffee und -zigaretten der jeweils anderen.

»Aufwärts«, sagte sie meistens. »Damenschuhe, Bettwäsche, Küchengeschirr.«

»Geheimnisse des Weißen Hauses«, sagte ich, und sie schnaubte.

Ich gehe in die Küche, die ich noch vor kurzem mit solcher Freude geputzt habe, und halte nach irgendetwas Ausschau, was ich an die Wand schmeißen könnte. Ich glaube nicht, dass Tommie etwas gegen mich hat. Ich bin nicht illoyal, wie manch anderer. Ich bin kein Snob wie die Blaustrümpfe, die jedem, der nicht Sappho oder Catull zitieren kann, das Gefühl vermitteln, ein Trottel zu sein. (Ich hab ihnen mal Franklins

Witz über den Matrosen und das Känguru erzählt und aus dem Matrosen Sappho gemacht. Niemand hat gelacht.) Ich habe Tommie jedes Jahr eine Flasche Scotch unter den Baum gestellt, und sie mir auch.

Hick und ich, wir sind Mrs R.s rechte Hände, pflegte sie zu Reportern zu sagen, zu Franklin, der sich grinsend auf die Zunge biss, und zu den gnadenlosen Roosevelt-Cousinen, die immer auf Gold und Gerüchte aus waren.

»Ich will ja nun wirklich nicht die arme Tommie aus der Fassung bringen«, rufe ich.

Eleanor erwidert nichts, und ich gehe zurück ins Wohnzimmer. Nur die kleine Lampe brennt. Eleanor liegt im Kimono auf dem Sofa, das Haar offen, die Augen geschlossen.

»Manchmal bin ich mich selbst leid«, sagt sie.

»Geht mir genauso«, sage ich. »Macht nichts.«

Sie sagt: »Als Franklin das erste Mal zum Präsidenten gewählt wurde, als er Hoover so vernichtend geschlagen hat, da habe ich so furchtbar geheult, dass ich am nächsten Morgen nicht mal die Gäste begrüßen konnte. Wir hatten uns gerade kennengelernt. Ich war verrückt nach dir. So jemandem wie dir war ich noch nie begegnet, und ich dachte mir: Er wird die Wahl verlieren und noch ein Weilchen Gouverneur bleiben, und wen interessiert es schon, was die Gattin eines Gouverneurs macht. Ich würde weiter unterrichten, und wir beide würden die ganze Zeit zusammen sein. Und dann hat er die Wahl gewonnen, und ich dachte, jetzt ist es vorbei.«

»Aber das war es nicht«, sage ich.

Ich hatte über Herbert Hoover geschrieben, als er ins Weiße Haus einzog und verkündete: »Wir werden – mit Gottes Hilfe – schon bald den Tag erleben, an dem es in unserem Land keine Armut mehr gibt.« Ein Jahr später sprangen Börsenmakler aus dem Fenster, brachten Farmer ihre Familien um und erhängten sich dann an der nächsten Eiche.

Der Börsenkrach zeitigte immer tiefgreifendere Folgen, und Hoover reagierte mit bloßen Gesten, wie eine alte Dame angesichts der nahenden Flut. Als sich siebzehntausend Veteranen des Ersten Weltkriegs mit ihren Zertifikaten auf der National Mall versammelten und die Auszahlung ihrer Boni forderten, berichtete ich darüber. Sie brachten ihre Frauen und Kinder mit. Sie bauten primitive Hütten, die Hoover vom Weißen Haus aus sehen konnte. Der Justizminister ordnete die Vertreibung der Veteranen an, und ich berichtete über ihren Widerstand. Ich berichtete, dass Polizisten das Feuer auf dekorierte Veteranen der US-amerikanischen Armee eröffneten und dass zwei Veteranen an ihren Schusswunden starben. Als Hoover diesem Clown Douglas MacArthur befahl, mit Infanterie und sechs Panzern Soldaten zu vertreiben, die ihrem Land gedient hatten und jetzt das Geld verlangten, das ihnen zustand, berichtete ich auch darüber. Ich berichtete, dass die Armee der Vereinigten Staaten die Hütten in Brand steckte, dass die Veteranen mit ihren Frauen und Kindern flohen und Jacken und Windeln, Feldbetten, Töpfe und Pfannen zurückließen. Das Feuer stank zum Himmel, und als die Panzer dann die fliehenden Veteranen verfolgten, dachte ich: Geh in Deckung, du feiger, geiziger Dreckskerl, denn Roosevelt ist im Anmarsch.

Wir brachten fast jeden Tag Artikel über die Weltwirtschaftskrise, und die meisten von uns taten ihr Bestes, um das Leben und Sterben der Leute zu dokumentieren und Präsident Hoover zu beschämen. Wir brachten stapelweise alte Zeitungen, die wir »Hoover-Bettdecken« nannten, zu Hüttenlagern. Leute spannten Maultiere – sofern sie welche hatten – vor ihre liegengebliebenen Autos oder Traktoren, und die Presse im

Mittleren Westen druckte Fotos davon ab und untertitelte sie mit »Hoover-Kutschen«. Aus Zaghaftigkeit machte Hoover einen Fehler nach dem anderen, während Tag für Tag Menschen ihre Arbeit verloren und Banken zusammenbrachen. Zahllose Wirtschaftsexperten schrieben ihm und sagten mehr oder weniger: Sei kein Esel, worauf Hoover sagte: Der Markt reguliert das. Tatsächlich wurde am Ende er aus dem Amt reguliert. Auf einer Flutwelle aus Anständigkeit und großartigen Reden wurde Franklin ins Amt gespült. *(Wirkliche persönliche Freiheit kann es ohne materielle Sicherheit und wirtschaftliche Unabhängigkeit nicht geben. Hungernde und Arbeitslose sind der Stoff, aus dem Diktaturen gemacht sind.)* Das Land hatte einen politischen Führer. Die Hausgehilfinnen hatten einen Helden.

Wir haben beide geduscht und uns mit französischem Vorkriegsshampoo die Haare gewaschen. Jetzt sitzen wir in alten Frotteebademänteln auf dem Sofa.

Ich sage: »Wir sehen aus wie zwei Eisbären.«

Eleanor sagt: »Ich habe nie aufgehört, dich zu lieben. Das war es, was ich dir vorhin eigentlich sagen wollte.«

»Ich weiß«, sage ich. »Geht mir genauso. Weißt du, was ich immer an dir geliebt habe?«

»Nein«, sagt sie, als könnte sie sich nicht erinnern.

»Wie du ab und zu in eine von Franklins spätabendlichen Soiréen marschiert bist, wo Prinzessin Märtha ihre Locken in seine Richtung schwang, als säße sie in einem norwegischen Jazzclub am Klavier, und dich einfach geräuspert hast. Mehr war nicht nötig. Alle sind sofort erstarrt.«

Sie räuspert sich, um mich zum Lachen zu bringen.

»Das war umwerfend, wirklich. Auf einen Schlag sind alle verstummt. Du hast sie so klein mit Hut gemacht und bist wieder rausmarschiert. Absolut umwerfend. Jedes Mal aufs Neue.«

»Habe ich wie eine Miesmacherin gewirkt?«

Miesmacherin hätte ich es nicht genannt. Es war eher so, als sähe einem die Freiheitsstatue dabei zu, wie man ein Bier über den Durst trinkt. Alle außer Franklin wurden ein bisschen kleiner, und Eleanor schürzte die Lippen, als wäre sie von solch heftigem Abscheu übermannt, dass sie ihn nicht verbergen konnte. Solange das nicht mir galt, fand ich es immer herrlich. Und wenn ihre Liebe auf mich gerichtet war, wenn ihre Augen am anderen Ende des Zimmers aufleuchteten und sie die Fingerspitzen auf ihren Halsansatz legte, um die Stelle für mich kenntlich zu machen, sich selbst kenntlich zu machen, dann dachte ich, es gibt kein Opfer, das ich nicht für sie bringen würde.

Eleanor beugt sich vor, und der Träger ihres Unterkleids reißt. Wir hören es beide.

»Das Ding ist hinüber«, sage ich. »Gut so.«

Sie zieht es aus, und ich lasse zu, dass mein Bademantel sich öffnet. Unser müdes weißes Fleisch trifft aufeinander, und was vielleicht nicht schön aussieht, fühlt sich umso schöner an.

Eleanor sagt, wir sollten das Licht ausmachen, und ich sage, ich zahle dir eine Million Dollar, wenn ich dich anschauen darf.

Jeder Frauenkörper ist eine intime Landschaft. Die Hügel, die Täler, die schmalen Grate, die Flussufer, die plötzlichen Eruptionen von weichem oder krausem Haar. Hier sind die Ebenen, die feinen, trockenen Hänge. Hier ist der Wald, hier ist der sanfte Weg zu der einzigen Tür, durch die ich gehen möchte. Eleanors Körper ist die Landschaft meiner wahren Heimat.

DIE WORTE GLÜCKLICHER

Samstag, 28. April 1945, früh am Morgen
29 Washington Square West
New York, New York

Ich wache vor Tagesanbruch auf, und Eleanor ist bereits im Wohnzimmer; sie hat die Brille auf der Nase, und der Tee zieht.

Lächelnd blickt sie zu mir auf.

»Noch mehr Briefe. Von Missys Nichten. Und ihrem Bruder.«

»Ich mochte Missy«, sage ich. »Mir hat noch nie im Leben jemand so leidgetan wie sie.«

»Ich weiß. Die arme Missy. Meine Güte, Prinzessin Märtha als Rivalin. Das hatte sie wirklich nicht verdient.«

Wir verdrehen beide die Augen, und Eleanor schiebt einen imaginären Hut zurück und rümpft zugleich die Nase, das perfekte unartige Kaninchen, oder – falls man sie kannte – die perfekte Prinzessin Märtha von Norwegen, Franklins häufiger Gast.

»Du warst sehr gut zu Missy«, sagt Eleanor.

Das stimmt.

Vier Jahre ist es her, es war warm, aber noch nicht heiß, und Eleanor war wochenlang auf Reisen. Ich agitierte für die Demokraten, und Missy kümmerte sich um die Personalfeier im Weißen Haus. Sie trug ein hübsches schwarzes Crêpe-Kleid mit Spitzenkragen und nur einen Hauch rosafarbenen Lippenstift. Wie Eleanor war sie eine Studie in schönem Grau und Weiß, und anders als bei Eleanor saß ihr Kleid wie angegossen. Eleanor sorgte immer dafür, dass die weiblichen Angestellten Ansteckbuketts bekamen, und das von Missy glich dem, das Eleanor trug, drei übereinander angeordnete weiße Orchideen. Ich fand ja ohnehin, dass sie Eleanor sehr ähnlich sah, sie hätte ihre jüngere Schwester sein können, mit besseren Zähnen und einem ausgeprägteren Kinn, aber das schien niemand anderem aufzufallen, also sagte ich nichts.

Franklin kam mit Kochmütze und Schürze auf die Party gerollt, und alle applaudierten. Mit schelmischer Miene trug er ein paar Teller auf. Er zwinkerte Missy zu, tätschelte mir den Arm (Das hat Missy gut hingekriegt, sagte er zu mir, schade, dass die Gnädigste nicht kommen kann), und rollte wieder hinaus. Missy signalisierte drei üppigen Mädchen aufzustehen und ihre Version der Andrew Sisters zu präsentieren, und ich sagte zu Grace Tully: Wenn ich noch ein einziges Mal »Bei mir bist du schön« von Mädchen gesungen höre, die einen jüdischen Jungen nicht mal küssen würden, wenn sein Leben davon abhinge, dann – aber Tully, Franklins Juniorsekretärin, brachte mich zum Schweigen. Missy legte mahnend einen Finger auf die Lippen, und dann schlug sie sich beide Hände vor die Stirn. Sie versuchte sich am Büfetttisch festzuhalten und riss das Tischtuch mitsamt den Tellern, den kunstvoll aufgetürmten Petits Fours und der Obstschale herunter.

Oh, stieß sie immer wieder hervor, oh Gott. Großer Gott, was ist denn das, sagte sie. Ihre Lippen verfärbten sich blau.

Tully bekam sie am Gürtel zu fassen, als sie fiel, und ich ging in die Knie, um sie aufzufangen. In ihren zwanzig Dienstjahren hatte Missy dann und wann ein Gläschen zu viel getrunken – meistens weil sie mit ihrem Chef mithalten wollte, gelegentlich auch, und das sage ich ohne jede moralische Herablassung, um zu vergessen, dass er ihr Ein und Alles war, sie für ihn hingegen nur eine entzückende kleine Beigabe. Ich dachte, so etwas könnte es auch diesmal sein.

Die Sängerin fing meinen Blick auf und gab ihren beiden Mitsängerinnen ein Zeichen. Sie verstummten, und alle schauten sich fragend um. Die blonde Sängerin setzte sich auf einen der Stühle mit rosa Samtpolster. Mabel aus der Haushaltung hob die Früchte und zerdrückten Pralinen auf und quittierte die Verschwendung mit einem finsteren Blick auf Missy, die zitternd in meinen Armen lag und mir auf den Rock pinkelte.

Ich trug sie hinaus. Tully folgte mit Missys Handtasche. Zwei der Geheimdienstler empfingen mich am Aufzug, und wir fuhren in den dritten Stock hoch. Ich war noch nie in Missy LeHands Zimmer gewesen. Es sah aus wie ein Hausmädchenzimmer in Hyde Park. Ein hohes freudloses Fenster. Ein schmales Einzelbett, zu kurz für jeden, der eine passable Kindheit gehabt hatte. Ein fleckiges Marmorbecken in einem hölzernen Toilettentisch, der so alt war, dass die Farbe in kläglichen braunen Placken abblätterte wie das letzte Herbstlaub. Es gab eine große Kristallvase mit welken Tulpen und ein paar Briefe, die von zwei Schneekugeln mit dem Weißen Haus beschwert wurden.

Bis wir sie ausgezogen und in den weißen Pyjama mit rosa Paspeln gesteckt hatten, den ihr Eleanor im Jahr zuvor geschenkt hatte, klopfte der Arzt an die Tür. Ihr Mund stand offen, und das rechte Auge flatterte wie eine Motte. Der Arzt warf einen Blick auf meinen nassen Rock und schob uns dann aus dem kleinen Zimmer. Wahrscheinlich ein Schlaganfall, sagte er.

Tully und ich gingen durch den Flur, sie noch mit Missys silbernem Jäckchen in der Hand. Ich überlegte, Franklin einen Zettel unter der Tür durchzuschieben, vielleicht würde ich mich damit bei ihm beliebt machen. Ich schrieb ein paar Zeilen und blieb vor der geschlossenen Tür seines Amtszimmers stehen, dann steckte ich den Zettel wieder ein. Wer immer für diese Benachrichtigung zuständig sein mochte, ich war es nicht.

Eleanor kam am nächsten Tag zurück und verfiel sofort in Betriebsamkeit, während Missy einfach dalag. Eleanor zeigte sich von ihrer schlechtesten und ihrer besten Seite. Sie stellte einen ganzen Kader von Krankenschwestern ein. Sie ließ alle wissen, dass das Ganze möglicherweise rein psychisch war. Sie organisierte Heilmassagen und Hausbesuche verschiedener Ärzte. Und als Missy einen weiteren, heftigeren Schlaganfall erlitt, ließ Eleanor ihr jeden Tag sehr klein geschnittenes Obst bringen, das Missy trotzdem kaum essen konnte, weil ihre linke Gesichtshälfte vom Auge bis zum Kinn nicht mehr zu gebrauchen war. Es gab einen förmlichen, peinigenden Besuch von Franklin, der mit seinem lauten Lachen und dem Blumenstrauß, den Eleanor ihm im Aufzug auf den Schoß gelegt hatte, hereingerollt kam. Eleanor blieb in der Nähe, und ich ging die Treppe hinunter, damit ich niemanden umbrachte.

»Er hasst Krankheiten«, sagte Eleanor zu mir. »Es schmerzt ihn, sie so zu sehen. Missy ist … sie war immer so lebhaft. Und charmant.«

Das sagten wir alle über Missy. Wir sagten es zu Angestellten des Weißen Hauses. Wir sagten es zu Besuchern. Wir sagten es zu Journalisten. Der Gedanke, dass Franklin seine

Sekretärin seiner Frau vorzog, irritierte keinen der Zeitungsleute, auch nicht die katholischen oder die verheirateten. Eleanor war eine Frau von Format, und wer in aller Welt wollte
mit so einer Frau verheiratet sein?

Jeden Tag um sechs kam Tully mit sorgfältig ausgewähl-
ten Nachrichten zu Missy, was schlimmer war, als wenn sie
ihr keine Nachrichten gebracht hätte. Es waren die gleichen
pseudobedeutsamen Appetithäppchen, die Tully auch an die
Cousinen weitergeben durfte. Missy LeHand war Franklin
Roosevelts Vertraute, Sekretärin, Inspizientin und Geliebte
gewesen. Ihr Hintern hatte auf der Armlehne von Franklins
Rollstuhl geruht, sodass sich der Stoff ihres Kleides über seinen Ärmel legte und ein unsichtbarer elektrischer Strom zwischen ihnen floss. Sie hatte auf seinem Schoß gesessen, den
Kopf auf seiner Schulter, während er Top-Secret-Dokumente
oder Zeitung las. Sie hatte mit den Händen auf seinen Schultern hinter ihm gestanden, während er darüber nachsann, mit
welcher Lüge er sich bei dem Mittagessen mit einem zornigen
Kabinettsmitglied aus der Affäre ziehen würde, und sie hatte
gelacht und ihm einen Kuss auf die Schläfe gegeben. Na, du
bist mir einer, F. D.!, sagte sie. Sie machte sich gern über die
Iren lustig, was ihm gefiel, er mochte jegliche Art von Spott.
Und wenn Franklin sich unter Druck gesetzt oder in die Enge
getrieben fühlte oder an etwas erinnert wurde, das er einem
Hilfsbedürftigem versprochen hatte, der sich mittlerweile als
furchtbare Nervensäge entpuppt hatte, pflegte er zu sagen:
Der Mensch erträgt nicht sehr viel Wirklichkeit. Wir wussten
alle, dass er diese Zeile von Winston Churchill hatte, und der
wiederum verdankte sie Clementine Churchill, die T. S. Eliots
Gedichte tatsächlich gelesen hatte.

Eleanor machte es besser als Franklin. Sie brachte gestickte
Kissen mit. Sie ließ Missys Morgenmantel reinigen und kaufte

ihr zwei neue. Aus Baumwolle, nicht Satin, weil es Sommer war und weil es unsinnig gewesen wäre, so zu tun, als würde Missy sich nicht bekleckern. Eines Morgens kam Eleanor mit zwei kronenförmigen Flakons »Inauguration« herein, dem Parfüm, das Prinz Matchabelli (er war tatsächlich ein Prinz) für sie kreiert hatte. Es roch nach Nelken und verbranntem Gummi, und wir fanden es alle schrecklich. Eleanor verteilte es unter den Frauen in ihrem Bekanntenkreis. Amelia Earhart schnupperte daran, schraubte den Deckel fest zu und reichte den Flakon ihrem Mann, der ihn in die Tasche steckte. Eleanor schenkte Tommie einen Flakon, als sie beim Frühstück saßen. Tommie hielt ihn ins Licht, bewunderte das geriffelte grüne Glas und schob ihn dann von sich weg, als wäre so etwas zu vornehm für ihresgleichen. Und jedes Mal wenn Eleanor mir einen Flakon auf die Frisierkommode stellte, legte ich ihn wieder zurück in die Schublade mit ihrer Unterwäsche. Sie hatte fünfundzwanzig von den Dingern bekommen.

»Genug für alle«, sagte sie und stellte zwei Flakons auf Missys Frühstückstablett. »Liebe Missy, es tut mir so leid, aber ich muss los. Hick, Schatz, ich bin froh, dass du Missy ein Weilchen Gesellschaft leisten kannst.«

Missy sah mich an.

»Ich hab dir ein paar Sachen mitgebracht«, sagte ich. »Wir werden nicht wie die Deppen hier herumsitzen. Ich hab Spielkarten dabei, die Zeitung und das hier.«

Ich zog eine Buchstabentafel heraus, die ich in einer Gehörlosenschule entdeckt hatte.

»Schau dir das mal an.« Ich tippte auf ein paar Buchstaben, als wären wir nicht beide exzellente Stenotypistinnen. Sie nahm die Tafel in die linke Hand, die schwach war, aber wenigstens nicht nutzlos wie die rechte.

GEH.

»Ich kann nicht gehen«, sagte ich. »Du hast Eleanor doch gehört. Ich leiste dir ein Weilchen Gesellschaft.«

Sie schloss die Augen. Ich konnte es ihr nicht verdenken.

Ich bot Missy etwas Bourbon aus meiner Handtasche an.

»Ich sag es keinem, wenn du es auch keinem sagst. Nur zwei kleine Stipendiatinnen, die sich einen Drink genehmigen, während die feinen Leute ihren Geschäften nachgehen.«

Sie sah mich direkt an, ihr bleiches Gesicht zitterte.

»Ich weiß«, sagte ich. »Ich weiß wirklich, wie das ist. Und du warst viel besser dran, als ich es je war. Du wurdest nicht von allen Fotos getilgt. Niemand im Weißen Haus hat je so getan, als wüsste er nicht, wie du heißt. Meine Güte, Missy, ich bin durch mehr Hintertüren hereinkommen, mehr versteckte Treppen hinuntergegangen und unter mehr falschen Namen unterwegs gewesen als ein russischer Spion, aber ihr beide, die attraktive Sekretärin und der fesche bedeutende Politiker, der sich im Rollstuhl noch besser machte, das war doch eine Geschichte, die allen gefallen hat.«

Missy und Franklin zauberten ein Lächeln auf die Gesichter der Journalisten. Eleanor und ich waren niemandes Lieblingsgeheimnis. Ich neigte dazu, finster dreinzuschauen. Eleanor wandte manchmal das Gesicht ab. Wir waren verwirrend. Ich war nicht die Reisebegleiterin, die die Presse gern gesehen hätte (im *Time Magazine* stand, ich sei rundlich, trüge sackartige Kleider und hätte eine herrische Art, und niemand im Weißen Haus sagte zu mir: Ach, meine Liebe, wie konnten sie nur!), und es war all diesen Männern, die ständig über Eleanor berichteten, klar, dass irgendwas an ihrem Bild von mir nicht stimmte. Und die Beschreibungen waren noch schlimmer als die Bilder. Mein ganzes Erwachsenenleben über hatten gutaussehende Frauen auf meinen Knien gesessen und Interesse an mir bekundet, aber in der Welt von *Time Magazine* und *New*

York Times war ich die Gouvernante aus einem Boulevardstück. Ein dicker Hütehund in zerknitterten Kleidern. (Wusste irgendwer, dass Eleanor meine Kostüme maßschneidern ließ? Dass ich französische Seidenschlüpfer trug, die die First Lady höchstpersönlich gekauft und bezahlt hatte?) In den Augen der Welt bestand meine Aufgabe darin, Eleanor Roosevelt von einer Veranstaltung zur nächsten zu scheuchen, Mrs Roosevelt stets dicht auf den Fersen zu bleiben.

Aber das war einmal gewesen, und ich war immer noch da. Ich traf mich immer noch mit Eleanor zum Lunch, fand immer noch Schachteln mit aussortierten Abendkleidern in meinem Schrank, bekam immer noch den einen oder anderen Scheck mit ein paar betont freundlichen Zeilen und hatte immer noch meine Affäre mit Marion, die mir das Gefühl gab, lebendig zu sein. Missy dagegen hatte nichts als von Eleanor gekaufte Blumensträuße.

»Nur du und ich, Herzchen«, sagte ich. »Pass auf, ich erzähl dir eine Geschichte.«

Alles was ich erlebt hatte, hatte sie auch erlebt, bis auf die Geschichten, die zu privat waren. Ich erwartete nicht, dass sie mir erzählte, wie es war, Franklin aus dem Rollstuhl ins Bett zu helfen und dieses Bett dann nachts um drei zu verlassen, um in den zweiten Stock hochzuhuschen. Sie erwartete nicht, dass ich ihr erzählte, wie Eleanor und ich einmal im Bergdorf Goodman, wo Eleanor, damals noch First Lady, nach einer neuen Bluse schaute, in einer nicht sehr großen Umkleidekabine von der etwas absurden Leidenschaft reifer Frauen überwältigt wurden. Sie auf meinem Schoß, wir beide nur in Strümpfen und Unterkleid, darauf gefasst, dass der kleine Stuhl jeden Moment unter uns zusammenbrechen würde. Ich musste immer noch lächeln, wenn ich daran dachte.

»Ich erzähl dir, was wirklich passiert ist, als wir in den Yosemite National Park gefahren sind. An diesem Fiasko haben sich doch alle erfreut.«

Ihre Augen richteten sich wieder auf mich, und auf der linken Seite hoben sich ihre Lippen ein wenig.

Von unserem Urlaub im Yosemite National Park, den wir insgeheim »unsere zweiten Flitterwochen« nannten, wusste ganz Amerika, denn da war ich vom Pferd gefallen. Sämtliche Zeitungen brachten die Geschichte, allerdings durchweg ohne Bild, und das war ja immerhin schon etwas. In ausführlichen Glossen widmete man sich Mrs Roosevelts massiger Kumpanin, die in einem unserer Nationalheiligtümer von einem sturen Gaul gerutscht und in einen Bach gefallen war, umringt von gutaussehenden Park Rangers. Es war demütigend, aber ich war nicht verletzt, und es gelang mir, Eleanor zuliebe zu lachen.

Ach, Missy, sagte ich. Ich war einfach ein Trottel in diesem Urlaub, privat wie öffentlich. Ich bin vom Pferd gefallen. Ich habe die Touristen zum Teufel geschickt. Ich habe einfach nicht deine Grazie.

Wer würde so etwas nicht gern hören?

Missy nickte.

Als wir wieder auf der Hütte waren, hängte Eleanor meine Kleider zum Trocknen auf, stopfte meine Stiefel mit Zeitungspapier aus und stellte sie ans Feuer. Sie goss Sherry in zwei kleine Blechtassen und zog mich auf die Steppdecke herunter. Wir sind trotzdem noch ganz für uns, sagte sie. Wir sind Jane und Janet Unbekannt, unterwegs im Wilden Westen, und natürlich geht da mal was schief. Der Feuerschein tanzte über ihr Gesicht, und sie massierte meine wunden Füße, meine schmerzenden Beine. Sie packte mich warm ein und küsste mich auf die Stirn, als wäre ich eine Invalidin, und als die Sonne aufging und es weitere Pferde zu reiten und weitere

Touristen zu entzücken galt, machte ich gute Miene zum bösen Spiel, und Eleanor war sehr liebenswürdig, ich war dankbar für ihre Liebenswürdigkeit, und sie war dankbar für meine Aufgeräumtheit, und das war es dann irgendwie auch schon.

Nach vier Jahren waren uns die Optionen ausgegangen. Sie würde Franklin nicht verlassen, solange er noch im Amt war, und eigentlich wollte ich das auch gar nicht. Als sie die Möglichkeit einmal in den Raum stellte, wies ich sie darauf hin, wie wichtig er für ihre eigenen Ziele und für das Land sei. Und als ich vorschlug, vielleicht für einen Monat nach New Mexico zu gehen oder uns eine eigene Wohnung in Manhattan zu nehmen, wies sie darauf hin, dass wir immer und überall von Reportern umringt sein würden. Ich konnte nicht überzeugend als ihre Adjutantin auftreten, denn manchmal nahm sie in aller Öffentlichkeit meine Hand oder schmiegte sich an mich, und ich musste sie wider Willen bitten, das bleiben zu lassen.

»Ich mach das bei all meinen Freundinnen so«, sagte sie, und das stimmte. Sie bildeten alle zusammen eine endlose Gänseblümchenkette aus Liebkosungen und Umarmungen, Zärtlichkeit und Zuneigung.

»Bei uns wirkt es aber anders«, sagte ich. »Ich mag das nämlich. Herrje, Eleanor, ich mag das ungemein, und genau das ist das Problem. Wir sehen nicht so aus, als wären wir einfach Herzensfreundinnen. Glaub mir.«

»Ich frage mich, ob wir in unserem tiefsten Innern nicht eigentlich genau das sind: einfach Herzensfreundinnen.«

Ich fuhr allein an die Ostküste zurück. Ich – pardon – vögelte eine alte Freundin in San Francisco, bis sie nicht mehr wusste, wo oben und unten war, und tat mein Bestes, um klaglos nach vorn zu schauen. Es gelang mir nicht, aber ich versuchte es zumindest.

(Die Geschichte wurde bei uns an der Ostküste sehr populär. Mindestens ein Jahr lang bedachten mich Franklin und seine Söhne und auch alle anderen Männer im Weißen Haus mit einem Rippenstoß oder wenigstens einem Blick, sobald die Rede auf Nationalparks oder Reiten oder auch einfach nur Urlaub kam.)

KANN NICHT LEBEN, schrieb Missy. BITTE.

»Doch, das kannst du«, sagte ich. »Schau mal.«

Ich zog Minze und Zucker aus meiner Handtasche. Zu Ehren irgendeines Pferderennens, das sicher gerade irgendwo stattfand, bereitete ich uns Mint Juleps zu. Ich zerpflückte die Minze mit den Fingern und goss ihren Drink in eine Tasse, in die ich einen Strohhalm steckte. Es fiel Missy schwer, die Lippen um den Strohhalm zu schließen, und sie begann zu weinen, allerdings tropften nur aus dem rechten Auge Tränen.

Macht doch nichts, sagte ich, goss den Julep in eine Schale und verabreichte ihn ihr löffelweise.

Missy schluckte ein paarmal und hob dann die linke Hand an den Mund, damit ich aufhörte.

F. D., tippte sie.

Ich setzte an zu sagen, er werde bestimmt bald vorbeikommen, aber dann machte ich den Mund wieder zu. Ich war kein Deut besser als die anderen.

Ich packte meine Julep-Zutaten zusammen. Ich wusch die Schale aus. Die Buchstabentafel ließ ich auf dem Nachttisch liegen. Ich sagte, sie wisse doch sicher, wie sehr die Roosevelts sie liebten und dass wir alle, insbesondere er, bloß eins wollten, nämlich dass sie wieder gesund werde.

Franklin hatte sein Testament geändert und der ganzen Familie mitgeteilt, falls er vor Missy sterben sollte, sei nun die

Hälfte seines Vermögens für ihre Arztrechnungen und Pflege bestimmt. Alle taten so, als wäre das völlig normal, als würde jeder beliebige Mann so etwas für seine treue Sekretärin tun und es allseits bekanntgeben. Eleanor machte weiter mit dem Obst und den Blumen und ihren Besuchen, und ich hielt es genauso. Wäre ich an Missys Stelle gewesen, hätte ich mir gewünscht, dass mich jemand umbringt oder, wenn das nicht gegangen wäre, dass man mich mit reichlich Bourbon im Gepäck besuchen kommt

Es war nicht genug Bourbon.

Im Februar hätte sich Missy fast selbst mit einem Hühnerknochen vom Mittagessen erstickt – wäre nicht die Krankenschwester noch mal hereingekommen, um ihren Pullover zu holen, den sie vergessen hatte, dann wäre Missy, die bereits Blut erbrach, gestorben. Im März setzte sie nachts ihr Bett in Brand, mit lodernden Streichholzbriefchen an allen vier Ecken des Betts. Sie erlitt Verbrennungen an Brust und Händen. Eine Weile waren beide Hände bandagiert, und eine Krankenschwester musste sie füttern und für sie umblättern. Der Frühling brachte Prinzessin Märtha von Norwegen, die vor den Nazis geflüchtet war und zum quirligen Dauergast im Weißen Haus wurde. Anfang Mai besuchte Franklin Missy für zehn Minuten in ihrem Zimmer. Dann ging er wieder hinunter, um mit der Prinzessin zu Abend zu essen. Missy erlitt einen Rückfall, und binnen weniger Stunden hatten eine Krankenschwester und ein Hausmädchen Missys Siebensachen zusammengepackt und sie in ein Auto gesetzt, das sie nach Somerville, Massachusetts, zu ihrer Schwester bringen würde. Dort werde sie genesen, sagten alle, was bedeutete: privatim leiden und nicht das Weiße Haus in Brand stecken.

Den Briefen ihrer Schwester zufolge ging es in Somerville bergauf mit ihr. Nach acht Monaten konnte sie wieder eigenhändig kurze Briefchen schreiben, was sie auch tat. Mir schrieb sie nicht, aber Grace Tully sowie Franklin und Eleanor, die sich ihre zittrigen Zeilen gegenseitig vorlasen und seufzten. Sie könne jetzt wieder laufen, schrieb sie. Es gehe so gut, dass man ihr Bett wieder nach oben gebracht habe.

Ich hatte beruflich in der Nähe von Somerville zu tun und schrieb, ich könne in einer Woche vorbeikommen, mit einem Brief von Franklin und Geschenken von allen. Natürlich stellte Tommie das Paket zusammen, und das Briefchen von Franklin brachte mir Tully. Anna LeHand Rochon rief mich im Hotel an und sagte, sie würden sich freuen, wenn ich zum Tee in die Orchard Street 101 käme.

An dem Haus war nichts auszusetzen, Bilder von Irland, von diesem Heiligen mit den Schlangen, von den irischen Großeltern und von den mittlerweile verstorbenen Eltern mit ihren zwei Töchtern auf dem Schoß und dem Ältesten, Missys Bruder Daniel, daneben, seine Hand lag auf der Schulter der Mutter. Missys Nichten, deren Namen ich mal gewusst, aber wieder vergessen hatte, kamen aus Neugier herunter. Ich stand neben Missys Schwester in der Tür, noch mit Hut und Mantel, und wir sahen alle zu, wie Missy in einem weiten Pullover und Schottenrock ganz langsam die Treppe herunterkam. Sie umklammerte beide Handläufe und ging so, wie auch ich manchmal Treppen hinuntergehe, ließ ein Bein den größten Teil der Arbeit tun und setzte den Fuß immer schräg auf die nächste Stufe.

Ich hielt Missy an beiden mageren Händen, damit sie nicht fiel, und wir gingen nebeneinander zum Sofa. Eine der Nichten nahm mir schließlich Hut und Mantel ab.

Hinter Missy sah ich den großen Silberkelch mit der verschnörkelten Gravur *MleH* stehen, den Franklin ihr hatte zukommen lassen. Es standen frische Rosen darin.

»Die Roosevelts sind so gut zu ihr«, sagte Anna. »Sie schicken ständig Geschenke.«

Missy nickte und schaute auf den Kaffeetisch, wo ein Exemplar von *Die wahre Geschichte über Fala* lag, einem geistlosen Buch über Franklins Hund, das Cousine Daisy verfasst hatte. Es war so aufgeschlagen, dass man die Widmung von Franklin sah, und ich nahm es pflichtschuldig vom Tisch und schaute es mir an.

»Wissen Sie, wer sich richtig kümmert?« Missys Schwester tätschelte meinen Arm. »Bill Bullitt. Er schickt Briefe, kommt selbst vorbei. Er schickt die verrücktesten Geschenke, stimmt's, Missy? Richtig extravagant. Er ist immer noch in dich verliebt, Schätzchen.«

Missy nickte erneut.

Die meisten von uns waren der Ansicht, dass Bullitt Missy nachlief, um an Franklin heranzukommen, und keiner hielt viel von ihm. Vor ihrem Schlaganfall hatte sie effekthascherische, kokette Telefonate mit ihm geführt und nach dem Auflegen immer demonstrativ die Augen verdreht. Franklin hatte den Mann irgendwann nicht mehr ertragen können und ihm klargemacht, dass er keinerlei Aussichten auf eine Beförderung oder einen Posten im Kabinett habe, ob er nicht vielleicht als Bürgermeister von Philadelphia kandidieren wolle. Bullitt sagte, gut, mache ich. Und dann rief Franklin im Sommer '43 alle Leute an, die in der politischen Maschinerie Philadelphias große oder kleinere Räder drehten, und sagte ihnen: »Erledigt ihn.« Eleanor erzählte mir, sie habe während dieser Telefonate auf dem Sofa gesessen. Er sei glänzender Laune gewesen.

Bill Bullitt war ein opportunistischer, antisemitischer, kommunistenjagender Scheißkerl. Aber das sagte ich nicht.

Ich sagte: »Du siehst wunderbar aus. Was machst du denn so? Erzähl doch mal.«

Ihre Schwester erstarrte.

Missy faltete die Hände vor ihrem Körper und rollte die Schultern nach hinten. Sie sagte, so meinte ich sie jedenfalls zu verstehen: Nicht viel.

Ihre Schwester lachte, als wäre Missy ein echter Spaßvogel. »Oh, Missy, das stimmt aber nicht. Du machst Gymnastik. Du liest. Du kümmerst dich wunderbar um Babe und Barbara, das sind meine Töchter. Wir gehen ins Kino. Der Präsident besorgt uns Karten, wissen Sie.«

»Ah, da fällt mir ein«, sagte ich und reichte Missy den Brief von Franklin. Sie ließ ihn fallen und hatte ihn schon wieder aufgehoben, ehe ich ihr helfen konnte. Sie drückte ihn an ihre Brust, und aus ihrer Kehle drang ein hässliches kleines Geräusch. Ihre Schwester machte Anstalten, ihr den Brief abzunehmen, aber Missy schob ihn weiter nach oben, auf die nackte Haut.

Sie sagte: F. D.

Anna schenkte Tee nach.

Missy sagte: Liebt mich.

Sie nickte. Ich erwiderte ihr Nicken.

Anna sagte, vielleicht wolle Missy den Brief später lesen. Missy nickte erneut, den Kopf nach links geneigt, und dann presste sie den Brief an ihre Wange.

Anna sagte: »Es ist so schön, dass er sich die Zeit genommen hat, dir zu schreiben, Schätzchen.«

Missy senkte den Blick.

»Wo wir gerade vom Weißen Haus sprechen«, sagte ich. »Dein treuer Verehrer, Bill Bullitt – hast du je von dem unglaublichen Ball gehört, den er in den Dreißigern in Moskau gegeben hat? Das war vielleicht was. Von wegen extravagant!«

Ich legte alles in diese Geschichte. Ich reihte ein Detail an das andere, und was ich nicht wusste, erfand ich. Ich erzählte von den Bolschoi-Tänzerinnen, die im Spitzentanz durch den Kronleuchtersaal gewirbelt waren, zwischen den Birken hindurch, die man aufgestellt hatte, damit es aussah wie auf dem russischen Land. Ich beschrieb die lange Tafel im Speisezimmer, die über die gesamte Länge mit finnischen Tulpen bedeckt war, und die Wegwarte, die man im Ballsaal in feuchten Filz gesetzt hatte, um den Eindruck einer lebenden Wiese zu erzeugen. Es gab Sittiche, ein paar Pfauen und Zebrafinken. Zebrafinken sind ausgesprochen hübsch, sagte ich und beschrieb sie, als wäre ich eine begeisterte Vogelbeobachterin. Außerdem, sagte ich, hat der Mann Ziegen bringen lassen.

»Ziegen«, wiederholte Anna bereitwillig. »Na, das ist ja wirklich verrückt.«

»Und weiße Hähne und ein Bärenjunges. Der arme kleine Bär hat sich mit Champagner betrunken. Es gibt einen berühmten russischen Roman, in dem das alles beschrieben wird«, sagte ich. »Er heißt *Der Frühlingsvollmondball*.«

»Das ist ja wunderbar«, sagte Anna. »Ich kann es mir richtig vorstellen.«

Missy sagte etwas, das klang wie: Wunderbar.

Ich glaube, ich blieb lange genug, um zu zeigen, was immer ich meinte, zeigen zu müssen. Ich gab Missy einen Abschiedskuss, schüttelte ihrer Schwester die Hand und wartete in der Diele, bis sie ihre Töchter herbeigerufen hatte, die mir von der Treppe aus winkten. Ich stieg wieder ins Auto und dachte, lieber Gott, bitte lass mich nie wieder über irgendjemanden oder irgendetwas klagen.

DRITTER TEIL

ERINNERUNG HAT VORN UND HINTEN

Wir kamen aus unserem Urlaub im Norden zurück und waren verliebter als zuvor. Man merkte es uns schon von ferne an. Eleanor wurde gefragt, ob sie eine neue Frisur habe. Mir sagte man, ich habe wohl abgenommen. Wir verhielten uns wie Menschen, die sich nach einem Schiffbruch gerade noch rechtzeitig auf eine einsame Insel hatten retten können und dort feststellten, dass sie sonnig, geschützt und voll reifer Ananas war. Ich lächelte, wenn ich andere Journalisten sah. Ich konnte gut ohne meine namentlich gekennzeichneten Artikel leben. Am Abend unserer Rückkehr waren wir auf einer großen lesbischen Abendgesellschaft eingeladen, mit einigen von Eleanors alten Freundinnen aus Mademoiselle Souvestres Internat. Dein Debüt, sagte Eleanor. Da gab es verheiratete Frauen mit begehrlichem Blick und Eleanors Seven-Sister-Freundinnen in Harris-Tweed und mit feschen Gehstöcken (silberner Schwanenkopfgriff, nicht zu glauben) und eleganten englischen Wanderschuhen (von Lobb, sagte die Frau neben mir und hielt ihren Fuß hoch, als sollte ich eiligst den Atlantik überqueren, um mir auch ein Paar zu bestellen). Eine der Frauen war geschieden, und nach zwei Martinis erklärte sie, am Tag ihrer Scheidung sei sie genauso glücklich gewesen wie an ihrem Hochzeitstag, vielleicht sogar glücklicher. Eleanor schaute auf ihren Teller hinunter.

Alle redeten über das jeweilige Mädchen, für das sie im Internat geschwärmt hatten. Eleanor war in Allenswood die unangefochtene Königin gewesen, was mich wohl zu einem dieser jüngeren Mädchen machte, die ihr Blumen zu Füßen gelegt, sie auf dem Hockeyfeld (wo ich sie zweifellos in Grund und Boden gespielt hätte) angefeuert und ihr das Bett gemacht hatten, während sie sich die Zähne putzte. Die Frauen lachten und stießen an: Auf die Leidenschaft, die Leiden schafft! Eleanor drückte vor aller Augen meine Hand, was keine Nichtigkeit war, und dann sagte sie: Ach, Liebste, du weißt doch, wie es in englischen Internaten zugeht. Ich setzte mich aufrecht hin, stellvertretend für meine Leute, die Hausgehilfinnen von South Dakota, und sagte: Seltsamerweise habe ich keinen blassen Schimmer von Internaten, egal ob englisch oder französisch oder scheiß drauf. Die hübscheste Frau aus den alten Internatszeiten verschluckte sich an ihrem Champagner, und alle klopften ihr auf den Rücken. Jemand fragte mich, was ich beruflich machte, und Eleanor mischte sich ein und sagte, ich sei Harry Hopkins' wichtigster Mann, was angemessenes Gekicher auslöste. Zwei Frauen, die es wirklich interessierte, und einige andere, die bereits beim dritten Glas Champagner waren, baten mich, zu schildern, was ich in unserem großartigen Land alles Schreckliches gesehen hätte, dann gab es Erdbeeren mit Schlagsahne, und danach fuhren wir ins Weiße Haus zurück und liebten uns, aber ohne zu reden.

Zwei Jahre lang nahm ich meine Arbeit für die Federal Emergency Relief Administration sehr ernst. Ich reiste durchs Land und schickte jede Woche sowohl Eleanor als auch Harry Hopkins Berichte über die Auswirkungen der Wirtschaftskrise. Sterbende Frauen lagen, vier nebeneinander, in den Gängen städtischer Krankenhäuser, wo ihre Pisse und Scheiße auf dem Boden landete, als wären sie Kühe. Wenn die Leute arm genug waren und einer der Erwachsenen noch bei Kräften war, konnten sie die Arbeit tun, die irgendein Bürohengst ihnen zugedacht hatte, für einen Lohn, der das örtliche Geschäftsleben nicht bedrohte. Farmer mussten mit ansehen, wie ihre Babys die Grippe überstanden, Mumps und Masern überlebten und dann schlicht verhungerten, bevor sie das zweite Lebensjahr erreichten. Kleine Jungen und Mädchen, noch wackelig auf den Beinen, zogen von früh bis spät Zuckerrüben aus dem Boden. Graugesichtige Frauen versuchten ihre Hütten auf die gleiche Weise sauber zu halten, wie auch meine Mutter es versucht hatte: Sie kehrten den Schmutz in den Hof hinaus, sahen zu, wie er in einer unerbittlichen braunen Wolke wieder hereinwehte, machten zwei Lappen nass, wanden sich den einen um Stirn und Haar und wischten mit dem anderen die Fensterbretter und den Tisch ab, damit sie eine kärgliche Mahlzeit zubereiten konnten, ohne ständig Staub und Pappelflaum in den Mund zu bekommen.

Ein dünnes und noch flachbrüstiges Mädchen, das meinen Filzhut und Mantel sah und meine Zigarette roch, sagte: Mister, für zehn Cent können Sie mich haben. Ich sagte, das sei schon in Ordnung, ich würde ihr die zehn Cent geben, wenn sie dafür heimging. Sie streckte ihre schmutzige Hand nach der Münze aus und ging dann zur nächsten Straßenecke weiter, wobei sie sich mehrmals vergewisserte, dass ich ihr nicht folgte und womöglich das Geschäft verdarb. Ich übernachtete in einer Zeltstadt auf dem Ozark-Plateau und sah, wie ein Strom von Abwässern in der Mitte einer Staubstraße eine Rinne grub. Ich stand in Gummistiefeln am Rand des Wassers und musste zum Auto zurückgehen, als ich sah, wie ein zäher kleiner Junge, mein hemdloser Held, anfing, mit einem Stock und einer Haarnadel Gegenstände aus dem Wasser zu angeln.

Er legte sie auf einen Haufen, den er nicht aus den Augen ließ, denn er wollte die Sachen, wenn er fertig war, in dem zwei Meilen entfernten See abwaschen und sie dann, wie er mir sagte, vielleicht verkaufen, oder wenigstens habe er dann etwas für seine Schwestern. Ich wurde immer wieder gnadenlos mit der Nase auf meine eigenen Rassenvorurteile gestoßen, wenn ich Farbigen begegnete, denen es noch viel schlechter ging und die schon viel länger benachteiligt wurden. Neger und Negerinnen, die bis zum Umfallen arbeiteten, umgeben von einer Schar hungriger Kinder mit aufgerissenen Augen und mindestens einer spindeldürren nachtschwarzen Alten, die in ihrem einzigen Kleid wie eine Prophetin in der Ecke saß. Und alle wussten sie, dass ihr Leid weniger zählte, ihre Toten weniger schwer wogen, dass sie eine geringere Chance hatten, je aus diesem finsteren Abgrund herauszukommen, und ihnen weniger Menschen helfend die Hände entgegenstrecken würden. Ich konnte irgendwann nicht mehr weitermachen, und ich sage es ganz ehrlich, es war schmerzhaft, zu begreifen, dass die Hickoks aus Bowdle, South Dakota, bei denen es für den Schulweg nur die Schuhe eines verstorbenen Mädchens gegeben und das Abendessen aus Haferflocken bestanden hatte, noch gut dran gewesen waren.

ICH HAB NUR DIESES LEBEN

Samstag, 28. April 1945, am Vormittag
29 Washington Square West
New York, New York

Wir hatten ein Schläfchen gehalten, hatten uns umgedreht
und gefunden. Ich taste nach ihr, bevor ich die Augen aufma-
che. Sie ist im Wohnzimmer und liest schon wieder. Sie blickt
auf, lächelt. Sie streckt mir nicht die Arme entgegen.

»Ich lese schon seit einer Stunde«, sagt sie. »Es ist frischer
Tee da. Und ein Brief von Missy LeHands Nichten. Und einer
von ihrem Bruder.«

Vor zwei Jahren habe ich noch auf demselben Flur wie
Eleanor gewohnt. Wir feierten ein bescheidenes Weihnachts-
fest. Kein Gummi, kein Metall, kein Zucker, keine Butter.
Eleanor und ich überreichten uns in ihrem Zimmer unsere
Geschenke (ein Scheck von ihr, ein blauer Schal, den ich vom
Democratic National Committee bekommen und in eine
neue Schachtel gepackt hatte, für sie), und dann gingen wir
auf einen Cocktail die Treppe hinunter, keusch wie Schwestern. Franklin hielt einen Cocktailshaker hoch, und einen Brief
von Anna LeHand. Anna LeHand hatte Franklin geschrieben, Missy sei ein Wrack. Sie schilderte bis ins kleinste Detail
Missys grenzenloses Elend, und Franklin sagte schließlich, es

sei eine verdammte Schande, und er habe Missy eingeladen, für eine Woche zu Besuch zu kommen, sobald es ihr passe. Eleanor nickte freundlich und wies darauf hin, dass gerade kein einziges Zimmer frei sei. Franklin winkte ab: ein irrelevantes Detail. Drei Tage später schrieb Anna LeHand zurück, das sei ja nun die bestmögliche Antwort, Missy freue sich sehr, und wann sie ihre Schwester denn bringen könne? Franklin reichte den Brief an Eleanor weiter, und die wies Tommie an, zu schreiben, dass es momentan leider nicht möglich sei, man aber selbstverständlich einen anderen Termin finden werde.

Missys Schwester sorgte mit allem Nachdruck dafür, dass ein neuer Termin gefunden wurde, denn sie liebte ihre Schwester und hoffte inständig, dass sie aus Somerville wegkommen und ihren Weg zurück ins Weiße Haus finden würde, zu wichtigen Konferenzen und offiziellen Dinners, mit Abendkleid und passender Jacke, aber auch dieser Termin wurde abgesagt, während ich unterwegs war. Das konnte nur Eleanor gewesen sein. Ich bezweifle, dass Franklin noch einen weiteren Gedanken an Missy verschwendete, und wäre sie gekommen, wäre das Eleanors Problem gewesen. Ich erfuhr das alles nur, weil Grace Tully niemanden sonst hatte, dem sie es erzählen konnte.

Am 31. Juli 1944 kam ein zorniger Brief von Missys Schwester. Sie seien im Kino gewesen. In einer Wochenschau habe man den Präsidenten gesehen, und Missy sei mittendrin wankend aufgestanden und habe dem ganzen Kino verkündet, sie müsse jetzt auf der Stelle nach Hause. An diesem Abend habe sie all ihre Fotoalben und ihre Briefe von Franklin auf dem Bett ausgebreitet. Auf jeder Seite habe sie ein Bild von ihm gesehen. Sie erlitt einen weiteren Schlaganfall, rief seinen Namen und fiel auf die ausgebreiteten Papiere. Sie war knapp achtundvierzig. Kein Alter.

Franklin war auf dem Weg nach Alaska. Bill Bullitt war in Neapel. Keines der Roosevelt-Kinder kam, nur James' Exfrau Betsey, das Starlet, die Eleanor bei dem nicht enden wollenden Leichenschmaus vollquasselte.

Zur Beerdigung auf dem Mount Auburn Cemetery in Cambridge kamen nur Eleanor und ich, der alte Postminister Jim Farley, Bischof Cushing und Richter Frankfurter, die beide wussten, was Sache war, der junge Tip O'Neill und der niederträchtige Joe Kennedy. Eleanor und ich hörten im Sitzen zu, wie die Presseerklärung des Weißen Hauses verlesen wurde. Das Weiße Haus hob die Eigenschaften *treu* und *gewissenhaft* hervor. Franklin hatte Missy fast drei Jahre lang nicht mehr gesehen. Er fand verschiedene Formulierungen dafür, wie großartig es sei, dass sie ihr Leben für ihn hingegeben habe, mit solch selbstloser Tüchtigkeit. Sie habe beeindruckendes Organisationstalent besessen. Was sich natürlich auf die Organisation *seines* Lebens bezog. Die Zigarette, die Decke, das Kissen, das pünktliche Eintreffen des Präsidentenwagens, zu dem man ihn rasch über eine Hintertreppe hinuntertragen konnte, nachdem sie aller Aufmerksamkeit von ihm abgelenkt hatte. Missy hatte eine echte Gabe dafür, Dinge in einem bestimmten Licht erscheinen zu lassen. Sie überbrachte die Mitteilungen, die ein Ja anklingen ließen, während doch das gesamte Weiße Haus wusste, dass die Antwort Nein lautete und immer Nein lauten würde. Der Pressesprecher hatte geschrieben: *Treu und gewissenhaft, mit einem von Takt und Herzensgüte gespeisten Charme, war sie vollkommen selbstlos in ihrer Hingabe an die Pflicht. Ihr eignete eine stille Tüchtigkeit sowie ein beeindruckendes Organisationstalent. Nicht nur sämtliche Mitglieder unserer Familie, sondern auch der weitere Kreis all jener, deren Aufgaben sie mit ihr in Kontakt brachten, werden ihr ein liebevolles, ehrendes Andenken bewahren.*

In der Nähe des Grabs steht ein großer unbehauener Stein mit einer bronzenen Tafel, auf der einfach nur LeHand steht, und Missy liegt neben ihrer Schwester begraben, fern von Hyde Park. Die Roosevelts bezahlten ihre Beerdigung, und ihren Grabstein ziert ein Satz aus der Presserklärung, der wie ein Empfehlungsschreiben klingt: *Sie war vollkommen selbstlos in ihrer Hingabe an die Pflicht. Franklin D. Roosevelt.*

Ich glaube nicht, dass sie gern öfter von mir Besuch bekommen hätte. Nichts, was ich hätte mitbringen oder sagen können, hätte ihr geholfen. Eleanor und Franklin bezahlten den Sarg, der von einem Teppich aus roten und weißen Blumen bedeckt war.

Er hat sie aufgefressen, sagte ich auf der Heimfahrt zu Eleanor. Zwanzig Jahre laⁱg. Das waren die abgenagten Knochen.

Oh, Hick, also ehrlich, sagte Eleanor.

GOOD NIGHT SWEETHEART

Samstag, 28. April 1945, später am Vormittag
29 Washington Square West
New York, New York

Eleanor reicht mir weitere Briefe. Der hier ist von Parker Fiske, sagt sie. Sie schwenkt einen großen weißen Umschlag mit der Aufschrift *Eleanor Roosevelt*.

»Hier steht: ›Im Falle meines Ablebens an Eleanor Roosevelt auszuhändigen.‹ Glaubst du, Parker ist tot?«

Eleanor hat Unterricht genommen, um ihre hohe, flötende Stimme in den Griff zu kriegen, was ihr mehr oder weniger gelungen ist, sodass sie jetzt wie eine gelangweilte Radiosprecherin aus Illinois klingt, wenn sie bekümmert ist.

Ich sage: »Wenn er innerhalb der letzten drei Wochen gestorben wäre, hätten wir davon erfahren. Ihm geht's bestimmt gut.« Wobei ich nicht glaube, dass es ihm gut geht, auch wenn er nicht tot ist. Solange ich Parker kenne, ist es ihm nie gut gegangen. »Ruf doch in White Horse Hill an, wenn du dir Sorgen machst«, sage ich.

Sie putzt ihre Brille und liest mir vor.

18. 4. 45
White Horse Hill Manor
White Horse Hill, Maryland

Liebe Eleanor,

es tut mir so leid. Franklins Tod ist für mich nicht weniger schrecklich, als es der Tod meiner Mutter war. Ich kann nur ahnen, durch welch tiefes Tal Du gerade gehst. Aber ich kenne Dich. Ich weiß, dass Du das Richtige sagen wirst, wann immer jemand von uns mühsam nach Worten sucht, um seine Anteilnahme zum Ausdruck zu bringen. Ja ich bin mir sicher, dass Du es schon zahllose Male hast sagen müssen, und zwar zu den verschiedensten Leuten, zu dem Herrenausstatter aus Missouri genauso wie zu all den affektierten Roosevelt-Cousinen (ich weiß, Du wirst es unfreundlich finden, dass ich das sage, aber diese schnatternde Schar von Bewunderinnen, die ihm auf Schritt und Tritt folgte, schien einzig und allein für ihre Fähigkeit auserwählt worden zu sein, ohne Atempause um ihn herumzuschwarwenzeln). Du legst diesen Leuten die Hand auf die Schulter und versicherst sie Deiner Anteilnahme. Du bist die Güte in Person, aber in Deinem liebenswürdigen, flötenden Ton klingt mehr als deutlich durch: Wenn ich mich zusammenreißen kann, wird es Ihnen doch ganz gewiss auch gelingen.

Du bist wirklich die Güte in Person. Du hast mich kein einziges Mal auf meine Treffen mit Miss Hickok angesprochen, aber ich bin mir sicher, dass sie Dir davon erzählt hat. Ich würde mal sagen, das waren nicht meine besten Momente, aber die Liste meiner nicht-besten Momente ist ziemlich lang. Den heutigen Abend füge ich gleich noch hinzu. Bis Du diese Zeilen liest, bin ich hoffentlich tot.

Eleanor blickt über ihren Brillengläsern auf.

»Eher unwahrscheinlich«, sage ich.

»Du hast ein Gespräch, mehrere Gespräche, mit meinem Cousin Parker Fiske geführt. Worüber?«, fragt sie in genau dem Ton, den Parker Fiske beschrieben hatte.

Er war ein großer, magerer, stets gutgekleideter Mann mit einem langen, hochmütigen Gesicht und Nickelbrille. Im Weißen Haus wirkte er nie fehl am Platz. Er sah aus wie das, was er war: ein Roosevelt-Cousin, Schleierträger bei Eleanors und Franklins Hochzeit, ein anerkanntermaßen geschickter, mehrmals verheirateter Diplomat, der wusste, wie man andere Länder in Abkommen bugsierte. Er sah aus wie ein Mann, der reiten konnte, der wusste, welche Gabel man wann benutzte und wie man den jüngeren Bruder eines Herzogs korrekt ansprach – und genau das war er auch. Er sah nicht aus wie ein Mann, der Arbeitern, ob schwarz oder weiß, in jedem nur denkbaren Verkehrsmittel eindeutige Angebote machte (soll heißen, in Zügen, Taxis, Pferdekutschen, auf der Rückbank von Limousinen, auf Kreuzfahrtschiffen, Lastkähnen und Segelschiffen). Ich glaube, das war bis zu einem gewissen Grad seine Rettung, und zugleich sein Verhängnis. Niemand merkte ihm seine Homosexualität an (von meiner Wenigkeit mal abgesehen), und umso verstörter waren die Leute dann. Er wirkte einfach nicht wie diese Sorte Mann, sodass alle, die ihn mochten – wo er doch so geistreich und charmant und äußerst kompetent war –, taten, als wäre nichts geschehen oder als wäre es zwar irgendwie schon geschehen, aber nur aufgrund eines Missverständnisses und zu viel Bourbon. Ich habe keine Ahnung, was für ein Missverständnis das hätte sein sollen. (Keine Muschi da unten? Oh, mein Fehler, Sir.) Franklin habe ich nur ein einziges Mal darauf Bezug nehmen hören, aber ohne jede Erklärung.

Es war bei einem Dinner 1933, als Amelia Earhart unsere neue beste Freundin war und es Eleanor und mich gerade voll erwischt hatte; Franklin saß der Tafel vor. Wir hatten uns gemeinsam in Schale geworfen (sie in Eleanor-Blau mit marineblauen Paspeln, ich in marineblauer Seide mit Eleanor-Blau um die Taille.) Und beide trugen wir eine weiße Orchidee am rechten Revers. Wirklich, wir waren nicht zu übersehen. Bei Dinnern mit anderen Leuten waren wir immer unruhig und aufgedreht, wie Vollblüter vor dem Rennen, aber Dinner mit Franklin schlauchten mich. Er war in jedem Raum der schönste Mann und zudem Präsident. Er hatte stets Missy an seiner Seite und manchmal eine weitere hübsche Frau oder auch zwei in seiner Nähe, einfach nur, um sich an ihrem Anblick zu erfreuen. Ich wusste die hübschen Mädchen zu würdigen – so wie ich eine schöne Vase oder ein gutes, aber nicht herausragendes Gemälde würdigte. Eleanor ging es genauso. Wir begehrten nicht. Wir bewunderten einfach nur. Als wir selbst noch junge Frauen gewesen waren, hatte sich Eleanor mit Angst und Neid herumgeschlagen und ich mich mit Verlangen und Sorgen, aber wir waren älter geworden. Wenn man nur lang genug wartet, wird jeder müde, und die glitzernden Geschenke, die man mit sich herumschleppt, werden abgeworfen, damit man es über die Ziellinie schafft. Wir fanden beide Gefallen an hübschen Frauen, aus unterschiedlichen Gründen, aber Neid verspürten wir mittlerweile beide nicht mehr.

»Man kann einem Mann keinen Vorwurf für etwas machen, was er in betrunkenem Zustand tut.« Franklin meinte Parker Fiske. Fiske würde erst zehn Jahre später abdanken müssen, aber man redete bereits über ihn.

Eleanor sagte: »Ach ja?«

Ich fragte: »Gilt dieses Pardon auch für die Damen?«

152

Ich hoffte, dass Franklin das so sah, aber es war letztlich egal. Eleanor sah es nicht so. Eleanor war der Ansicht, als privilegierter und intelligenter Mensch sei man für alles, was man sagte oder tat, und jede Entscheidung, die man traf, verantwortlich, und zwar bis zu dem Tag, wo man in die Grube gesenkt wurde. So lebte sie ihr ganzes Heiligenleben. Wäre Eleanor Franklin gewesen, dann hätte ich Untreue befürchten müssen. Ich hätte gewusst, dass ich mit einer charmanten Lügnerin verheiratet war. Ich hätte es nicht ertragen, mit welcher Leichtigkeit sie mir am Montag dies und am Dienstag das erzählte, ohne auch nur rot zu werden.

Eleanor hat nur ein Gesicht, und es ist das Gesicht, das ich am meisten auf dieser Welt liebe, aber was das tägliche Geschäft des Menschseins anging, war Franklin der Einfachere.

Amelia, die ihrem dümmlichen Mann George gegenübersaß, war an diesem Abend glänzend in Form.

Sie sagte: »Das können Sie unmöglich ernst meinen, Herr Präsident. Schließlich gilt: in vino veritas. Wenn wir betrunken sind, zeigen wir unser wahres Gesicht, und sei es noch so unattraktiv.«

»Genau so ist es«, sagte Franklin und hob seine Kaffeetasse, um zu signalisieren, dass das Essen vorbei war, und dann rollte er unter schallendem Gelächter davon.

Amelia wandte sich Eleanor und mir zu und sagte: »Deshalb trinke ich nicht, stimmt's, G. P.?«

G. P., George Putnam, hatte in Harvard studiert und war vor und nach Amelia mit verschiedenen Damen der Gesellschaft verheiratet. Er besaß drei Automobile, fünf Häuser und vier Smokings (das weiß ich, weil er es mir erzählt hat), und trotzdem glich er, wie er da Amelia gegenübersaß, die glitzerte wie eine böse Fee, dem armen Fischer aus dem Märchen, der seinen Wunsch erfüllt bekommt und fortan seines Lebens nicht mehr froh wird. Er nickte verdrossen. Ein Drink ab und zu hat noch keinem geschadet, murmelte er.

Amelia sagte: »Ich glaube, Frauen – manche Frauen – betrachten die Ehe als eine äußerst ehrenwerte Methode, sich der Möglichkeit eines Scheiterns im öffentlichen Leben zu entziehen.«

Ich sagte: Manche vielleicht, Eleanor trank ihr Wasser, und Amelia redete weiter.

»Schließlich ist die Ehe letztlich nur ein attraktiver Käfig, und manche von uns müssen ihre Schwingen ausbreiten, nicht wahr, meine Lieben?«

Sie zwinkerte Eleanor zu. Dann hob sie ihre hübschen Arme unter der durchscheinenden, mit Pailletten bestickten Stola, die zu Boden glitt. George hob sie ihr wieder auf. Amelia brachte es tatsächlich fertig, dass er mir leidtat.

»Bitte lies erst Parkers Brief zu Ende«, sagte ich. »Dann können wir darüber reden.«

Eleanor blickt mich über die Ränder ihrer Brillengläser an und liest dann weiter, leise und monoton.

Vorhin, am frühen Abend, habe ich in Pyjama und Morgenmantel in einem Graben gelegen. Ich gedenke dorthin zurückzukehren, wenn ich diesen Brief beendet habe. Der Graben befindet sich am äußersten Ende des Anwesens, hinter der letzten Reihe von Zypressen und Eiben. Ich war über die Wurzeln eines alten Ahorns gestolpert und Arsch über Kopf in den Graben gefallen, und dort lag ich dann im Schlamm wie ein Soldat in Ypern.

Ich gestehe, ich habe heute Abend den Butler bedroht. Er hat mich bedroht. Er stand auf der anderen Seite des Küchentischs, die weiße Schürze straff wie einen Kummerbund um die Taille gewickelt, das gestärkte Hemd so steif, als wäre es aus Eis, die Ärmel hochgekrempelt, damit man seine widerlichen Affenarme sah. Wir hatten zusammen etwas getrunken. Ich war müde und legte meine Hand auf Bauers Schulter, als ich mich setzte. Er rückte nicht weg.

Ich erinnere mich an das alles so, wie ich mich an vieles in meinem Leben erinnere: durch einen trüben Bourbon-Nebel. Auch mit meiner ersten Hochzeitsreise geht es mir so, auf der ich mich irgendwann – in einem schwarz-weiß-gestreiften seidenen Morgenmantel und einer Art französischer Pyjamahose, nebst einer versilberten Zigarettenspitze, einer Aufmachung ohne einen Funken Humor – in einer Suite des Grand Hotel Vesuvio in Mailand wiederfand. Der Page ließ sich Zeit beim Auspacken unserer Koffer, und als meine erste Frau, Deborah, in das große, schöne Badezimmer ging, hängte er meine Jacketts und Hosen auf und strich die Hosenbeine glatt. Dann sah er mich an und fuhr dabei mit seiner schlanken gebräunten Hand immer wieder um den Bund meiner Anzughose, bis Deborah wieder herauskam, die Frisur gerichtet, die Grübchen deutlich sichtbar.

An diesem Abend wandelte ich (so sah ich mich damals gern: ein scheuer Reisender auf unbekanntem Terrain – oh, là là, wer weiß, was ich hinter diesem Baum entdecken werde) durch den staubigen Keller. Ich fand dort Gepäck, einen Kleiderständer, eine Bank und einen gefederten Armsessel, ein Dutzend Besen, eine Reihe schmutziger, aber einheitlicher Kehrschaufeln und den schönen Jungen. Ich verlängerte unseren Aufenthalt, und Deborah verkündete noch Jahre später: Man kann ja über Rom und Florenz sagen, was man will – Parker und ich fanden Mailand hinreißend.

Heute Abend in der Küche habe ich zu Bauer gesagt, er könne die ganze Flasche haben, wenn er mich im Armdrücken schlage. Er nickte. Ich habe längere Arme, einen besseren Hebel, und besiegte ihn zwei Mal, auch wenn es mich dabei fast vom Stuhl gezogen hätte. Ich spürte seine warme, feuchte Hand in meiner, seinen Arm unter meinem. Ich sagte auf Deutsch zu ihm: Ich habe gewonnen! Er neigte den Kopf ein wenig. Wir stießen an, und gerade als ich dachte, dass es gar nicht besser laufen könnte und ich die Nacht nicht allein und elend in meinem großen Bett verbringen würde, stand er auf. Er legte mir die Hand auf den Kopf und drückte ihn gegen seinen Schritt. Ich stieß die Hand weg und stand auf. Ich sagte, es sei an der Zeit, den Abend zu beenden. Es habe da wohl ein Missverständnis gegeben. Er trat nicht zur Seite, und ich versetzte ihm einen Stoß, einfach nur, damit er mir den Weg freimachte. Ich war sehr müde.

Cybele kam mit einer kleinen Tasche und ihrem großen Pelz in die Küche. Sie nickte Bauer zu und lächelte mich an, als wären wir in einem hübschen Zimmer und nicht in einer trostlosen Küche. Sie schaute mir in die Augen, um nirgendwo anders hinschauen zu müssen, und sagte, sie fahre Freunde besuchen. Ich sagte, die Straßen seien kaum mehr passierbar, aber das war offenbar schon zu viel. Sie schob die Ärmel hoch, ballte die Fäuste, und sagte, von ihr aus könne es schneien, hageln oder junge Hunde regnen, sie werde ganz sicher nicht bei mir im Haus bleiben, solange ich in dieser Verfassung sei. Ich versprach ihr, bis zum Memorial Day keinen Drink mehr anzurühren. Sie erwiderte: Nicht mal gegen Bezahlung verbringe ich auch nur einen einzigen weiteren Tag mit dir. So weit war es mit uns gekommen.

Ich folgte ihr in die Eingangshalle und sah zu, wie sie ihren Mantel zuknöpfte. Ich versuchte es mit ein paar ehelichen Gesten – legte ihr die Hand auf den Ellbogen, stützte sie beim Stiefelanziehen, machte Anstalten, ihr die Tasche zum Auto zu tragen. Sie ignorierte mich. Sie ging zu ihrem Wagen und ließ die Haustür offen stehen. Der blaue Chrysler fuhr an, wirbelte Schnee auf, schlitterte ein ganzes Stück nach rechts. Ich sah ihr nach, bis die Reifenspuren von Schnee bedeckt waren.

Ich schlief in der Bibliothek ein und wachte auf, weil Bauer in der Eingangshalle etwas umstieß, als er sich den Mantel anzog. Er hatte seinen Koffer dabei.

»Sie müssen nicht fahren«, sagte ich. »Es schneit heftig.«

»Mir langt es«, sagte er.

Ich öffnete die Tür. Cybeles Spuren waren nicht mehr zu sehen. Die dunkle Nachtluft war von Schneeflocken gesprenkelt und frisch wie im Wald. Bauer ging hinaus und stieg in eine ramponierte Dodge-Limousine. Der Fahrer tippte kurz auf die Hupe.

Ich hätte etwas Versöhnliches sagen sollen. Ich hätte es wie Franklin halten und das Ganze als Scherz behandeln sollen, als wäre nichts Ernstes geschehen und nur ein Dummkopf könnte es anders auffassen. Ich bin berühmt dafür, gegnerische Parteien auf der ganzen Welt miteinander zu versöhnen. Aber ich habe keine Versöhnung mehr in mir. Ich will geliebt werden, so wie meine teure Mutter und meine erste Frau mich geliebt haben, und wenn ich das nicht haben kann, dann will ich heftig begehrt werden. Ich will einen Mann, der mich findet und nie wieder verliert. Wie sich zeigt, habe ich diesen Mann gefunden, und am Tag vor Weihnachten habe ich ihm gesagt, dass wir uns nie mehr wiedersehen dürfen.

Wir sprechen für gewöhnlich nicht offen miteinander, aber ich möchte gern glauben, und sei es nur, solange ich dies schreibe, dass ich Dir diesen Brief schicken werde, Dir zeigen werde, wer ich wirklich bin, und Du mich dann trotzdem noch lieben wirst. Ich möchte mich ein Mal, zumindest für diesen kurzen Zeitraum, nicht verstellen, und ich möchte gern glauben, dass auch Du Dich nicht verstellst, während Du dies liest. Zur Zeit spielst Du meistens die First Lady. Manchmal, wenn ich Dich in den zugigen Korridoren sehe, erkenne ich Dich kaum. Franklin hat nur den Gesunden gespielt. Die darstellerische Leistung, die er als ein Mann, der kaum gehen konnte, geboten hat, ist im zwanzigsten Jahrhundert nahezu beispiellos. Wenn man ihn sah, wie er auf seinen Stock gestützt dastand, sich in den Wind lehnte, ohne Hut und mit trotziger Fröhlichkeit, wäre man keine Sekunde lang auf den Gedanken gekommen, dass er ohne einen starken Mann an seiner Seite auf der Stelle umgefallen wäre.

Um zu einem erfreulicheren Thema zu wechseln: Ich habe mir heute Abend Bilder von eurer Hochzeit angesehen. Ich erinnere mich noch an jedes Detail eurer prächtigen Feier. Ich weiß – wir beide wissen –, welches Bild die Öffentlichkeit von Franklin hat, aber damals war Franklin ein bisschen steif und nicht sehr sportlich. In Harvard wurde er in keinen der guten Clubs aufgenommen. Er scherzte wie ein Missionar und trank wie ein schuldbewusster Messdiener. Und beides hat er hinter sich gelassen – con brio! Der Mann hat Dich geheiratet und mit jedem Atemzug Charme eingesogen.

Für eure Hochzeit wurde ich in eine Pagenuniform gesteckt. Damals umgaben uns Berge von Farn, ganze Alleen aus weißen Bändern und regelrechte Wälder aus weißen Straußenfedern mit silberner Spitze (die anderen Roosevelts mit ihrem Fimmel für ihr lächerliches Wappen), und überall rosa Rosen. Ohne Rosen ging bei den Roosevelts gar nichts. Cousine Alice, nicht hübscher als Du, weniger intelligent und ein erheblich schlechterer Mensch, hielt es bei ihrer Hochzeit genauso. Scheffelweise blassrosa Rosen, entlang den Treppen, in den Sträußen der Brautjungfern, in den kindsgroßen Silbervasen und auf den Simsen in Sissy Parishs beiden Salons. Eure Brautjungfern kamen die Treppe herunter und perfektionierten über vierunddreißig Stufen hinweg ihren trotzig jungfräulichen Hüftschwung.

Ich war zwölf. Ich platzte fast vor Aufregung, schwitzte und roch, bekam rote Flecken auf Brust und Wangen. Du hast dich umgedreht und mir Dein liebenswürdiges Lächeln geschenkt. Als ich gerade den Schleier anheben wollte, kam meine Mutter herbeigestürzt. Mit Reispapier tupfte sie mein Gesicht ab, trocknete es, so gut sie konnte, und strich mir das Haar glatt, das in alle Richtungen stand.

Meine Mutter mochte Dich sehr. Sie sagte damals, Grandma Mary Hall habe Dich nur deshalb aus Frankreich, Deinem feministischen Tummelplatz, zurückgeholt, um den Regeln der feinen Gesellschaft zu genügen. Eleanor beschwert sich nie, sagte sie. Ich beschwerte mich unentwegt. Ich beschwerte mich sogar darüber, dass ich Schleierträger sein und ein Halstuch tragen musste, obwohl mich meine Aufgabe wie auch meine Aufmachung mit Stolz erfüllten. Ich beschwerte mich darüber, dass ich hinter Deiner Großmutter Mary gehen musste. Deine Großmutter brachte es fertig, wie so viele reiche alte Leute – und ich muss feststellen, dass ich ganz genauso bin –, innerhalb ein und desselben Satzes andere zu beleidigen und sich selbst angegriffen zu fühlen. Sie mahnte, ich solle Dir nicht vor die Füße laufen, und als ich mir die Nase rieb, einfach um irgendetwas zu tun, legte sie sich die Hand auf die Brust und sagte, ich wolle ja wohl hoffentlich nicht andeuten, dass an der Luft in der Wohnung irgendetwas auszusetzen sei, sie hätte nicht gedacht, dass sie am Morgen der Hochzeit ihrer Enkelin von einem schwächlichen kleinen Jungen beleidigt werden würde.

Sie trug schwarz und roch nach Kampfer und Rosenöl. Ich rieche das noch heute, diesen scharfen, beißenden Geruch, der den verhaltenen, wehmütigen überlagert. Ich war zwölf. Es ist meine Überzeugung, dass man als Homosexueller geboren und nicht zu einem gemacht wird, aber falls dem nicht so ist, dann war es diese alte Frau, die den Ausschlag gegeben hat.

Dein Onkel Teddy führte uns ins Gesellschaftszimmer und erzählte eine Geschichte nach der anderen. Die Männer, die ihn mochten, lachten schallend. Die Frauen sprühten. Tante Edith lächelte hinter ihrem Fächer. Hall und ich entdeckten den Punsch und nahmen ihn mit in den Garten, wo wir einen Becher nach

dem anderen hinunterschütteten, bis mein Vater uns fand. Mir
verpasste er einen Schlag auf den Hinterkopf. Hall zog er vom
Boden hoch und sagte zu ihm, deine Schwester verlässt sich auf
dich, worauf Hall sich in den Persischen Flieder erbrach.

Kurz vor unserem Abschluss in Harvard ging Hall mit mir in
einen Nachtclub. Dieser Abend war sein Geschenk an mich. Ein
gewaltiger Mann schwang über uns hin und her, seine Füße streif-
ten fast meinen Kopf. Er war doppelt so dick wie Onkel Teddy,
wenn ich das so sagen darf, barfuß und nur mit einem schwarzen
Badeanzug bekleidet, Oberschenkel und Hinterteil quollen über
den Sitz. Er klammerte sich mit seinen großen Händen an die
Lederriemen der Schaukel, und ich konnte sehen, dass er unter
dem schwarzen Badeanzug noch einen anderen, rotgestreiften
trug. Schweiß rann an seinen Seiten herab. Der Mann schwang
die Beine und warf rote Seidenblumen ins Publikum. Er muss an
die hundertfünfzig Kilo gewogen haben. Er trug einen Strohhut,
eine Kreissäge, so wie ihn alle unsere Onkel und Cousins bei Pick-
nicks trugen, und seine Waden waren wie Bowling-Kugeln, weiß-
blau und sehr glatt.

Ein paar Wochen vor dem Nachtclubdebakel hatte ich ein Pick-
nick für Hall und mich gerichtet. Wir gingen hinunter an den
Charles River und kamen zu einer dieser riesigen Weiden, deren
biegsame Zweige bis aufs Gras reichten. Ich schlug vor, uns unter
diesen Baldachin zu setzen, aber er lachte nur.

»Quatsch. Wir gehen in die Sonne.«

Er zog Hemd, Socken und Schuhe aus und krempelte seine
Hosenbeine hoch. Ich zog meinen Pullover aus und legte ihn zusam-
mengefaltet neben mich. Zwei Jungs, die wir kannten, ruderten
vorbei und johlten uns zu. Hall sprang auf, winkte und schwang
die Hüften. Er hatte sehr schöne Füße. Die Zehennägel waren glatt
und rosig, und jede einzelne seiner runden, kräftigen, sauberen
Zehen war von ein paar goldenen Härchen geziert. Wir saßen auf

dem Rasen mit Blick auf den Fluss, tranken Ale und aßen Äpfel und Würstchen im Schlafrock, die ich aus der Küche geklaut hatte. Das war der Gipfel meiner Kühnheit. Zu mehr reichte es nicht.

Seine Hose rutschte über die Schienbeine hoch, und ich sah weitere, etwas dunklere goldene Härchen oberhalb seiner vollkommenen, spitzen weißen Knöchel. Du weißt ja, was für ein attraktiver junger Mann er in seinen Zwanzigern war. Meine eigenen Füße erfüllten mich mit Abscheu, wie auch all meine anderen Körperteile. Ich beherrschte die männliche Kunst, niemals nackt zu sein und die Nacktheit anderer scheinbar nicht zu bemerken – ich weiß nicht, ob man das in Mädchenschulen auch so hält. Ich wusste, dass ich nicht die geringste Ähnlichkeit mit Michelangelos David hatte oder mit irgendeiner der Skulpturen in unseren Kunstbüchern oder mit den Statuen in Tante Byes Garten, die sie nicht mit Feigenblättern versehen hatte, da sie fand, wer so unkultiviert sei, Anstoß zu nehmen, solle eben seine unwissenden Augen schließen. Von dieser Haltung könnten wir mehr gebrauchen.

Der Nachtclub war für mich Himmel und Hölle zugleich. Männer mit geschminkten Lippen tanzten miteinander. Ein echtes Mädchen, das aussah wie Mary Pickford – abgesehen vom rückenfreien Trägerkleid –, bot Hall eine Rose für fünfzig Cent an. Er befestigte sie an seinem Revers und schickte das Mädchen fort. Der dicke Mann von der Schaukel hatte sich mittlerweile einen seidenen Morgenmantel übergeworfen, die nackten Füße in Lederstiefel gesteckt und sich ein Monokel ins Auge geklemmt. Er sah wirklich aus wie Onkel Teddy, und er war sich dieser Ähnlichkeit durchaus bewusst.

»Was für ein famoser Abend, meine Lieben. Famos, famos, famos. Ich sehe euch da draußen, meine kleinen Rough Riders – Daddy sieht alles! Aber jetzt, Herrschaften, den Unterrock fort und kein weiteres Wort, dann werdet ihr erleben, wie man sanft *spricht und einen dicken, langen Knüppel bei sich trägt, oder auch anders herum, denn hier kommt: Miss Gladys Bentley –«*

Die Leute schrien und lachten. Eine Negerin kam herein, groß und gutaussehend, mit weißem Smoking und Zylinder. Sie griff Männern und Frauen zärtlich unters Kinn. Sie schmiegte den Kopf an ein weißes Mädchen, das vor Vergnügen kreischte. Zwei Jungen fächelten sich Luft zu. Sie hämmerte auf dem Klavier herum, als wäre es ihr letzter Abend auf Erden, und während sie mit ihrer tiefen Whiskeystimme sang, kletterten zwei ausgesprochen hübsche Mädchen, eine hell, eine dunkel, auf den Flügel und sangen im Chor: »Ich bin ein wilder Ritt, eine Stange Dynamit, bring die Stadt zum Explodieren, und dich reiß ich mit.« Hall applaudierte begeistert. Ich klatschte höflich, Feigling, der ich war und immer noch bin. Hall schubste mich zu jedem Homosexuellen, den er sah. Ich blieb eisern und setzte mich schließlich an den hintersten Tisch, nah der Garderobe.

»Komm schon«, sagte er. »Lass uns mal richtig auf den Putz hauen. Das ist doch ein toller Schuppen hier.«

Ich fragte ihn mit sturer Verdrießlichkeit, ob er schon mal hier gewesen sei.

»Du Trottel. Mit wem hätte ich denn hierherkommen sollen? Mit Margaret? Nein, das ist nur für uns. Unsere Junggesellenparty, ohne all die anderen Kerle. Unser Abschied.«

Er sagte nicht, ohne all die Kerle, die sich nichts aus dir machen. Die Kerle, die ganz genau wissen, was unter der Oberfläche liegt.

Ein Junge, der keinen Lippenstift trug und ähnlich gekleidet war wie wir, sprach mich an. Hall war sehr herzlich, aber der Junge muss wohl gespürt haben, dass es mein innigster Wunsch war, ihn auf der Stelle zu ermorden, und er zuckte die Achseln. Wie du willst, Süßer, sagte er.

Ich schnappte mir meine Jacke, schleuderte dabei die Krawatte ins Gesicht des Garderobenmädchens und machte mich auf den Weg zu meiner Wohnung. Hall rannte mir hinterher, aber er konnte mich nicht mehr einholen. Die nächsten drei Wochen sprach ich kein Wort mit ihm, und als er das erste Mal geheiratet hat, war ich in Paris.

Es hat aufgehört zu schneien.

Als meine Mutter starb – danke übrigens für Deinen wunderbaren Brief. Ich bewahre ihn in einer Kommode auf, zusammen mit einigen anderen Briefen, die mir viel bedeuten –, dachte ich, einen schlimmeren Schmerz würde ich nie wieder erleben.

Es gibt Menschen, die liebt man immer, ganz gleich was sie einem angetan haben, ganz gleich was man ihnen angetan hat. Ich glaube, für Dich gehört Miss Hickok zu diesen Menschen. Ich hoffe es. Ein Mann meiner Sorte fängt irgendwann an, Eheleute zu beneiden, all die Franklins und die Eleanors. Jetzt beneide ich auch noch die Hickoks.

Bis Du dies liest, haben der Scotch und der tiefe Schnee meinem Leben hoffentlich ein Ende gesetzt.

Meine liebe Eleanor, es tut mir sehr leid, dass Franklin von uns gegangen ist. Er hat Licht in die Welt gebracht. Bitte vergib mir meine Täuschungen und meine Schwäche. Und vergib mir, wenn Du kannst, dass ich versucht habe, Deinem Glück in die Quere zu kommen. Ich möchte, dass Du glücklich bist.

Dein Cousin
Parker Fiske

NICHT DAS SPEKTAKEL IST DAS SPEKTAKEL

Samstag, 28. April 1945, Mittag
29 Washington Square West
New York, New York

»Du und mein Cousin«, sagt Eleanor, »habt ihr mehr als ein Mal miteinander gesprochen?«

Sie ist wie ein Hund mit einem Knochen. Franklin hätte in so einem Moment einen seiner miserablen Martinis gemixt und einen Witz erzählt, aber es ist zu früh für einen Drink.

Parker Fiske und ich trafen uns immer mal wieder, und danach schickten wir uns kurze Briefe und manchmal auch Bücher (vor drei Jahren schickten wir uns gegenseitig *Das Herz ist ein einsamer Jäger*, woraufhin er mir als Dankeschön eine Postkarte mit einem Bild von siamesischen Zwillingen zukommen ließ). Letztes Jahr hat er mir eine alte Landkarte von South Dakota gesandt, um die herum er Drachen und Steppenläufer gezeichnet hatte. Auf die Rückseite hatte er geschrieben: Dein Kumpel Tom Sawyer.

Als wir uns 1934 das erste Mal trafen, hatte ich im Büro eine Nachricht von ihm vorgefunden, in der er schrieb, er erwarte mich in dem Diner gegenüber vom Mayflower Hotel, meinem damaligen Zuhause außerhalb des Weißen Hauses. Vielleicht wusste er, dass ich im Weißen Haus schlief. Eine Menge Leute wussten es. Manchmal bekam ich Post dorthin. Wir gaben regelmäßig unsere kleine Vorstellung »Miss Lorena Hickok, Freundin der Familie, kommt zum Frühstück oder Abendessen«, was gelegentlich erforderte, dass ich hinausschlüpfte und kurz darauf wieder hineinspazierte. Manchmal band ich mir aus Jux den Schal anders oder steckte mir eine Brosche ans Hutband. Voilà.

Er stand auf, als ich den Diner betrat, und bevor ich mich um einen Kaffee kümmern konnte, stellte er sich mir vor.

»Ich glaube, wir sind uns schon begegnet«, sagte er. »Weihnachten vor zwei Jahren, im Weißen Haus.«

Er lüpfte den Hut. Dann legte er mir die Hand auf den Ellbogen und sagte: »Würden Sie sich zu mir setzen?«

Er streckte seine langen Beine so weit aus, dass seine Schuhe meine berührten, und dann noch etwas weiter, also zog ich meine Beine unter den Stuhl.

»Schön, dass Sie gekommen sind.«

»Ich bewundere Ihre Arbeit fürs Außenministerium«, sagte ich.

»Und ich Ihre hier in der Heimat. Sie sind vermutlich gerade erst von Ihrem Aufenthalt bei den braven Leuten in der Dust Bowl und abgelegeneren Regionen zurückgekehrt.«

»Genau.«

Er winkte die Kellnerin herbei, und sie schenkte uns beiden Kaffee ein.

»Ihre Berichte für den Emergency Relief sind erstklassig, wie ich höre. Selbst Republikaner sind zu Tränen gerührt. Kuchen?«, fragte er, was so viel hieß wie, eine Frau von Ihrem Umfang isst ja wohl zweifellos bei jeder Gelegenheit Kuchen.

»Oh nein«, sagte ich. »Ich bleibe bei Kaffee.«

»Stets die Reporterin. Na ja, mehr oder weniger. Ihre spezielle Freundschaft hat ja offenkundig journalistische Objektivität unmöglich gemacht. Ganz Washington hat Ihr Dilemma verstanden. Sie haben eine ehrenwerte Entscheidung getroffen.«

Ich nippte an meinem Kaffee. (Den ganzen Sommer über war ich im Weißen Haus immer wieder Louis Howe, Franklins Consigliere, über den Weg gelaufen, wenn er in nichts als Boxershorts und mit einem Handtuch über der Schulter durch die Korridore gestreift war wie ein kleiner, halbnackter Vampir. Er sah mich zu jeder Tages- und Nachtzeit in der Nähe von Eleanors Zimmer und sagte jedes Mal: Na, das ist ja der Knüller!)

»Nun ja, ehrenwert«, sagte er. »Das ist vielleicht ein bisschen übertrieben. Immerhin *schtuppen* Sie die First Lady. Eine verheiratete Frau.«

Ich verschluckte mich an meinem Kaffee und verwendete dann viel Zeit darauf, die Untertasse sauber zu wischen, meine Bluse abzutupfen und die Kellnerin zu verscheuchen, damit ich darüber nachdenken konnte, dass Parker Fiske mir gerade drohte und dabei Jiddisch sprach. Eine besondere Freundin hatte mir mal Jiddisch für alle Gelegenheiten beigebracht, inklusive *schtuppen*.

»Mr Fiske, wir kennen uns nicht besonders gut …«

Das stimmte. Ich wusste zwar nicht so recht, worauf ich damit hinauswollte, aber es stimmte zweifellos.

»Ich kenne Sie nicht persönlich«, sagte er. »Aber mit Ihresgleichen kenne ich mich aus. Und mit der bedeutenden Frau, von der wir hier sprechen, bin ich mehr als nur bekannt. Ich war Schleierträger bei der Hochzeit des Präsidenten und seiner Gemahlin. Ich bin ihr Cousin, und es schmerzt mich, ja es schaudert mich, mir auszumalen, was der Präsident sagen würde, wenn er wüsste, auf welch unappetitliche Abwege Sie seine Gattin gelockt haben.« Bei dem Wort Gattin senkte er die Stimme.

»Sie können sich das Schaudern sparen«, sagte ich. »Er weiß Bescheid.«

»Ganz gewiss nicht.«

»Tja, ich behaupte, er weiß Bescheid, und ich behaupte außerdem, dass er keinen Wert darauf legen wird, etwas zu hören, das entweder ein übles Gerücht oder eine unerfreuliche Tatsache ist oder, da es von Ihnen kommt, vielleicht nicht einmal das. Ich kenne mich nämlich auch mit Ihresgleichen aus, mein Lieber. Was wollen Sie mir sagen? Dass Franklin nicht Bescheid weiß und der Teufel los wäre, wenn er es wüsste? Scheidung? Dazu wird es nicht kommen. Scham und Schande? Nicht nur für mich, mein Bester. Sie wissen doch, wie sich Männer fühlen, denen die Frau ausgespannt wird. Und dann noch von einem Weibsstück wie mir? Also, es wäre natürlich nicht fair, wenn Franklin den Überbringer der schlechten Nachricht über die Klinge springen ließe, aber auszuschließen ist das nicht, oder was meinen Sie?«

Er schüttelte den Kopf.

»Lassen Sie es mich anders formulieren. Ihre Beziehung zur First Lady ist etwas sehr Schönes. Ich will Ihnen nichts Böses, ganz und gar nicht. Ich dachte, wir hätten vielleicht ein gemeinsames Interesse. Wir könnten Informationen austauschen. Ich könnte Ihnen dies oder das berichten, und Sie könnten mir dies oder das berichten.«

»Nämlich?«, fragte ich.

»Im Weißen Haus herrscht ein ständiges Kommen und Gehen. Manche der zahlreichen Besucher wären vielleicht für einige meiner Freunde interessant. Meinen Freunden, ich will hier keine Namen nennen, insbesondere einem sehr mächtigen Freund, liegt ganz und gar nicht daran, sich genauer mit Ihnen und Ihrer besonderen Beziehung zu befassen. Sie sind eine patriotische Amerikanerin. Und natürlich ist die First Lady eine bedeutende Amerikanerin. Aber unter den Besuchern könnte es Leute geben, die an sie herantreten, sie womöglich ausnutzen wollen, und Sie könnten dann und wann, als kleine Gefälligkeit für unseren mächtigen Freund, Namen weitergeben, die Namen von Besuchern, deren Gegenwart … bemerkenswert ist. Interessant. Mehr nicht. Mehr nicht.«

Ich kann nicht verhehlen, dass ich dachte: Das ist nicht der schlechteste Deal. Tu den Geplagten – mir – Gutes, und plage die, denen es zu gut geht, wie Mr Dooley zu sagen pflegte. In meiner Zeit als Reporterin hatte ich zudem etliche Male selbst Leute erpresst, um zu bekommen, was ich wollte. »Ach, Mrs Jones, morgen drucken wir Mr Jones' Sicht der Dinge ab. Würden Sie das Ganze nicht auch gern aus Ihrer Sicht schildern? Also, ich an Ihrer Stelle …« Parker Fiske zufolge würden wir Eleanor und den Rest des Landes beschützen. Ich liebte Eleanor ja wirklich, und ich liebte mein Vaterland.

Ich zwang mich aufzustehen, wie ein integrer Mensch es tun würde.

»Danke für den Kaffee«, sagte ich.

Er ging, und ich schob meine Kaffeetasse auf den Geldschein, für die müde Kellnerin.

Sie kam herüber. »Nicht Ihr Typ?«

»Ganz gewiss nicht.«

Sie betrachtete mich genauer. »Hätte mich auch gewundert.«

Ich ging auf die Toilette und übergab mich. Parker hätte es anders ausdrücken müssen: Ich werde Franklin sagen, dass sich alle das Maul zerreißen und dass der Präsident mit einer wohlorganisierten Kampagne moralischer Empörung rechnen muss. Keine Scheidung und keine Schande für die Roosevelts, nur ein Arschtritt für Lorena Hickok, und fortan kein Tag, keine Nacht, kein Telefonat mehr mit der betreffenden Dame. Das war immer meine Befürchtung gewesen. Nicht dass Franklin es herausfinden, sondern dass irgendwer ihn davon überzeugen würde, dass ich das Wohlwollen der Öffentlichkeit verspielt hatte, dass zu viele Leute, reale Menschen, Demokraten aus kleinen Orten oder aus Städten im Mittleren Westen, lesbische Liebe erkannten, wenn sie sie sahen – und sie jetzt und hier sahen. Wenn es das war, womit Parker mir drohte, und er als Gegenleistung nur ein bisschen Klatsch und Tratsch haben wollte, dann war es dumm von mir gewesen, nicht darauf einzugehen. Ich saß in der Kabine, bis die Kellnerin an die Tür klopfte.

An diesem Abend sahen Eleanor und ich uns nur von weitem. Die Tischrunde umfasste sechzehn Leute. Eleanor hob am anderen Ende des Zimmers die Hand, und ich hob meine. Die Chancen standen nicht schlecht, dass ich auf dem Foto, das in der *Post* oder dem *Telegraph* erscheinen würde, nicht zu sehen war.

HIMMEL IST, WAS ICH NICHT ERREICHE!

Samstag, 28. April 1945, am Abend
29 Washington Square West
New York, New York

Heute Abend sind Eleanor und ich auf wohlig-gedankenlose Weise zufrieden.

Wir machen unsere Dehnübungen (meine Hüften, ihr Rücken), schlucken unsere Säureblocker, und dann zupfen und knuffen wir die Kissen zurecht: eine unfreiwillige Parodie auf zwei alte Damen, die zu Bett gehen. Wer als Erste im Bett ist, gibt den Ton an, aber was wir tun, hat sich seit damals vor zehn Jahren nicht groß verändert. Meine Hand in ihrem Haar, ihre Linke auf meiner Linken. Zwischen uns ist eine geradezu greifbare Wärme, und wenn alles so ist, wie es sein soll, zieht sie mein Bein näher an sich heran, und ich streiche ihr das Haar aus der Stirn. Wir seufzen. Wir tupfen einander kleine Küsse auf den Körper, auf Ellenbogen, Schulter, Kinn. Trotz Jahren der Trennung und neuer Lieben kommt es mir so vor, als wäre mein Herz erst jetzt endlich in meinen Körper zurückgekehrt. Gestern Nacht hat sie sich im Schlaf auf mich gerollt und gesagt: Du fehlst mir, mein Schatz. Ich sagte: Ich bin doch da, aber sie beharrte: Du fehlst mir, und legte mir das Kinn auf die Schulter. Zur Zeit liebe ich Eleanor nachts mehr und entspannter als tagsüber. Manchmal liebe ich sie ganz besonders, wenn ich sie nicht sehe.

Tagsüber sind wir, wer wir nun mal sind, und das ist schade. Franklin als Person scheint als Thema vom Tisch zu sein. Um den Frieden zu wahren, tue ich so, als wären Franklin und ich prima Kumpel gewesen und wir hätten, wäre er noch am Leben, zu einer uns allen genehmen Einigung gefunden. Der Krieg wäre zu Ende gegangen, und er hätte sich im Top Cottage (oder Fellatio Cottage, wie ich es nannte) eingerichtet, seiner Zuflucht im Wald von Hyde Park, fern von Frau und Mutter, und sich dort mal mit Glamourgirls, mal mit ergebenen Dienerinnen umgeben. Eleanor und ich hätten Val-Kill bekommen, wo wir es uns auf der Veranda gemütlich gemacht hätten, in zusammenpassenden Strickjacken und mit einem Stapel Bücher zum Lesen und dicken Notizheften für die Bücher, die wir selbst schreiben wollten. Ab und zu hätten wir Franklin oben auf dem Hügel zugewinkt. Wenn die Kinder zu Besuch gekommen wären, hätte ich mich verdrückt, hätte in der Stadt zu Mittag gegessen und in »meinem« Zimmer geschlafen, das ich 1936 eingerichtet hatte – es sah aus wie die Zelle einer Nonne, die für die Dodgers und die New York Times schwärmt. Auf dem Toilettentisch hatte ich eine Frisiergarnitur aus Elfenbein liegen. Als Eleanor sie das erste Mal sah, schnappte sie nach Luft. Die ist von meiner Tante, sagte sie. Ich habe sie auf dem Speicher gefunden, sagte ich. Die Garnitur war schön aussagekräftig, fand ich. Die Bürste hatte ich sogar schon benutzt. Um den Schein zu wahren, hatte ich in einer der Schubladen zwei Hemden deponiert, und im Schrank hingen zwei Kleider.

Ich habe nie aufgehört, mir dieses künftige Leben in allen Details auszumalen, die zwei Cottages, unsere Hunde, ihre Kinder, die im Laufe der Zeit erkennen würden, wie glücklich ich ihre Mutter machte und wie gut ich mich um sie kümmerte. Wir würden uns unsere besten Freunde erhalten. Unsere Liebe würde sich ihre eigene Welt erschaffen und die reale Welt zumindest ein Quäntchen besser machen. Ich sah die Gruppe von Birken am Ufer des Baches nahe Val-Kill vor mir, sah ein paar gelbe Blätter ins Wasser segeln. Ich sah uns beim Frühstück, das noch dampfende Rührei, die zusammengefaltete Zeitung. Ich hörte das Knarren der Schaukelstühle auf der Veranda.

Was man sich vorstellen kann, das kann man auch kriegen, heißt es immer – von wegen.

Eleanor hat den ganzen Tag noch nichts gegessen. Ich biete ihr ein Sandwich an, Scotch oder Sherry, ihr geliebtes Müsli, aber sie schüttelt nur den Kopf. Als die Kinder noch klein waren, sagt sie, habe ich fünf Jahre lang fast nichts gegessen, wegen allem. (So sagt sie es, wegen allem. Fünf Kinder, dann ist der Kleine gestorben, dann kam Lucy Mercer. Und ich war so fair und nobel und dachte, ich werde mit ihm zusammenleben und ihn halt nicht lieben, aber dann hat er Polio bekommen. Und die Tür ist krachend zugeschlagen.)

»Du wirst nie erraten, wer mich aufgespürt hat«, sage ich.

Eleanor dreht sich zu mir um.

»Eine deiner zahlreichen Freundinnen?«, fragt sie mit ausdrucksloser Stimme.

Eleanors Auffassung von unserer Beziehung war die, dass es dank unserer außerordentlichen Affinität, unserer Seelenverwandtschaft zu Intimitäten zwischen uns kommen konnte, wie sie sie noch nie zuvor erlebt hatte. (Tut mir leid, Franklin, aber du hast in Harvard absolut nichts und von Lucy Mercer – die vermutlich eine Geliebte aus der Kategorie »Du bist mein

Held« war – nur sehr wenig gelernt. Ich will nur so viel sagen, dass Franklins Leute, nachdem er an Polio erkrankt war, überall verbreiteten, der Mann sei jetzt von der Taille abwärts gelähmt und somit über jeden Verdacht hinsichtlich der Damenwelt erhaben, was immer der äußere Anschein sein mochte. Bei den Feinden der Roosevelts herrschte eine gewisse Phantasielosigkeit, und bei den Roosevelts selbst letztlich auch.)

Für Eleanor war körperliche Liebe untrennbar mit einer Zwiesprache der Seelen verbunden. Sie meinte das bei allen glücklichen Paaren zu erkennen – dass deren freudiges Geschlechtsleben ihrer Liebe entsprang, deren Flamme umso heller brennen würde, wenn der Geschlechtstrieb nachließ, weil sie dann nicht etwa weniger, sondern noch intensiver gespeist wurde. Mir ist es egal, warum die Flamme brennt. Selbst zwei alte Frauen, die nebeneinander in der U-Bahn der Second-Avenue-Linie sitzen, die eine auf dem Heimweg zu drei Enkeln und einem tatterigen Ehemann, können einander tief in die Augen blicken und wieder spüren, wie es einmal war. Jenen Moment heraufbeschwören, wo dieses runzlige Klappergestell, das neben einem sitzt, etwas Überraschendes, besonders Schönes mit einem machte, man atmet die Erinnerung ein, und die Schwere, die Sterblichkeit, die zweckmäßigen Schuhe sind nur noch eine Kostümierung und fallen von einem ab, sodass sich für einen kurzen Augenblick das wahre Selbst erhebt, nackt und rosig, und durch den U-Bahn-Wagen tanzt.

»Meine Schwester Ruby«, sage ich. »Sie hat meinen Namen in der Zeitung entdeckt, neben deinem. *First Friend*«, sage ich und versetze ihr einen Rippenstoß. Sie schüttelt meinen Fuß ab und setzt sich auf, als hätte ich endlich etwas gesagt, was sich anzuhören lohnt.

»Deine Schwester würde ich gern kennenlernen.«

Wirst du auch, sage ich, und bringe sie dazu, sich zu überlegen, wie sie Ruby helfen kann, und danach dem Rest der Welt; mache ihr den Gedanken schmackhaft, dass das Leben mehr zu bieten hat, als die Witwe eines bedeutenden Mannes zu sein. Es gibt noch einen dritten Akt, sage ich zu ihr, Schulen, Regierungen, ganze Kontinente sehnen sich nach dir. Die Geschichte ist noch nicht zu Ende, so oft du es auch behaupten magst. Und anfangen können wir damit, dass wir uns zu einem schönen Mittagessen mit Ruby Hickok Claff treffen, die nicht mehr so niedlich ist wie vor dreißig Jahren in South Dakota, aber auch nicht mehr so weich. Ruby hatte Nachforschungen angestellt und mich in meinem Kleinen Haus auf Long Island besucht. Sie klopfte an, und ich erkannte sie nicht; sie umarmte mich stürmisch. Als wir uns schließlich zum Kaffee hinsetzten, war ihr die Enttäuschung darüber anzumerken, dass ich kein glanzvolleres Leben führte, ja mehr noch, mir gehörte nicht einmal das Haus, in dem ich wohnte. Ich besaß kaum mehr als meine Töpfe und Pfannen, meine Kleider, meine Schreibmaschine, zwei neue Farbbänder und zweimal fünfhundert Blatt Papier. Ich kochte ein paarmal für sie, und sie schlief auf der Couch. Beim Zubettgehen erzählte sie mir, wie es ihr in Wisconsin bei der Schwester unserer Mutter ergangen war. Gar nicht so schlecht, sagte sie, aber ich hätte dich gebrauchen können. Du hast auf mich aufgepasst. Sie bat mich, ihr Geld zu leihen, womit ich gerechnet hatte, und ich gab ihr fünfundzwanzig Dollar, was für mich nicht wenig war. Sie sagte mir, ihr Mann sei arbeitslos, und sie überlege, sich als Plätzchenbäckerin selbstständig zu machen, wenn ich sie finanziell unterstützte.

Eleanor liebt Leidensgeschichten, und die von Ruby ist ein guter Anfang.

VIERTER TEIL

DIE FRÜHLINGSÜBERSCHWEMMUNG

Sonntag, 29. April 1945, Mittag
29 Washington Square West
New York, New York

Eleanor hatte mich gebeten, nicht zur Beerdigung zu kommen.

»Es war ein schöner Tag«, erzählt sie beim Sherry. »Ich kann dir gar nicht sagen, wie schön. Strahlender Sonnenschein. Ich glaube, es war kein Wölkchen am Himmel. Und Liebste, der Flieder! Weißer Flieder. Dass der schon geblüht hat, so früh. Du hättest die Pferde sehen sollen, wie sie herausgeputzt waren. Sie haben ihn von der Bahnstation den Hügel hinaufgezogen.«

Sie wischt sich die Augen. Ich mir auch.

»Über uns sind Jagdflugzeuge in Formation geflogen. Ich weiß nicht, wer das für eine passende Idee gehalten hat. Vielleicht war es ja passend. Und einundzwanzig Schuss Salut wurden abgefeuert. Fala hat gebellt.«

»Einundzwanzig Mal?«, fragte ich, um sie zum Lachen zu bringen.

»Ich glaube schon. Ich habe außer dem Flieder nicht viel wahrgenommen.«

Sie lässt sich wieder in die Kopfkissen sinken, schmiegt sich um meine Hüften. Ich schaue zu ihr hinunter und streichle ihren Arm. Ihre Haut war immer zarter und weicher als die anderer Menschen. Anderer Frauen. Jetzt ist die Haut wie alte Seide, und die feinen Fältchen, die sich darauf überkreuzen, nehmen ihr nichts von ihrer Zartheit.

»Ich hätte dich kommen lassen sollen.«

»Das ist schon in Ordnung«, sage ich. »Du konntest ja nicht alles tun. Nicht einmal du. All die Leute, die du unter einen Hut bringen und trösten musstest und dazu noch dein eigener Kummer. Da konntest du dir nicht auch noch um mich Gedanken machen.«

»Habe ich das gesagt?«

»Mehr oder weniger. Ich habe es als Kompliment aufgefasst.« Das habe ich auch anderen erzählt. Wenn ich danach gefragt wurde, sagte ich, dass Eleanor ihre engsten Freunde nicht dabeihaben wollte. Dieses Begräbnis ist ein öffentliches Ereignis, sagte ich. Sie wird tun, was zu tun ist, und das ganz wunderbar. Es ist nicht für den engeren Kreis gedacht.

»Ich hätte dich doch nicht bitten können, einfach eine Freundin unter vielen zu sein, ein Gesicht in der Menge, während alle Welt um Franklin weinte. Und dann der Empfang. Ich hätte keine fünf Minuten gefunden, um deine Hand zu halten. Und du meine.«

»Du hättest mich fragen können«, sage ich.

Auch auf Long Island war es am Tag seiner Beerdigung sonnig. Und auch dort blühte der Flieder. Morgens drehte ich eine Runde mit Mr Choate, und selbst im tiefen Wald, wo das diffuse, wechselnde Licht auf dem toten Laub und den Kiefernnadeln spielte, spitzten die hellgrünen Triebe und schlanken Knospen der Forsythien hervor, das Moos wie ausgebreiteter

Damast und dicke rote Knospen, so subtil wie in einem Cartoon.

Ich kam zurück und duschte. Ohne hinzusehen, trocknete ich mich ab, und dann puderte ich mich von Kopf bis Fuß mit einer puscheligen weißen Puderquaste von der Größe eine Bratpfanne ein. Den duftenden Puder und die Quaste hatte ich von Eleanor zu Weihnachten bekommen. Und wenn dreimal Krieg ist, hatte sie gesagt. Im Laufe von dreizehn Jahren hatten wir nur ein einziges Mal kein gemeinsames Weihnachten gehabt, und dieses eine Mal war mir damals vielversprechend erschienen. Ich steckte mir das Haar auf, zog ein frisches Hemd, meinen letzten französischen Seidenschlüpfer und ein Paar derbe Bluejeans an. Ich setzte mich an den Küchentisch, beobachtete den Himmel und wackelte mit den Zehen, um mehr Gefühl in die Füße zu bekommen. Ich aß Haferflocken mit Mandeln zum Frühstück, einfach nur, damit ich Eleanor davon berichten konnte. Zu dem Schinkenspeck im Kühlschrank sagte ich: Heute nicht, Herzinfarkt. Ich machte mir einen Kaffee, so wie ich ihn am liebsten mochte, und warf Mr Choate einen Hundekuchen zu. An die Arbeitsplatte gelehnt, beobachtete ich die Wolken. Ich habe mich in meinem Leben durchaus schon einsam gefühlt, aber nie, während ich einen starken Kaffee trank, meine flauschigen Hausschuhe anhatte und in meiner eigenen Küche stand. Bis wir uns wiedersahen, würde ich meine Diabetes unter Kontrolle haben, und wir würden nicht mehr darüber reden müssen. Ich machte meine Gymnastik. Fuß-, Knie- und Hüftkreisen. Dehnübungen für die Schultern. Dabei hörte ich »Nessun Dorma«. Ich sang »Nessun Dorma«, zur Verblüffung meines Hundes.

Falls man gleichzeitig besorgt, hoffnungsvoll, aufrichtig traurig und über das Wetter erfreut sein kann, dann war ich es. Mastixsträucher fand ich rund ums Jahr schön, aber im Spätfrühling sprossen sie überall in einem üppigen zarten Grün. Mein Kleines Haus mit der abblätternden weißen Farbe und einer Küche wie aus einem Dickens-Roman war mein erstes wirkliches Zuhause, seit ich South Dakota verlassen hatte. Dass es nur gemietet war, änderte nichts an meinen Gefühlen. Im Gegenteil. Manche Leute reisen gern mit kleinem Gepäck und wohnen lieber zur Miete, und ich bin so jemand. Ein kleines weißes Haus auf einem hübschen Grundstück zu bewohnen, das anderen Leuten gehört, mich an dem Boot, dem Strand, der schönen Veranda anderer zu erfreuen, ohne mich um die Instandhaltung kümmern zu müssen, das ist für mich ein besonderer Genuss.

Franklin und Eleanor waren fantastische Besitzer. Sie hatten Häuser, Sammlungen und Möbel in ihrer Obhut, die es schon seit zweihundert Jahren gab. Man kauft kein Silber, man hat es – so drückten sich solche Leute aus. Ich besaß sechs Gabeln und sechs Messer, aber immer acht Teller, für den Fall, dass ich mal wieder explodierte und ein paar an die Wand warf. An dem Tag, als Franklin starb, ging ich ohne Hund an den Strand und zerschlug sie alle. Er war der beste Präsident meines Lebens, und er war Tag für Tag ein absoluter Mistkerl. Man ließ sich von seinem Charme und seiner Fröhlichkeit blenden, wurde taub für die eigenen Gedanken und konnte schließlich nur noch nicken und lächeln, wenn man vom Bannstrahl seiner jähen, eisigen Ungnade getroffen wurde. Er brach Herzen und knickte Ambitionen mit der Beiläufigkeit, mit der er Zweige zum Feueranzünden über dem Knie zerbrach, und dann wischte er sich die Hände ab und fragte: Wer möchte einen Cocktail? Wäre Missy nicht ihren Schlaganfällen erlegen, dann hätte Franklins kaltes Herz sie umgebracht.

Am Morgen seiner Beerdigung pflanzte ich Stiefmütterchen und sorgte mich. Ich sorgte mich um unser Land. Um unsere Soldaten. Um die Armen und um die Neger. Ich sorgte mich um die Juden, die für mich als Mädchen nicht einmal richtige Menschen gewesen waren. Nicht dass Franklin viel für sie getan hätte, aber er wollte, dass ihnen nichts geschah, auch wenn das den meisten Amerikanern ziemlich egal war, und ich bezweifelte, dass Harry Truman sich um Leute, die nicht wie Harry Truman waren, groß Gedanken machte. Wir alle taten mir leid. Harry Truman war ein ehrenwerter Mann, aber er würde nicht nachts um zwei mit Winston Churchill einen Brandy nach dem anderen kippen und aus voller Kehle »Marching Through Georgia« schmettern. Harry Truman würde, durchaus bewundernswert, auf seine hartnäckige, arglose Weise tun, was er angekündigt hatte, und er würde uns zumindest bis zum Ende des Kriegs durchbringen. Es würde im Weißen Haus keinen doppelten Hofstaat mehr geben, keine zwei Systeme von Aufstieg und Fall, die nur für Eingeweihte erkennbar waren, und selbst wenn Cocktails serviert wurden, würde Harry höchstwahrscheinlich nicht als Julius Cäsar verkleidet »I Get a Kick Out of You« singen, und Bess Truman würde nicht in einem Amateurfilm als viktorianisches Mädchen auftreten, das versuchte, wenn auch nicht allzu entschlossen, sich aus der Hand böser Piraten zu befreien. Die farblose Mary Margaret Truman würde keine Schlagzeilen machen. Franklin war ein lausiger Ehemann, ein entnervender Freund, mein Rivale und mein Präsident. An einem seiner Geburtstage hatte ich ihn geküsst, und er hatte meine Hand genommen und sie lange gedrückt, und in diesem Moment war ich ihm genauso verfallen wie alle anderen auch.

Er hatte uns während einer halben Stunde zwischen Mittag- und Abendessen verlassen, als wir gerade mal nicht aufpassten, und jetzt waren wir alle krank vor Kummer. Diejenigen unter uns, die ihn kannten und brauchten, wollten nicht aufhören zu trauern, denn wir befürchteten, wenn wir nach vorn schauten, uns der Zukunft zuwandten, könnte das bedeuten, dass wir ihn nicht mehr spürten, nicht mehr rochen, die letzte lebendige Erinnerung an ihn verloren.

IT'S ALL RIGHT WITH ME

Sonntag, 29. April 1945, am Nachmittag
29 Washington Square West
New York, New York

»Liebste?«

Eleanor nimmt den nächsten Umschlag aus dem grauen Postsack. Es werden weitere Liebes- und Beileidsbekundungen sein, weitere in Beileid gekleidete Bitten um Hilfe, sei es in Form von Bargeld oder von Gefälligkeiten. Auch ich habe schon Bargeld und Gefälligkeiten erhalten, ich werde mich also hüten, eine Miene zu verziehen, und sei die Lüge noch so dreist.

»Hab ich dir eigentlich erzählt, dass ich einen Brief von Missys Schwester bekommen habe?«

»Von Anna LeHand? Das ist ja nett«, sage ich.

Eleanor nickt. Ich öffne die Vorhänge, aber sie schüttelt den Kopf, damit ich sie wieder schließe.

»Anna LeHand selbst war nicht nett«, schiebe ich nach. »Und das sage ich nur, weil du mich dazu bringst, solche Dinge zu sagen. Dass Anna LeHand nicht nett war, zum Beispiel. Du sprichst es selbst nicht aus, also muss ich es tun. Dabei würde ich lieber lügen, dass sich die Balken biegen. Ich bin mir sicher, dass Anna immer noch genauso neidisch und engstirnig ist wie eh und je, das wandelnde Ressentiment. Der schönste Moment im Leben dieser Frau war wahrscheinlich, als dieser Dreckskerl Joe Kennedy ihr bei Missys Beerdigung die Hand aufs Knie gelegt hat.«

»Ich bringe dich nicht dazu, solche Dinge zu sagen.« Eleanor schaltet ihre Nachttischlampe ein. Sie sieht mich über ihre Brillengläser hinweg an. »Es ist dir ein Bedürfnis. Und ich wollte schon dein grundanständiges Wesen und dein klarsichtiges Mitgefühl loben.«

»Du machst mich fertig«, sage ich.

Wir können – und werden, hoffe ich – den ganzen Tag so weitermachen. Ihr Anstand, mein Schlagring. Ihr Hyde-Park-Getue, meine South-Dakota-Unkerei. Die Roosevelts huldigen dem Motto »Kopf hoch, mach das Beste daraus«. Keiner von ihnen hält sich je vor Augen, woraus sie das Beste machen, nämlich aus einem Haufen Geld, Bediensteten an allen Ecken und Enden und einem vornehmen alten Namen, der darüber hinwegtäuscht, dass sie vor zweihundert Jahren kein Deut besser waren als die Hickoks aus South Dakota, und das ist ein denkbar niedriger Maßstab. Reiche Leute eben.

Stapelweise Kondolenzbriefe liegen in der ganzen Wohnung herum, um gelesen zu werden oder auch nicht, sie ergießen sich vom überladenen Kaffeetisch auf den Boden, unter und auf die Couch. Am ersten Abend haben wir Hunderte von Briefen aus der Bevölkerung direkt in den blauen Postsack gesteckt, für die Sekretärinnen, die Tully eigens dafür angeheuert hat. Eleanor liebt die mit Bleistift geschriebenen Briefe und die, deren Verfasser aus einem zweiten Blatt mit etwas Klebstoff einen Umschlag gebastelt haben. Wenn man keinen Klebstoff hat, faltet man das Blatt einmal zusammen, reißt es in der Mitte der aufeinanderliegenden Oberkanten zweimal ein und klappt die so entstandene Doppellasche um.

Vor zwanzig Jahren habe ich selbst auf diese Weise korrespondiert, habe mir auf der Post in Battle Creek den Arsch abgefroren und Zwei-Cent-Briefmarken geschnorrt; deshalb liebe ich diese Sorte Brief nicht ganz so sehr. Die Briefe von den Allerberühmtesten sind alle schon da. Churchill hat geschrieben, und Eleanor sagt: Ich weiß, dass er es ernst meint. Der Brief von Stalin war sentimental und furchterregend. Das Außenministerium hat Eleanor die Titelseite der *Prawda* geschickt, mit schwarzem Trauerrand. Admiral Suzuki Kantarō hat seine rätselhafte Beileidsbekundung über den Rundfunk verbreiten lassen. Er sprach sein tiefes Mitgefühl aus. Er pries FDRs Führerschaft, die unser Land im Krieg in eine vorteilhafte Position gebracht habe. Es war ein so unamerikanischer Zug, als Premierminister eines Landes, dessen Zivilbevölkerung gerade mit Brandbomben belegt worden war, dem Mann, der das zu verantworten hatte, seine Bewunderung auszusprechen, dass wir es fast für Propaganda gehalten hätten. Eleanor sagte: Ich glaube, Japan und Amerika werden einander nie verstehen.

Jedes noch so unbedeutende Mitglied des Königshauses hat geschrieben. Clementine Churchill hat ihre aufrichtige Anteilnahme so gekonnt und elegant formuliert, dass ich keine Grimasse ziehe, als Eleanor mir den Brief zum zweiten Mal vorliest und sagt, was sie immer sagt, wenn Clemmies Name auftaucht: Was für eine wunderbare Frau. So stark und viel fortschrittlicher als er, dieses Riesenbaby. Clemmie ist ein kluger Kopf, das kannst du mir glauben. So eine hat er gar nicht verdient.

»Das sagen die Leute über dich auch immer.«

Ich vergrabe mein Gesicht zwischen ihren Schulterblättern. Sie greift hinter sich und drückt meinen Kopf an ihren Nacken. Das ist die Sorte Glück, die ich will. Nicht die Flutwelle des ersten Verliebtseins, die jedes Boot zum Sinken brachte und uns an unmögliche Ufer trug. Nicht Wildheit, halb entkleidet in jenem hinreißenden Blizzard aus Kirschblüten, die auf uns und unser Picknick im abgelegensten Winkel eines Parks in Maryland herunterwirbelten. Ich brauche keinen weiteren schmerzlich-schönen Sonnenuntergang in Gaspé, feuriges Orange, das sich über die grünen Rasenflächen und roten Kliffs ergoss und im dunklen Meer versank, sodass wir unseren Rückweg ertasten mussten, ihre Hand in meinem Hosenbund, und die klare Erkenntnis, dass uns nichts anderes übrig bleiben würde, als die Hütte, in der wir übernachteten, zu kaufen und nie mehr zurückzufahren. Sie ergriff im Dunkeln meine Hand und sagte: An so einem Ort werden wir mal leben.

Ich bewahre hundert heimliche Abendessen bei Kerzenlicht im Herzen, ein ausgebreitetes Handtuch auf dem Hotelbett, Teller auf den Nachttischen und zwei Karaffen auf dem Boden, Sherry und Scotch. Zweihundert heimliche Mittagessen. Die Arbeit an ihren Reden, bei offenen Fenstern und Vogelgezwitscher. Heimliche Wochenenden, von Freitagabend um neun bis Sonntagmittag um zwölf. Jeder Freitagabend ein buntes Feuerwerk, jeder Sonntagvormittag ein langsames, trauriges Zusammenraffen, bis wir schließlich bei einer Tasse Tee dasaßen und nur noch darauf warteten, dass um zwölf der Leichenwagen des wahren Lebens vorfuhr. In jenem ersten, völlig verrückten Jahr kam immer, wenn wir eigentlich hätten arbeiten sollen, irgendwann der Moment, wo alle anderen den Raum verlassen hatten. Unsere Berichte und Ordner glitten zu Boden. Eleanor ergriff mit fester Hand den Türknauf, schloss ab und löste die Schleife um ihren Hals.

»Könnten wir?«, sagte sie.

Ich erinnere mich an jedes einzelne Mal, wo wir uns liebten. Ich erinnere mich an das Licht auf ihrem Körper auf Dutzenden von Betten. Ich erinnere mich an all die Decken, weil ich ihr Haar noch sehe, das sich darüber breitete und an dem Gewebe hängenblieb, erinnere mich an den Geruch von Mottenkugeln auf Campobello und den Duft der Gurkengesichtscreme, die wir einen Winter lang beide benutzten. Ich erinnere mich an das Satinband, mit dem die alte Wolldecke in meinem Haus auf Long Island eingefasst war, an ihre Finger, die sich unterhalb des Satins in die Wolle krallten, während sie mit über dem Kopf ausgestreckten Armen dalag. So habe ich in den vergangenen acht Jahren, in denen ich nur noch unter First Friend firmierte, meine Nächte verbracht: mit Erinnerungen. Dabei war ich immer noch besser dran als der arme verstorbene Louis Howe, der Franklin mit der ganzen Kraft seines stolpernden, manipulativen Herzens geliebt hatte. Und ich war nicht schlechter dran als die gute alte Tommie Thompson, die andere Priesterin am Schrein der Eleanor. Tommies Liebhaber Henry war so anspruchslos wie eine Topfpflanze. Ich habe ihn früher immer als Tommies Alibimann bezeichnet, aber das war nicht fair, denn hier sollte nicht eine bestimmte geschlechtliche Neigung verborgen werden, sondern eine Hingabe, gegen die jeder Geschlechtsakt dem Plantschen in einem flachen Swimmingpool glich.

Der Monat bis zu unserer endgültigen Trennung war ein einziges Zaudern und Zögern, bei dem keiner den ersten Schritt tun wollte.

Eleanor tat so, als wäre es ihr größter Wunsch, dass ich glücklich war. Wenn ich mich beklagte, über zu wenig gemeinsame Zeit oder über unsere langen Abende mit ihrem alten Leibwächter Earl Miller und seiner jeweils aktuellen

Ehefrau, über meinen Blutzucker oder über die Reporter, die uns bei keinem einzigen Abendessen unbehelligt ließen, war das alles Ausdruck meiner Unzufriedenheit. Und eine unzufriedene Freundin wollte Eleanor nicht haben. Entweder ich hörte auf, darüber zu nörgeln, dass wir zu wenig Zeit miteinander hätten, und mich über den Tratsch zu beschweren, oder ich hörte auf, ihre Allerliebste-auf-dieser-Welt zu sein. Ich wiederum gab vor, keinen größeren Wunsch zu haben, als dass sie glücklich war. Und wenn sie sich wegen mir oder meines Verhaltens Sorgen machte, wenn sie sich ärgerte, weil ich mich herumtrieb, wenn sie an meinen Essgewohnheiten herumkrittelte oder sich beschwerte, weil ich in der Viertelstunde, die sie mir zugedacht hatte, nicht vorbeigekommen war, tja, dann war auch sie nicht zufrieden, oder?

Trotz allen guten Willens und aller Heuchelei hätten wir uns ein Dutzend Mal beinahe getrennt, und dann konnten wir doch nicht voneinander lassen. Bei etlichen Frühstücken benannten wir die Fakten. Stellten Betrachtungen an. Wir zogen prazise Resümees, was nichts anderes war als zu lügen, und wir sagten beide, wir würden nie aufhören, einander zu lieben, was leider voll und ganz zutraf. Wir waren entschlossen, die Menschen zu sein, die wir sein wollten, und nicht die blinden, verzweifelten Wesen, die wir waren.

Alle paar Tage sagte ich, wir müssten miteinander reden, und alle paar Tage sagte sie das Gleiche zu mir.

Eines Morgens erzählte Eleanor fröhlich: »Franklin hat gesagt, dass man dich ja kaum mehr zu Gesicht bekommt. Du fehlst ihm.«

Ich sagte: »Wir müssen wirklich dringend miteinander reden. Hol deinen Hut. Wir können meinen Wagen nehmen.«

Ich fuhr zum Rock Creek Cemetery, damit wir uns vor ihre Lieblingsstatue setzen konnten. Wir stiegen aus, und Eleanor blickte zu der trauernden, fast friedlichen Frau hoch und lächelte ein wenig.

»Oje«, sagte sie.

Ich sagte: »Ich liebe dich. Du liebst mich. In einem anderen Leben hätten wir das Cottage oder die Schule oder das Stadthaus, was auch immer. Aber nicht in diesem. Nicht in diesem Leben, Eleanor, und ich weigere mich, das Schoßhündchen des Weißen Hauses zu sein.«

Ich nannte sie Eleanor, um klarzumachen, dass ich Streit wollte.

»Was für ein Unsinn. Du bist kein Schoßhündchen. Du gehörst zur Familie.«

Ich stand auf, und sie sank etwas in sich zusammen.

»Wir könnten es noch mal versuchen. Du könntest dich noch etwas gedulden, und wenn er nicht mehr Präsident ist –«

»Wenn er nicht mehr Präsident ist, was das größte Drama seines Lebens sein wird, schlimmer als Polio, wirst du ihn verlassen? Nie im Leben.«

Sie legte die Hände auf den Sockel der Statue.

»Es ist mir egal, was die Leute über uns reden«, sagte sie. »Und Franklin ignoriert Tratsch.«

»Ich kenne keinen Mann auf dieser Welt, der so ein Ohr für Tratsch hat wie Franklin. Und er hat mehr als genug zu hören bekommen.«

»Tja«, sagte sie. »Er hat aber nie irgendwelche Einwände erhoben.«

Jetzt war es an mir, die Falten des granitenen Umhangs zu studieren. Vielleicht war es reine Eitelkeit, vielleicht wollte ich einfach nicht First Friend sein, das Hündchen, das bellt, aber nicht beißt und absolut stubenrein ist. Ich wusste nicht, wie ich auf eine anständige Weise hätte sagen können, dass ich ihre Ehe offenkundig nicht zu zerstören vermochte und daher das Feld räumen musste. Franklin hatte gewonnen, ganz so, wie er und ich und Eleanor es erwartet hatten, und ich war nicht einmal nur böse darüber. Das Land brauchte ihn, und er brauchte Eleanor.

»Das weiß ich zu schätzen«, sagte ich. »Liebste, ich glaube nicht, dass ich das für dich sein kann, was du gern hättest. Ich will –«

Sie kam nicht zu mir. Sie saß auf der Bank und wartete, bis ich fertig war.

»Ich will einfach deine Liebhaberin sein. Deine Geliebte. Und dich zur Geliebten haben. Egal wie du es ausdrückst, ich will nicht deine liebe Freundin sein. Ich will mit dir streiten. Ich will eifersüchtig werden. Ein bisschen jedenfalls. Ich will, dass du eifersüchtig wirst. Ich will dir in dein Zimmer nach-gehen –«

Sie stand auf und streckte die Hände aus.

»Ich wünschte, du könntest mich ein bisschen weniger lie-ben«, sagte sie. »Also, auf diese Weise. Nein, nicht weniger. Weniger meine ich nicht.«

»Doch, das meinst du.« Ich klimperte mit den Autoschlüs-seln. »Du kennst doch dieses Gedicht von Emily Dickinson: ›So sehn wir uns getrennt – Du dort – ich – hier – Die Tür nur angelehnt.‹«

»Emily Dickinson hatte weder Mann noch Kinder, weißt du. Sie hatte nicht die gleichen Verpflichtungen wie ich.«

»Da hast du recht«, sagte ich. »Du hast recht. Mit allem.«

Wir fuhren schweigend zum Weißen Haus zurück. Ich würde ausziehen und wieder nach New York zurückkehren. Aber ich würde weiter im Weißen Haus ein- und ausgehen. Sie würde mir oft schreiben und ich ihr nicht ganz so oft. Ich würde ihr Ratschläge zu ihren Kindern geben, die ihr ein Rät-sel waren, und sie würde mir zu Weihnachten einen Wintermantel schicken. Sie würde sagen: Eigentlich hat sich nichts verändert.

1939 gehörte ich dann wieder der Menagerie des Weißen Hauses an.

Mit meinen Finanzen stand es mau, und Eleanor wusste davon. Zufällig war im Weißen Haus gerade ein Zimmer frei. Zufällig lag es diesmal nicht ganz so nah bei Eleanors Zimmer wie sechs Jahre zuvor, aber auch nicht allzu weit entfernt. Natürlich bot Eleanor es mir an, und natürlich sagte ich zu.

Ich wurde bei den Mahlzeiten miteinbezogen, denn alles andere wäre seltsam und verräterisch gewesen. Mein Zimmer wurde geputzt. Niemand fragte, was ich brauchte oder gern hätte oder warum zum Teufel ich überhaupt da war, denn niemand wollte hören, warum meine Anwesenheit erwünscht war, und auch wenn alle erleichtert sein mochten, dass ich nicht mehr unter First Friend firmierte, so war ich bedauerlicherweise nicht ganz von der Bildfläche verschwunden, und es irritierte die Leute, dass Eleanor Roosevelt jegliche Tätigkeit, der sie gerade nachging, unterbrach, sobald ich das Zimmer betrat, als hätte die Erde kurz gebebt. Sie räusperte sich dann und machte weiter, ohne auch nur in meine Richtung zu blicken.

Ich lebte im Weißen Haus und schrieb für Geld. Mit Hochdruck betrieb ich Öffentlichkeitsarbeit für die Weltausstellung in New York, für die gesamten 486 Hektar, und versuchte, Flushing, New York, zu einem Ort zu machen, den man freiwillig besuchen würde. Ich verfasste Tag und Nacht Pressemeldungen und Handzettel für die Welt von morgen. Ich schrieb über den »Blick der Ausstellung« (auf die Zukunft gerichtet) und die »Weltausstellung der Zukunft« (mit dem Heute vertraut zu sein ist die beste Vorbereitung auf das Morgen). Ich schrieb über die Westinghouse-Zeitkapsel, die erst im Jahr 6939 geöffnet werden sollte und die wir mit einer Micky-Maus-Uhr, zwanzig Filmrollen mit Wochenschauen, einem Füller, einem Damenhut (Lilly Daché), einem Rechenschieber, einer Schachtel Camels, Samen aller möglichen Nutzpflanzen von der Karotte bis zur Baumwolle, ein paar Seiten Albert Einstein und einem Buch von Thomas Mann bestückt hatten (ich hatte für die große Schriftstellerin Willa Cather plädiert, Musterbeispiel jener nüchternen, vierschrötigen Fraulichkeit, die für den Mittleren Westen so typisch ist). Ich interviewte die Erschaffer von Futurama und Democracity. Die Leute, die maßgeblich an der Weltausstellung beteiligt waren, neigten dazu, sich entweder als uralte, allwissende Ägypter zu betrachten oder als visionäre Wesen aus der Zukunft, die zurückgekommen waren, um die Durchschnittsamerikaner an dieser Zukunft teilhaben zu lassen. Ich zitierte den Vorstandsvorsitzenden von Westinghouse, der am Tag der Eröffnung (ohne meine Hilfe) sagte: »Möge die Zeitkapsel gut schlafen. Und möge ihr Inhalt, wenn sie in fünftausend Jahren geöffnet wird, ein geeignetes Geschenk für unsere fernen Nachfahren sein.«

Ich aß fast jeden Tag im französischen Pavillon zu Mittag. Ich interviewte Jiggs, den dressierten Orang-Utan, und die vielen beinahe-barbusigen Damen, die als griechische Göttinnen und italienische Kunst posierten. Franklin eröffnete die Weltausstellung mit einer fürs Fernsehen aufgezeichneten Rede über den Frieden und unsere vier Freiheiten, und am nächsten Tag gingen Fernsehgeräte, die größte Erfindung seit dem Radio, in großem Stil in den Verkauf. Eleanor war begeistert. Vierundvierzig Millionen Menschen besuchten die Weltausstellung, und als sie schließlich endete, war ich selig.

Ich gab mich jeden Tag als Eleanors Freundin. Ich gab mich liebevoll und ruhig, anteilnehmend, aber distanziert. Es war kein Raum für meine wirklichen Gefühle, eine Art zornige Scham, die von schrecklichen Hoffnungsstrahlen durchzuckt wurde. (So empfinden nicht nur Lesbierinnen, da bin ich mir ziemlich sicher. Siehe Eleanor, Missy, Lucy Mercer Rutherfurd, Anne Morrow Lindbergh, meine Mutter.) Ich gab vor, andere Frauen, insbesondere Marion – hübscher, liebenswürdiger, weniger hochnäsig und weniger selbstgerecht –, seien genau das, was ich suchte, und so hätte es auch sein sollen. Wenn niemand anders in meinem Bett lag, stellte ich mir vor, wie Liebeskranke es eben tun, das Kopfkissen sei Eleanors Gesicht, die zusammengerollte Decke ihr ausgestreckter Körper, und der Hund am Fußende meines Betts werde den Zauber brechen und sich als die Frau entpuppen, um die ich weinte.

Heute setze ich mein Vertrauen auf die sichtbare Welt: auf unsere Kaffeetassen, unsere Lesebrillen, mein Insulin, ihr Aspirin, unsere Haarnadeln, unseren Toast – ihrer trocken, meiner in Marmelade getränkt – und unsere aneinandergeschmiegten nackten Füße, bleich, knochig und schwielig. Natürlich weiß ich es eigentlich besser. Ich weiß, dass Kaffeetassen mit unseren korallen- und dunkelroten Lippenstiftspuren auch nicht dauerhafter sind als jene rosafarbenen und weißen Kirschblüten, die eines schönen Nachmittags auf uns niedersegelten, aber ich mache mir vor, ich müsste die quecksilbrigen, magischen Momente einfach nur ignorieren, und dann würden die Kaffeetassen und Lesebrillen ihre Verheißung erfüllen.

»Ich überlege gerade, ob ich mir ein Sandwich machen soll«, sage ich. »Was gibt's denn Neues von Joe Lash?«

Das ist nicht der klügste Schritt. Der junge Joe Lash ist mir ein Dorn im Auge. Er ist Eleanors Prinzessin Märtha von Norwegen, und wenn ich das aussprechen würde, fände ich mich im nächsten Moment mit meinem Mantel in der Hand im

Hausflur wieder. Eleanor seufzt und lächelt mich zum ersten Mal an diesem Wochenende an.

»Er hat mir einen wunderbaren Brief geschrieben. Er ist noch im Pazifik unterwegs. Ich mache mir etwas Sorgen um ihn.«

Sie macht sich ständig Sorgen um ihn. Sie macht sich Sorgen und ruft allen seine sprühende Intelligenz und seine hehren Prinzipien in Erinnerung, und wenn Joe Lash auf Guadalcanal ist, weil Franklin ihn dorthin hat entsenden lassen, dann kann ich nur sagen, danke, Franklin.

»Natürlich machst du dir Sorgen«, sage ich, eine ganz gute Alternative zu dem, was ich denke.

Wenn Eleanor schon in einen Mann vernarrt sein muss, dann lieber in Earl Miller, der lange Jahre ihr treuer, galanter, bulliger Leibwächter war. Ich mag Earl wirklich, jedenfalls meistens. Er war schon mehrmals verheiratet, aber er ist Eleanor treu ergeben, und er ist sich für nichts zu schade. Joe Lash ist nur Joe Lash treu ergeben. Earl Miller war Eleanors Ritter. Er hat gerade im rechten Maß mit ihr geflirtet, ist nicht von ihrer Seite gewichen und hat nach Schurken und Pfützen Ausschau gehalten. Wären Umhänge gerade modern, hätte er seinen vor ihr ausgebreitet. Earl war eine Art männlicher Balsam für Eleanors verletzten Stolz. Man sieht das auf den Fotos. Der Mann war stets an ihrer Seite, Schulter an Schulter, keine fünf Zentimeter zwischen ihnen. Hätte er sie nicht von den Kindern losgeeist und auf den Tennisplatz oder in die Berge begleitet, hätte er ihr nicht die Hand geküsst und mit ihr Walzer getanzt, dann hätte ich, glaube ich, keine Chance gehabt. Earl hat die Tür geöffnet, und ich bin hineinspaziert. Ich glaube nicht, dass irgendjemand Joe Lash etwas zu verdanken hat, und Tommie Thompson kann ihn noch weniger leiden als ich, was gut ist. Tommies Abneigungen sitzen tief, und wer Eleanor nicht dient, ist in ihren Augen ein nichtsnutziges republikanisches oder vielleicht auch kommunistisches Dreckstück. Im Vergleich zu Tommie bin ich eine Eleanor Roosevelt: offen, tolerant und entschlossen, noch dem letzten Idioten einen Vertrauensvorschuss zu gewähren.

»Ich glaube, du schätzt Joe nicht wirklich«, sagt Eleanor.

»Kann sein. Ich mag Trude, sie ist sehr nett. Sie beeindruckt mich. Und ich verstehe schon, dass du gern jemanden wie Joe zum Sohn hättest.«

Ich hoffe, das stimmt. Vor allem hoffe ich, dass sie nicht nachts allein in ihrem Mahagonibett liegt und sich danach sehnt, seine mageren Ärmchen um sich zu spüren. »Er ist Jude. Er ist ein echter Intellektueller. Vielleicht Kommunist. Ganz entschieden kein Roosevelt.«

»Du hast recht«, sagt sie und geht ins Schlafzimmer, aus dem sie barfuß und ohne Morgenmantel wieder herauskommt, was beides für sich bemerkenswert ist, und in die Küche tapst.

»Weiß Joe über uns Bescheid?«, frage ich. »Über uns früher, meine ich?«

Eleanor legt unsere beiden Sandwiches auf einen Teller und stellt Wasser für Tee auf. Sie tut so, als hätte sie mich nicht gehört, aber da sie nun mal ist, wer sie ist, hält sie nicht einmal diese kleine Unaufrichtigkeit länger als ein paar Minuten aus.

»So eine Beziehung haben wir nicht. Es geht nicht darum, wer ich bin, sondern darum, wer er ist. Er ist der Sohn, den ich immer gern gehabt hätte. Er findet, ich sollte Präsidentin werden. Er erlaubt mir, in ihn vernarrt zu sein, ihn zu bemuttern. Und Trude habe ich wirklich ins Herz geschlossen.«

Als Joe zur Armee ging, gab Eleanor im Breevoort Hotel eine Party für ihn, die ein Mittelding zwischen Krönungsfeier und Bar Mitzwa war. Ein achtköpfiges Orchester spielte auf, und Joe strahlte vor Freude. Er sagte, er fühle sich geehrt und beschämt, und wir alten Hasen waren alle höflich. Earl war kurz davor, ihn zum Armdrücken aufzufordern.

»Bei Joe kriege ich keine schrecklichen Geschichten darüber zu hören, was ich zu tun versäumt habe, als er sechs war, oder wie ich ihn habe hängen lassen, als er Autofahren lernte, oder dass ich ihn davon abhalte, seiner Bestimmung zu folgen.«

Ich könnte jetzt sagen, dass Joe Lash über seine Bestimmung sehr entschieden selbst zu bestimmen scheint, aber ich möchte, dass wir einen schönen Tag miteinander haben, und ich will meinen Tee.

»Joe Lash kann sich sehr, sehr glücklich schätzen, dass er dich hat«, sage ich. Eleanors Jungs sind schon in Ordnung, aber ich an ihrer Stelle hätte auch lieber andere Söhne. Die Kennedy-Söhne haben bessere Erfolgschancen, denn Joe Kennedy ist ein Ekel, ein Tyrann und ein Dieb, und sie werden sich ihr Leben lang von ihrem Alten reinwaschen wollen. Aber das sage ich nicht. Ich trage das Tablett zum Tisch.

Eleanor küsst mich auf den Mund.

»Danke«, sagt sie. »Und danke, dass du den Mund gehalten hast.«

»Oh, gern geschehen. Ich lerne. Und offen gesagt: Joe Lash kennt die echte Eleanor nicht.« Ich versuche, den richtigen Ton zu treffen. »Ich dagegen schon: faul. Launisch. *Republikanisch*.«

»Die echte Eleanor«, sagt sie. »Oh, là, là. Ich glaube, es war das *Time Magazine*, das mich als ›anmutig, energiegeladen, langbeinig‹ beschrieben hat. Ich bin entzückend. Steht im *Time Magazine* – langbeinig.«

Sie lehnt sich in ihrem Sessel zurück, streckt die langen, blaugeäderten Beine in die Luft und bewegt die Füße. Ich höre es krachen und knacken. Ich hebe meine dicken Beine und bewege ebenfalls die Füße. Zusammen bringen wir es auf zwei Hammerzehen, einen entzündeten Fußballen und ein bisschen Gicht. Wir kreisen mit den Füßen, so wie ihr Arzt es empfohlen hat. Im Uhrzeigersinn. Gegen den Uhrzeigersinn.

»Symphonie in Arthritis«, sage ich.

Sie stupst mich mit dem großen Zeh an, und ich streiche mit der Innenseite meines Fußes ihre Wade. Wir schauen unseren Zehen und geäderten Beinen zu, als böten sie die beste Unterhaltung seit den Ziegfeld Follies.

»Ist das schön«, sage ich. »Das haben wir ewig nicht mehr gemacht.«

Eleanor stützt sich auf das Rückenpolster und streicht sanft über meinen Arm. Der kleine Ring, den ich ihr vor zehn Jahren geschenkt habe, glitzert im Licht.

»Den habe ich schon seit Wochen nicht mehr ausgezogen«, sagt sie.

Der keine Saphirring war eine feste Größe in den wunderbaren Liebesbriefen, die Eleanor mir schrieb: »Ich sage mir, sie muss mich lieben, sonst würde ich ihn sicher nicht tragen.« Wenn wir an unterschiedlichen Orten waren, sah ich den Ring auf Zeitungsfotos an ihrem Finger, und dieser Anblick war jedes Mal wie ein Kuss auf den Mund. Später, als wir uns zu bloßen Freundinnen erklärt hatten, schrieben wir uns beherrschte, freundliche Briefe, in denen sie mir Ratschläge zu meiner Diabetes gab und ich nach Franklins Gesundheit fragte, und keine von uns ertrug es zu schreiben: Wie kann es sein, dass wir jetzt in diesem schrecklichen Grau-in-Grau leben? Dann setzte sie noch eins drauf. Ich hatte ihr einen Brief mit der traurigen Nachricht geschickt, dass Tini Schumann-Heink gestorben war, und erwähnte darin auch, dass ich, um Tinis Leben zu feiern, mit einer neuen Freundin in der Oper gewesen war. Eleanor reagierte mit einem langen, fürsorglichen Beileidsbrief, in dem sie mir anbot, mir den kleinen Saphirring zurückzuschicken, damit ich ihn sicher verwahren könne. Nicht: Oh Schatz, wie schrecklich für dich, diese großartige Frau zu verlieren, die dir eine so exquisite Erziehung hat angedeihen lassen! Eleanor schrieb zwei Seiten über Sicherheits- und Schutzmaßnahmen für den Ring. Ob sie ihn im Tresor aufbewahren solle? Oder solle sie ihn mir lieber zukommen lassen, damit ich ihn in der Speisekammer, in der Zuckerschüssel, ganz hinten im Kühlschrank sicher verwahren könne? Ich hätte so einen großen Freundeskreis, so viele Leute gingen bei mir ein und aus, wo wäre der Ring wohl am besten aufgehoben? Auf Long Island schließt du ja die Haustür nie ab, schrieb sie, und jeder, wirklich jeder mit ein bisschen Kraft in den Armen könnte bei diesen maroden Fensterrahmen einfach die Scheiben eindrücken. Ich schrieb zurück – und wünschte, jeder Tropfen Tinte wäre ätzende Säure –, der Ring habe für mich nur einen Wert, wenn er an ihrem Finger stecke. Wenn er dort keinen Platz mehr habe, könne sie ihn gern den notleidenden Armen schenken, die sie ja bekanntlich so liebe, besonders in ihrer Gesamtheit. Diesen Brief beantwortete sie nicht, und sie schickte mir den Ring auch nicht zurück.

Als sie gestern Abend hier hereinkam, sah ich sofort, dass sie den Ring trug, und er war weit weniger eindrucksvoll, als ich mit vierundzwanzig geglaubt hatte. Damals hatte ich ihn für ein ernstzunehmendes Schmuckstück gehalten, eines von der Sorte, wie es Clark Gable der Lombard schenken würde, aber jetzt wusste ich es besser. Eleanor rieb den Ring an ihrem Unterrock, damit er glänzte, und zuckte mit den Schultern, als wäre es zu schwierig, zu traurig oder zu spät, noch etwas dazu zu sagen.

Ernestine Schuman-Heink war fünfundfünfzig Jahre alt, als ich sie kennenlernte, das silbergraue Haar zum Knoten gewunden, ein Kragen aus Lochstickerei auf elfenbeinfarbener Moiréseide mit gezackter Spitzenbordüre und goldenen und elfenbeinernen Rosenknöpfen, auf der üppigen Haarpracht ein riesiger weißer Wagenradhut, der auf seine Weise so ikonenhaft war wie der Eiffelturm. Sie streckte mir ihre weichen Hände entgegen, rosa Nägel und elfenbeinfarbene Haut unter weißen Häkelhandschuhen, schob sie vor aus den Rüschenärmeln ihres Mantels, um meine Hände zu umschließen. Ich begriff nicht, und sie ließ mich, den amerikanischen kessen Vater, meine Mischung aus Verbeugung und Knicks vollführen. Ich war durch den strömenden Regen von Milwaukee gerannt und stand nun mit dem tropfnassen Filzhut auf dem Kopf vor ihr. Ich ignorierte das Wasser, das sich unter meinen rissigen Schuhen sammelte. Es gab keine einzige Stelle an ihrem Körper, die nicht gepudert, lackiert, in ein Korsett gezwängt, dekorativ umhüllt oder mit Rüschen bedeckt gewesen wäre. Heute weiß ich, welchen Aufwand es erfordert, als korpulente Frau mittleren Alters gut auszusehen und sich dieses gute Aussehen zu bewahren, und ich fühle mit ihr.

Ich konnte meinen bewundernden Blick nicht von ihr abwenden. Eleanor hätte sie lachhaft und vulgär gefunden, aber wenn man dezenten guten Geschmack feiern will, lädt man keine armen Leute ein. Ich hatte in meinem Leben genug schmutzfarbenen Stoff, schlichte Formen und hässliche funktionale Gegenstände um mich gehabt, das brauchte ich nie wieder. Eleanor führte mir gern rustikale Möbel aus Val-Kill oder Arthurdale vor, wahrscheinlich ungefähr so, wie man einer Französin feines Gebäck präsentieren würde – als würde man allein durch seine Herkunft zur Expertin für solche Dinge. Ich fand jedes einzelne dieser Einfache-Leute-Stücke schrecklich, und als Franklin einmal sagte, er würde gutes Geld dafür bezahlen, dass an beiden Orten wenigstens ein bequemer Sessel zu finden sei, sprach er mir aus dem Herzen. Ich schlug einen Stoff von William Morris vor, weil das der teuerste Stoff war, den ich kannte, und regte außerdem an, dass es schön wäre, Tischbeine zu haben, an denen man sich nicht das Schienbein zersplitterte.

Ernestine Schumann-Heink war über ihr bestes Alter knapp hinaus. Wäre sie noch in Höchstform gewesen, hätte sie sich, glaube ich, nicht zu einem läppischen Interview für den *Milwaukee Sentinel* herabgelassen. Sie füllte die Opernhäuser noch immer bis auf den letzten Platz und wurde nach wie vor mit Maria Malibran und Geraldine Farrar verglichen. Sie war eine großartige Altistin, hatte mit Caruso gesungen, aber sie wusste, wie Profis das eben wissen, dass sie den Zenit überschritten hatte, auch wenn ihre Fans das noch nicht erkannten. Sie arbeitete hart und hielt sich weitere zehn Jahre voller Grazie ganz oben. Sie sang im Ersten Weltkrieg für die amerikanischen Kriegsanstrengungen, und sie sang für den Jewish War Relief. (Meine Mutter war Jüdin, sagte sie. Sie hat mir Zärtlichkeit geschenkt.) Sie sang vor siebenundzwanzigtausend Menschen in Balboa Park. Im Börsenkrach verlor sie zwar ihr Vermögen, und ich habe gelesen, dass einer ihrer Söhne starb und sie gezwungen war, sich ihren Lebensunterhalt mit »Danny Boy« und »Stille Nacht« und Werbung für Babynahrung zu verdienen, aber nach allem, was ich gehört habe, ist sie als Diva gestorben, umgeben von unbezahlt arbeitenden Ankleiderinnen, eimerweise Rosen und Seidenlaken.

Ich war jung. Ich war zu spät gekommen. Ich war klatschnass. Ihr Hausmädchen hängte meinen wenig vertrauenerweckenden Regenmantel in einer Ecke auf. Ich plapperte irgendwas über Geraldine Farrars verwöhnten Hund daher, um zu demonstrieren, dass ich ganz klar in Madame Schumann-Heinks Lager stand, und erzählte ihr, dass ich mir einen deutschen Schäferhund anschaffen wolle und mir vorstellte, als Weihnachtskarte ein Bild von mir und dem Schäferhund in identischen Regenmänteln zu verschicken, oder schon vorher eins von uns beiden mit Nikolausmütze, und sie lachte.

»Sie sind bezaubernd«, sagte sie. »Außen spröde, innen süß. Ein Franzbrötchen.«

Das Hausmädchen warf mir einen Blick zu und schenkte uns Riesling ein. Ein Kellner aus dem Hotel brachte uns ein deutsches Abendessen: knusprige Ente und Salzkartoffeln mit Petersilie, dazu scharf gewürzten Rotkohl mit Kümmel, und hinterher Sahnetorte. Bis auf die Kartoffeln hatte ich das alles noch nie gegessen.

Es war ein langes, laszi>es Abendessen. (Nennen Sie mich Tini, so nennen mich alle.) Ich hatte schon vergnügliche Mahlzeiten auf dem Boden von Pensionszimmern zu mir genommen, mit Bratwurst, billigem Wein und Mädchen, die mich für den neuen William Allen White hielten oder vielleicht für den neuen Steinbeck, zumindest aber für die neue Edna Ferber, doch ich hatte noch nie auf einem samtenen Diwan neben einer berühmten, parfümierten Frau gesessen, die mich auf den Hals küsste, ihre Perlen gegen meine überhitzte Haut presste und sagte, ich lockere jetzt mal mein Korsett, Mausebär. Schenk uns doch noch mal nach.

Um Mitternacht rappelte ich mich hoch.

»Musst du wirklich?«, fragte sie.

»Ich bin Redakteurin des Gesellschaftsteils. Ich muss sehr früh bei der Arbeit sein.«

»Wunderbar. Ein Interview mit einer Redakteurin. Komm danach wieder.«

Ich kam wieder, sobald es ging, und wir schliefen, bis das Sonnenlicht durch den Vorhangspalt hereinfiel. Ich hörte das Hausmädchen im Nebenzimmer klappern, es stapelte Teller, hob Gläser auf und redete auf Deutsch vor sich hin. Ich war nackt. Tini war in lila Seide gehüllt. Sie zog ihre Schlafmaske ab (schwarze Seide mit Augenlidern aus blauem Samt), küsste mich auf die Schulter, den Mund und rief dann auf Deutsch nach Kaffee. Das Hausmädchen kam mit einem riesigen hölzernen Frühstückstablett herein, das doppelt so groß war wie sie, klappte die kleinen Füße heraus und stellte es über Tini auf, als wäre ich gar nicht da. Sie schenkte aus einer blaugoldenen Porzellankanne Kaffee ein, arrangierte Zuckerwürfel und die zugehörige Zange, kleine und große Teelöffel und zwei Schalen mit Marmelade, die eine von blauen, die andere von weißen Keramikblumen umrandet. Es gab einen Korb, in dem sich Muffins türmten, und eine Butterdose mit einem Deckel in der Form einer Kuh. Der Schwanz der Kuh war der Griff. Das Hausmädchen stand auf der anderen Seite des Betts, hob Tinis Unterwäsche auf, zupfte am Bettvolant und vermied es, mich anzusehen. Ich wand mich unter dem Laken, denn ich wusste, dass meine Haare furchtbar aussahen, meine Lippen gerötet waren und meine nackten Schultern unter der Decke hervorlugten. Meine Unterhose lag auf dem Boden, neben den Füßen des Hausmädchens. Noch wenn ich ins Grab sinke, wird mich das Gefühl begleiten, das Hausgehilfinnendasein gerade erst hinter mir gelassen zu haben, und diese dünne Deutsche sollte wissen, dass ich nicht war, was immer sie denken mochte, sondern auf ihrer Seite stand.

Tini sagte in scharfem Ton etwas auf Deutsch, und die Frau ging aus dem Zimmer, nicht ohne mich mit einem langen

Blick bedacht zu haben. Tini summte vor sich hin und butterte die halbierten Muffins, dann bestrich sie eine der Hälften mit Zitronenquark und schnitt sie in kleine Stücke, mit denen sie mich fütterte.

»Ich bin die Marschallin«, sagte sie. »Und du bist mein Graf Octavian.«

»Wer?« Ich hatte Angst, dass der Muffin auf die seidene Decke krümeln würde.

Sie sang ein bisschen auf Deutsch. Es war schön und sehr traurig.

»Wer ist denn gestorben?«, fragte ich.

Sie setzte sich aufrechter hin, um sich Kaffee nachzuschenken.

»*Der Rosenkavalier*. Diesen Part werde ich nie singen. Eine exquisite Rolle für einen Sopran, die Marschallin. Sie weiß, dass sie ihren jungen Geliebten früher oder später verlieren wird. Genauso kommt es dann auch. Und sie singt sich die Seele aus dem Leib.«

Sie stand auf, von Seide umhüllt, und schlüpfte in ihren Morgenmantel, der aus rosenrotem Samt war, so wie die Vorhänge, mit gefütterter Seidenblende an Saum und Ärmeln. Sie steckte sich das Haar auf, dehnte den Hals nach beiden Seiten. Sie zog die Schultern nach hinten und hob mit beiden Händen ihre Brüste an. Sie atmete aus und schloss die Augen, und ich begriff, dass sie für mich singen würde. Dann öffnete sie den Mund; ich lachte, weil ich noch nie jemanden solche Laute hatte produzieren hören, und weinte, weil es sonderbar schön war und weil sie von jemandem Abschied nahm.

So stand sie da, bis die letzten Töne aufgestiegen waren. Sie verharrte noch etwas in ihrer Pose, das Kinn nach oben gerichtet, die Hand zu dem Menschen ausgestreckt, der ihr das Herz brach, dann zuckte sie mit den Achseln. Ich applaudierte. Ich klopfte aufs Bett, und sie legte sich wieder neben mich, ein bisschen mitgenommen. Ich ging ins Badezimmer, um ihr ein Glas Wasser zu holen. Ich solle lauwarmes Wasser nehmen, rief sie, kein kaltes.

»Sie verlässt den Grafen, weil er zu jung für sie ist. Es ist eine Hosenrolle. Du bist mein Graf Octavian, mein schöner Junge, der in Wirklichkeit ein Mädchen ist. Ich habe immer gedacht, Strauss hätte keine Ahnung von Frauen, aber ich habe mich geirrt.«

»Ich finde, das Alter ist nicht so wichtig«, sagte ich.

»Wie reizend von dir.«

Wir aßen die letzten Muffins auf.

»Geh ins Bad, wasch dich und zieh dich an, so kannst du Berthe aus dem Weg gehen. Sie wird hier ihre Wunder wirken, und wenn du wieder herauskommst, bin ich vorzeigbar, und wir können ein bisschen spazieregehen.«

Wir flanierten durch den Park. Ich hielt ihr den Sonnenschirm, und sie benannte die Blumen für mich. Sie kommentierte die Kleidung der Frauen, die Hüte der Männer. (Farmer, sagte sie. Selbst hier gibt es Bayern.) Wir kehrten zum Hotel zurück, tranken Tee und hielten ein Schläfchen. Ich eilte jeden Tag für ein paar Stunden in die Redaktion. Tini gab jeden Abend eine Vorstellung, sang für verschiedene wohltätige Organisationen, und an den Abenden, an die ich mich erinnere, führte mich ein alter Mann zu ihrer Garderobe, und Berthe ließ mich ein. Ein Stapel Karten, zum Teil noch im Umschlag, lag neben ihrer Cold Cream. Blumensträuße welkten in ihrem Papier, und es war meine Aufgabe, sie in Vasen, Gläser oder Bierflaschen zu stellen, was immer Berthe auftreiben konnte. An einem Abend waren noch zwei andere Frauen in ihrer Garderobe, die eine groß und schlank, im langen schwarzen Kleid und mit einem funkelnden Diamantencollier um den Hals, die andere eher von Tinis Statur, in marineblauer Seide und Perlen. Tini gestikulierte in ihre, dann in meine Richtung. Ich verstand ihre Namen nicht. Sie lächelten mich an und unterhielten sich auf Deutsch. Tini wusch und cremte ihr Gesicht, als wäre sie allein. Sie entfernte alle Schminke, bis ihr Gesicht nur noch ein Stück weißes Fleisch mit müden braunen Augen war. Sie zog die falschen Wimpern ab und reichte sie Berthe. Berthe massierte ihr Nacken und Schultern. Tini unterhielt sich mit den Frauen, sie lachten, und als Berthe mit vier Bier wieder hereinkam, reichte mir die große Frau eines und zwinkerte mir zu. Ich war mir unsicher gewesen, was sie wohl dachten, aber dann zwinkerte sie, und die andere zog eine Augenbraue hoch, und ich hielt mich an der Bierflasche fest, verlegen, aber durchaus dankbar.

Wir waren seit elf Tagen zusammen. Ich nahm als Berichterstatterin an einem Mittagessen der gehobenen Gesellschaft teil und eilte danach zu Tinis Hotel, mit einem großen Strauß Rosen und Levkojen. (Nelken sind billig, und Chrysanthemen sind der Tod, sagte sie. Die will niemand.) Sie war gekleidet wie an dem Tag, als ich sie kennenlernte, im Reisekostüm mit breitem Gürtel und goldener Schließe, wie eine Königin, eine große Perlenbrosche am Spitzenrevers. Berthe ging mit dem kleinsten der Koffer an mir vorbei, und ein Fahrer kam herein, um die übrigen zu holen. Ich hätte sie bitten sollen, nicht zu fahren, oder fragen sollen, ob ich mitkommen konnte, auch wenn es nichts gefruchtet hätte. Ich war Milwaukee und für sie nur noch im Rückspiegel zu sehen, aber ich wünschte, ich hätte trotzdem gefragt. Einfach für mich. Zur Übung.

»Schatzi«, sagte sie. »Ich kann nicht bleiben. Du ruinierst mich.«

Sie küsste mich auf die Wange.

Sie zog einen schönen Ring von ihrem Finger und steckte ihn an meinen kleinen Finger.

Ich blickte weinend auf den Ring an meiner großen Hand und ließ ihren Ärmel nicht los.

»Ein hübscher kleiner Saphir«, sagte sie. »Und ein paar Diamanten. Wenn es finanziell mal eng wird, bekommst du sicher ein paar Hundert dafür.«

»Den werde ich nie verkaufen.«

»Das Leben ist lang, Mausebär.« Sie küsste mich heftig, zwang meine Kiefer auseinander. Dann reichte sie Berthe die Blumen und ging hinaus.

Siebzehn Jahre später, als ich in Eleanor verliebt war, hatte ich nichts anderes Schönes und Teures, das ich ihr hätte schenken können, als diesen Ring.

PUTTIN' ON THE RITZ

Sonntag, 29. April 1945, bei Einbruch der Dunkelheit
29 Washington Square West
New York, New York

»Ich habe einen sehr netten Brief von deiner Marion Harron bekommen«, sagt Eleanor. »Sie ist wirklich ein ausgesprochen netter Mensch.«

»Stimmt«, sage ich. »Und eine erstklassige Richterin.«

»Bestimmt vermisst sie dich schrecklich«, sagt Eleanor.

Sie bietet mir nicht an, den Brief zu lesen.

Es ist fast ein Jahr her, dass Eleanor und Marion sich das letzte Mal gesehen haben. Eleanor hatte uns in aller Form, auf dem offiziellen Briefpapier, zu einem Mittagessen im Weißen Haus eingeladen; Marion bekam ihre Einladung geschickt, ich meine beim Frühstück überreicht. Marion stellte den Brief in ihrer Wohnung in Washington aufs Kaminsims, damit jeder ihn sehen konnte. Ich erzählte ihr nicht, dass Eleanor und ich ein halbes Jahr lang hin und her diskutiert hatten: Eleanor hatte uns einladen wollen und gesagt, sie würde Marion gern ein herzliches Willkommen bereiten, und ich hatte mich dagegen gesträubt, weil ich nicht – man verzeihe mir die Formulierung – auf ein lahmendes Pferd setzen wollte, aber dann kam es zu einer unerwarteten Wendung zwischen Marion und mir, einer von der Sorte, auf die man hofft. Ich wachte neben ihr auf und fühlte mich plötzlich geliebt statt erdrückt, lustvoll statt kalt, und so rief ich Eleanor im Weißen Haus schließlich im Vorübergehen zu, dass Marion und ich sehr gern zum Mittagessen kommen würden. Zwei Wochen verstrichen, ohne dass ein Wort darüber fiel. Dann kamen die Einladungen.

Ich saß in Marions Wohnzimmer, damit wir gemeinsam ins Weiße Haus fahren konnten, wie zwei normale Besucherinnen. Sie rief mich ins Schlafzimmer. Sie trug einen blauen Rock und eine hübsche minzgrün gestreifte Bluse, dazu ein Paar hochhackige rote Pumps. Hui, sagte ich. Sie zog die Pumps aus und kam in soliden dunkelblauen Straßenschuhen wieder, worauf ich sagte, auch wenn ich eine lesbische Dame fortgeschrittenen Alters sei, gelte das für sie noch lange nicht. Sie sagte, sie finde diese Straßenschuhe angemessen, und ich sagte, Schuhe, die aussähen, als hätten sie vorher Winston Churchill gehört, seien für unser Mittagessen im Weißen Haus nicht angemessen.

»Du liebst sie immer noch«, sagte Marion.

»Natürlich liebe ich sie«, sagte ich. »Wer sie kennt, muss sie lieben. Sie ist ein außergewöhnlicher Mensch.«

Marion sagte: »Ich bin Demokratin, ich weiß, wovon du sprichst. Ich meine nicht, dass du sie bewunderst. *Ich* bewundere sie. Ich meine, dass du immer noch in sie verliebt bist.«

Das stritt ich ab. Und es stimmte wirklich nicht. Ich war nicht in Eleanor verliebt. Wir waren uns einig, dass unsere Verliebtheit nach vier Jahren erloschen war, so wie es bei den meisten von uns geschieht, ob nach zwei Monaten oder zwei Jahren, nur bei einigen Glücklichen geschieht es nie. Statt einer Feuersbrunst, die kurz durch ihr Leben rast, leuchtet diesen Menschen eine lange Reihe von Kerzen heim, bis dass der Tod sie scheidet, und nur die ganz Jungen sind so dumm, zu denken, dass diese beiden Alten, er mit Hinkebein, sie mit Silberblick, sich nicht lieben. Ich kam zurecht. Ich lebte amputiert, aber das klingt schlimmer, als es war. Ich lernte, alle möglichen kleineren und größeren Aufgaben zu bewältigen, obwohl ein Teil von mir fehlte, und ich bin mir ziemlich sicher, dass mich die Leute, die mir von außen dabei zusahen, für unversehrt hielten. (Oft abgebrannt, manchmal bitter, aber nicht versehrt.)

»Ich will dich ganz für mich haben«, sagte Marion.

»Das hast du«, sagte ich. Was der Grund dafür ist, warum ich es Franklin, auch wenn ich bisweilen ordentlich über ihn herziehe, nie vorgehalten habe, dass er Frauen das sagte, was sie hören wollten.

Jedes Paar führt im Laufe seines Lebens die gleichen fünf Auseinandersetzungen, wobei es letztlich immer ein und dieselbe ist, und die führen sie, bis sie sterben oder sich scheiden lassen. Wie genau sie aussieht, hängt davon ab, wer man ist und was die Eltern mit einem angestellt haben. Franklin sagte: Liebe mich ohne Wenn und Aber, und Eleanor sagte: Sei meiner Liebe würdig. Oder vielleicht sagte Eleanor auch: Nimm das Leben ernst, und Franklin sagte: Nimm das Leben leicht.

Mit Ellie, meiner ersten Freundin, die reich und hübsch war und emotional ein Fass ohne Boden, hatte ich nur eine Auseinandersetzung, und die lief jedes Mal so, dass sie zu mir sagte: Du liebst mich nicht, und ich ihr antwortete: Natürlich liebe ich dich. Ich sagte, ich würde sie aus tiefstem Herzen lieben, und jeder, der Augen im Kopf habe, könne das sehen, aber es sei nun mal meine Art, eher zurückhaltend und ein bisschen mürrisch zu sein und mit meinen zarteren Gefühlen hinter dem Berg zu halten.

Wir trennten uns, blieben aber freundschaftlich verbunden (die Sorte Freundschaft, wo die Person, die man verletzt hat, heiratet und glücklich wird und auf die gemeinsame Beziehung mit dem Gefühl zurückblickt, haarscharf einer tödlichen Kugel entronnen zu sein). Wir hatten nie wieder irgendeine Auseinandersetzung. Und zwanzig Jahre später stellte ich dann fest, dass ich mit Marion, die doppelt so klug war wie Ellie und mich wahrscheinlich doppelt so sehr liebte, die gleiche Auseinandersetzung führte, woraus ich schließe, dass das Problem nicht die Frauen in meinem Leben sind.

»Du bist umwerfend«, sagte ich. »Bitte zieh die roten Schuhe wieder an und den Rock aus.«

Ich liebte sie, als hätten wir nur noch zwanzig Minuten zu leben, und wir kamen ein bisschen zu spät zum Mittagessen, beide mit noch leicht geröteten Gesichtern, und das fand ich völlig in Ordnung.

Wir gingen an den Wachleuten, den Geheimdienstlern, zwei Beratern, mehreren Hausmädchen und Tommie Thompson vorbei, und alle strahlten, als wäre Marion eine Lieblingsnichte, die zu Besuch kam. Endlich konnten sie mich einfach mögen oder nicht mögen. Ich war nicht mehr der Wurm im Apfel. Ich war einfach nur ein alter Apfel, der zu Besuch kam, und so was stört niemanden.

»Eistee, heißer Tee oder Sherry?«, fragte Eleanor.

Marion verkündete, sie liebe Tee. Ich bat um einen Sherry. Das Mittagessen würde kaum länger als eine Stunde dauern, schätzte ich, und voilà, wir hatten bereits vier Minuten für die Wahl des Getränks verbraucht.

Marion betrachtete das gemeinsame Mittagessen als Aufforderung, sich Eleanor anzuvertrauen. Sie erzählte, wie gut ich meine Diabetes in den Griff gekriegt hätte, sprach von meiner bewundernswerten Willenskraft und den Stiefmütterchen, die sie im Garten meines Hauses auf Long Island gepflanzt hatte. Sie sagte ein paar Worte über ihre Bewunderung für beide Roosevelts, erzählte von ihrer lieben Mutter und wie schwer es ihr, Marion, gefallen sei, aus dem Haus der Familie auszuziehen und sich schließlich und endlich in einer eigenen Wohnung niederzulassen (»die bald unsere sein wird«, sagte sie). Sie erzählte von ihrer Doktorarbeit über den Richter Louis Brandeis und betonte, wie viel sie von mir über das Schreiben klar strukturierter Sätze gelernt habe.

»Sie wissen ja, wie Lorena ist«, sagte Marion. »So direkt. Sie schreibt so klug und konzis, es fehlt ihren Texten nie an Tiefe, und kein wichtiges Detail wird geopfert. Sie nimmt sich meine verschlungenen Sätze und Wortungetüme vor, fährt hinein wie ein frischer Seewind und lässt keinen Stein auf dem anderen.«

Eleanor nickte lächelnd. »Oh ja«, sagte sie.

Wir aßen das furchtbare Essen.

Ich sprach über meine neue Stelle beim Democratic National Committee und erzählte die lustige Geschichte, wie Gladys Tillett und ich mal in einem Provinznest eine Rede gehalten und die Leute regelrecht von den Sitzen gerissen hatten, bis ihnen irgendwann dämmerte, dass wir gar nicht den Daughters of the American Revolution angehörten. Marion sagte, ich sei eine große Kämpferin, und Eleanor lächelte erneut. Eleanor erzählte, sie sei kürzlich in Puerto Rico gewesen und habe wieder daran denken müssen, wie wir vor zehn Jahren dort gewesen seien.

»Das hat sich damals zu einer Art staatlich finanzierter Vergnügungsreise für die Presse ausgewachsen«, sagte Eleanor. »Für so etwas würde ich heute richtig Ärger kriegen.«

Ich sagte, ursprünglich sei es das nicht gewesen, eigentlich hätten Eleanor und ich nur für Federal Relief etwas recherchieren wollen. Wir hätten uns als Partnerinnen und Pionierinnen gesehen.

Eleanor sagte: »Tja, aber zum Schluss waren wir eine ziemlich große Gruppe, oder?«

Ich sagte, es sei ein elender Rummel gewesen, und dann hielten wir beide den Mund.

Eleanor bestellte den Nachtisch und erzählte, wo ihre Söhne stationiert seien und dass sie in ständige Sorge lebe. Marion gab ein paar mitfühlende Laute von sich. Eleanor ließ sich über die Kriegswirtschaft aus, über die Zuckerrationierung und über Kochrezepte, die sie in dieser Lage empfehle, was, wenn man es recht betrachtete, ein ziemlicher Witz war.

Ich fragte, ob die Dörrpflaumencreme, die vor uns stand, auch eins dieser neuen Rezepte sei.

Ja, sagte sie.

Ich sagte, so was hätte ich mir schon gedacht, und wir sahen uns herausfordernd an.

Eleanor sagte, es sei sehr schade, aber wir müssten unser Mittagessen jetzt beenden. Sie hoffe, wir könnten das bald einmal wiederholen.

»Sie werden schnell genug von mir haben, schließlich wohnt Lorena ja noch hier«, sagte Marion.

Eleanor sagte, sie finde es wunderbar, mich noch eine Weile beherbergen zu können. Ich versicherte ihr, das wisse ich zu würdigen. Eleanor sagte, sie sei froh, dass ich keine Klagen hätte, und Marion sagte, sie habe noch nie ein Wort der Klage von mir vernommen, worauf Eleanor eine Augenbraue hochzog. Zum Abschied küssten wir einander alle.

Als ich aus dem Weißen Haus aus- und in Marions neue Wohnung einzog, schickte Eleanor uns eine große Silbervase. Bei meinem Auszug ließ ich sie auf dem Kaminsims stehen.

»Du hast ihr das Herz gebrochen«, sagt Eleanor zu mir.
Ich sage kein Wort.

Eleanor hatte keine Geheimnisse vor mir. Falls Transparenz ein Zeichen wahrer Liebe ist, dann wurde ich geliebt, was das Zeug hält. Sie erzählte mir von all ihren Höhen und Tiefen, von ihren dunkelsten Depressionen genauso wie von ihrer hellen Freude, wenn ein weiterer Mensch, ob bedeutend oder unbedeutend, ihr seine Bewunderung kundtat. Umgekehrt wollte sie von jeglichen Umständen in meinem Leben erfahren, bei denen sie regelnd oder rettend eingreifen, Rat oder Anteilnahme spenden konnte, und da hatte ich viel zu bieten: unbezahlte Rechnungen, undankbare Auftraggeber, das gelegentliche diabetische Koma und die eine oder andere gewaltige Fehleinschätzung. Ich war gern das wackere, ramponierte Bootchen. Und sie war gern der Leuchtturm. Es funktionierte für uns beide – vier Jahre lang perfekt und seither nicht mehr ganz so perfekt, aber für mich behalten habe ich in dieser ganzen Zeit nur das, wovon sie sowieso nichts wissen wollte.

Zum Beispiel meine Freundschaft mit Parker Fiske. Wir trafen uns entweder im Rowers Inn, wo ich anschreiben ließ, oder in einer Spelunke bei der Pferderennbahn in Baltimore, wo er anschreiben ließ.

Einmal habe ich ihn sogar in seinem Haus in Maryland besucht. Sein Chauffeur fuhr mich durch ein altmodisches, fast sechs Meter hohes schmiedeeisernes Tor und dann einen endlosen Kiesweg entlang. Wir passierten Pferde und sogar ein paar wie gemalt aussehende Kühe, die zwischen den Bäumen und dem Geißblatt grasten. Narzissen und Butterblumen sprossen überall, als hätte jemand händeweise Gold auf dem grünen Rasen verteilt. Ich war oft im Großen Haus in Hyde Park gewesen, hatte die Häuser von sechs Gouverneuren und einigen Filmstars besucht und im Weißen Haus gelebt. Hyde Park war einfach nur ein altes Landhaus, vollgestopft mit Erbstücken und irgendwelchem Kram von einer Frau, deren grauenhafter Geschmack in den 1880er Jahren geprägt wurde. Das Weiße Haus, mochte es auch mein Zuhause jenseits von zu Hause und der Sitz der Macht in der westlichen Welt sein, war einfach nur ein weitläufiges Wohnheim für die Roosevelt'sche Großfamilie. White Horse Hill Manor hingegen war der Inbegriff von Schönheit.

Es gab keinen Butler. Parker Fiske nahm mir in der großen Eingangshalle selbst Mantel und Hut ab. Darf ich Sie Hick nennen?, fragte er. Ich bin Parker.

Er sah dünner und älter aus. Er hatte dunkle bläuliche Ringe unter den Augen. Ein Wandgemälde auf einer Seite des Raums zeigte griechische Götter (glaubte ich jedenfalls – ich sah einen Schwan mit neckisch-verschämtem Blick), und auf den quadratischen schwarz-weißen Marmorfliesen lagen verblichene Orientteppiche. Ich hatte von Eleanor gelernt, was als vulgär galt, und war mir ziemlich sicher, dass hier nichts vulgär war. Ich war noch nie in einem Haus gewesen, das mich derart beeindruckt hatte, und versuchte das Gefühl abzuschütteln.

Er führte mich in die Küche.

»Ich mache uns eine Kleinigkeit zum Mittagessen«, sagte er. »Ich liebe es, Rührei zuzubereiten. Was unsere häuslichen Neigungen angeht, sind Eleanor und ich uns völlig einig. Ein paar leichte Gerichte, das kriegen wir gut hin, ansonsten sind wir zu nichts zu gebrauchen. Ich sollte eigentlich berühmt dafür sein, dass ich, jedes Mal wenn Cousin Franklin eine Wahl gewinnt, einen Barwagen mit allem Drum und Dran hereinschiebe und Eier verquirle. Ich liebe es, die Eier aufzuschlagen, dieses Geräusch« – er tat es einhändig, über einer großen weißen Schüssel, und vergewisserte sich, dass ich es auch mitbekam – »und dann das Quirlen. Eleanor kann eigentlich überhaupt nicht kochen, wissen Sie. Natürlich wissen Sie das. Haben Sie ihr eine kleine Nachricht hinterlassen, dass wir heute zusammen zu Mittag essen?«

Hatte ich nicht.

Er goss die Eier in die Pfanne.

»Ich brate sie langsam und auf kleiner Flamme, wie sich das bei Eiern gehört. Außerdem, *entre nous*, ein paar Tropfen Tabasco.«

Er wischte sich die eine Hand an der grauen Baumwollschürze ab, die seine Hose und das elegante weiße Hemd bedeckte und wie bei einem echten Koch vor dem Bauch gebunden war. Dann fügte er Lauchzwiebeln, in Würfel geschnittene rote Paprika und Käsespäne aus hübschen kleinen Keramikschüsseln hinzu. Er gab eine Prise Salz in die offene Hand und streute es über das Rührei. Seine Pfeffermühle war groß wie eine Lampe, und er warf sie ein paarmal von einer Hand in die andere, bevor er das Mahlwerk drehte. Er steckte vier Scheiben Toast (Brioche sagte er, das zergeht auf der Zunge, und genau das wollen wir doch?) in einen altmodischen Toaster, in dem die Scheiben so nah an die rotglühenden Heizspiralen herankamen, dass sie rauchten. Er löffelte Rührei auf meinen Teller. Ich aß Rührei und Buttertoast mit einem Mann, den ich mochte, der mir aber offenbar Böses wollte.

»Lassen Sie uns beim Essen nicht über Geschäftliches reden. Apropos Eleanors Kochkünste – es ist ein Jammer, dass Sie nicht auf ihrer Hochzeit waren. Einer der Höhepunkte meines Lebens. Das Essen war grausig. Sie war wunderschön.«

Ich lächelte. Nichts hörte ich lieber als das.

»Oh, Sie lieben sie wirklich. Diese Hochzeit war ein ziemliches Spektakel. Das Essen, na ja, wie gesagt. Waren Sie je auf einer jüdischen Hochzeit? Ich liebe die Juden. Die Hochzeit der Roosevelts war genau das Gegenteil. Genug Alkohol, um die ganze Navy abzufüllen, aber kaum genügend fade Schnittchen für die ersten hundert Gäste. Krabben in Muskatbutter. Gurkenscheiben mit einem Tupfen, nein einer bloßen Andeutung von Crème fraîche und einer einzigen winzigen Kaviarperle darauf. Er heißt immer, er sei damals so fesch gewesen – nicht dass *Sie* diesem Irrtum aufsitzen würden. Er war ein ausgestopftes Hemd und ein bisschen linkisch, und in Harvard gab es, glaube ich, keine fünf Männer außerhalb seiner Familie, die ihn mochten. Eleanor dagegen liebten alle. Cousine Alice nicht, aber die war schon damals ein Miststück – um es milde auszudrücken. Ah, wie ich sehe, Miss Hick, sind wir uns da vollkommen einig. Alice war eifersüchtig. Teddy hat sie nicht geliebt. Er hätte Alice in den nächsten Graben gestoßen, wenn er statt ihrer Eleanor als leibliche Tochter hätte haben können, wissen Sie. Eine Menge junge Männer haben ihre Haarpracht und diese wunderschönen großen blauen Augen bewundert, das können Sie mir glauben. Und ihren Verstand. Und ihre Haltung. Eleanor Roosevelt weiß, wie man ein Zimmer durchquert. Man konnte darauf vertrauen, mit ihr eine Frau zu heiraten, die einem niemals eine Szene machen, eine Schüssel an die Wand werfen oder in aller Öffentlichkeit irgendetwas Lächerliches tun würde. Na ja, ganz stimmt das natürlich nicht, wie sich jetzt zeigt.«

Er bestrich weitere Toastscheiben mit Butter. Dann schenkte er sich eine Kaffeetasse voll Scotch ein und schwenkte die Flasche in meine Richtung. Ich schüttelte den Kopf, aber mir gefiel sein Stil. Ich vermisste meine derben, draufgängerischen Freunde, die es auch mal darauf ankommen ließen.

»Sehr weise.«

Ich aß, als wäre ich allein, mit ruhigem, gesenktem Blick. Ich pfefferte mein Rührei. Ich nippte an der hervorragenden Bloody Mary, die er mir hingestellt hatte. Er legte mir die Hand auf die Schulter.

»Whitman hat gesagt: ›Ich bin so schlecht wie die schlechtesten Menschen, aber Gott sei Dank auch so gut wie die besten.‹ Sie sollten mehr Zeit mit Menschen verbringen, die wissen, wie schlecht sie sind.«

»Tja, ich weiß es«, sagte ich.

»Gut. Sie wissen es. Ich weiß es. Verzeihen Sie, dass ich darauf herumreite, aber diese Geschichte mit Ihnen beiden wird ans Licht kommen.«

»Wenn Sie dafür sorgen, schon«, sagte ich. »Das ist die beste Bloody Mary, die ich je getrunken habe.«

Er grinste bübisch. »Selleriesalz. Nehmen Sie Ihr Glas doch mit, dann setzen wir uns in den Salon. Da ist es heute ausgesprochen schön. Das Licht. Wie ein Bonnard.«

Er reichte mir die Hand und führte mich in die schöne, mit Kiefernholz getäfelte Bibliothek.

»Ich dachte, die müsste Ihnen gefallen« sagte er. »Als Literatin.«

»Ich bin keine Literatin«, sagte ich.

Die Kissen auf dem Diwan waren aus grober blauer Seide und mit weicher blau-goldener Litze eingefasst. Ich hätte mich am liebsten hineinsinken lassen.

»Ach nein? Dann sind Sie also nicht die Autorin? Halb Washington glaubt, dass Sie hinter Eleanors Texten stecken. Die Kolumne ›Mein Tag‹ zum Beispiel – mal ehrlich, wer kann so etwas sechs Tage die Woche liefern? Und all die Bücher: *Dies*

ist meine Geschichte, Diese schwierige Welt, Diese schöne Weih-
nacht. Dies und das und überhaupt. Und dabei bleibt es bestimmt nicht.«

»Bestimmt nicht«, sagte ich. Und meinte es auch so. Eleanor schrieb für ihr Leben gern, auf eine Weise, die für die
schreibende Zunft untypisch war. Sie spulte Sätze ab wie
Bindfaden. Sie schrieb Briefe an all ihre Lieben, nicht nur, weil
sie uns liebte, sondern auch, weil sie sich daran erfreute, wie
ihr Füller über das Papier flog. Sie liebte es, ihre Gedanken in
blauer Tinte auf weißem Papier vor sich zu sehen. Sie hätte
mit Anthony Trollope um die Wette schreiben können und
wahrscheinlich meistens gewonnen.

»Als ihre Ghostwriterin sind Sie wahrscheinlich rund um
die Uhr beschäftigt.«

»Ich bin nicht ihre Ghostwriterin. Ich schreibe, um Geld zu
verdienen. Aber nicht für sie. Ich bin Journalistin, eine arme
Tintenkleckserin. Ich halte es mit Samuel Johnson.«

Er hob sein Glas in meine Richtung.

»›Nur Dummköpfe schreiben nicht für Geld.‹ Ich ahnte ja
gar nicht, dass Sie so … belesen sind.«

»Oder gar gebildet.«

»Genau. Es ist sicher nicht einfach für Sie, sich Ihren Lebensunterhalt mit Schreiben zu verdienen, wo Sie doch wissen,
dass jeder Auftraggeber letztlich auf den Exklusivbericht aus
dem Weißen Haus hofft. Oder Eleanor gefallen will. Dabei haben Sie Talent, ich erinnere mich noch gut an Ihre Artikel über
Lindbergh. Es ist wirklich nicht fair.«

Es war nicht fair, und das schon seit zehn Jahren, und selbst
als Eleanor das Weiße Haus schließlich verließ, nahm meine
Karriere keinen rasanten Aufschwung. Parker Fiske war der
einzige Mensch auf dieser Welt, der das je ausgesprochen
hatte. Alle anderen fanden, ich sei ein Glückspilz.

»Warum bin ich eigentlich hier?«, fragte ich.

»Warum sind Sie gekommen?«

Ich sei gekommen, weil er mir einen Wagen mit Fahrer geschickt habe, sagte ich. Meine Neugier werde mich irgendwann noch ins Grab bringen, und ich hoffte, er habe das Rührei nicht vergiftet.

»Ich habe kein Interesse daran, Sie zu vergiften«, sagte er. »Ich möchte Ihnen helfen, Ihnen und der Frau, die Sie lieben. Und ich möchte, dass Sie mir helfen. Alles völlig transparent, wie Sie sehen.«

»Ich glaube nicht, dass ich Ihnen helfen kann, Mr Fiske.«

»Parker, bitte. Nun, lassen Sie uns zuerst über Sie sprechen. Sie wollen gewiss nicht, dass sich die Leute über Eleanor und Sie das Maul zerreißen.«

»Von mir aus sollen sie reden, das kümmert mich nicht«, sagte ich. »Eleanor und ich sind sehr gute, sehr vertraute Freundinnen.«

Ich war besorgt, und meine Stimme war lauter geworden. Ich klang ein bisschen wie Eleanor.

»Ja, ich habe schon gehört, dass Sie weitergezogen sind. Diese hübsche Richterin. Harmon? Harron? Natürlich kümmert es Sie. Eleanor nicht, denn sie muss es nicht kümmern. Sie geht in einer goldenen Rüstung durchs Leben. Was Eleanor kümmert, ist das Leid der Armen, und das ist natürlich löblich, aber Sie kennen das Leid der Armen. Eleanor kennt es nicht. Was hat sie denn überhaupt schon zu erleiden gehabt? Eine dumme, unfreundliche Mama und Franklins Harem, andererseits ist sie die First Lady. Vielleicht macht es ihr, mehr als sie zugeben würde, zu schaffen, dass es Leute gibt, denen ihre tatkräftige, negerliebende, bolschewikische Art nicht gefällt. Mir gefällt sie übrigens.«

»Mir auch«, sagte ich.

Ich hob mein Glas mit einer Geste, die besagte: Trinken wir noch einen, und er schenkte mir aus einem großen, vor Kälte beschlagenen Silberkrug eine weitere Bloody Mary ein. Er nahm einen Selleriestängel aus einem kristallenen Kognakschwenker, schüttelte ihn kurz, damit sich die Blättchen entfalteten, und stellte ihn in mein Glas.

»Im Weißen Haus bahnt sich gerade ein saftiger Skandal an, ein absoluter Eklat, und wenn wir nichts dagegen unternehmen, wird er wahrscheinlich den Ruf und das Vermächtnis des Präsidenten ruinieren«, sagte er.

»Wir? Um mich und Eleanor wird es kaum gehen«, sagte ich. »Das ist vorbei. Unsere Beziehung ist so prickelnd wie Kamillentee. Wie Sie schon sagten, ich bin jetzt mit der Richterin liiert.«

»Ob prickelnd oder nicht, liegt wohl im Auge des Betrachters. Und es geht auch nicht darum, Sie beide zwischen den Laken zu erwischen. Nicht mehr. Es geht darum, dass Eleanor eine Geliebte hatte. Dass Sie Lesbierin sind.«

Ich sagte, so weit könne ich ihm folgen. Aber das hätten wir ja schon bei unserem Treffen im Diner besprochen, und ich sei eigentlich davon ausgegangen, dass das Thema abgeschlossen sei.

»Diese Sache damals tut mir leid. Ich war in Panik, und ich dachte, wenn Sie auch in Panik geraten, könnten Sie mir nützlich sein. Ich dachte, wir könnten Informationen austauschen. Ich hatte nicht mal einen richtigen Plan. Irgendwie hatte ich wohl die Vorstellung, wenn ich Ihnen mit einem Skandal drohte, würden Sie mir nützliche Details zutragen, die ich dann an J. Egdar Hoover weiterreichen könnte, damit er meine Akte unter Verschluss hält. Aber Sie sind nicht in Panik geraten«, sagte er. »Sie waren einfach zu glücklich. Hinterher habe ich ein bisschen über Sie nachgedacht. Ihre Art hat mir gefallen. Ulkig, oder?«

»Köstlich«, sagte ich. »Und ich bin immer noch glücklich. Wahrscheinlich kann ich nicht anders.«

»Genau wie ich.«

Wir lachten beide.

»Ich kann auch mit keinerlei nützlichen Details mehr aufwarten«, sagte ich. »Die Söhne der Roosevelts sind nicht gerade ein Ausbund an Tugend. Anna liebt ihren Vater. Prinzessin Märtha von Norwegen sieht wirklich so gut aus, ist scharf auf Franklin und ein absoluter Schwachkopf. Hilft Ihnen das weiter?«

Er lächelte. Dann stand er auf und begann, hin und her zu gehen.

»Sie machen es mir nicht leicht. Ich werde sehr bald im Mittelpunkt eines scheußlichen Skandals stehen. Aller möglicher tugendhafter Unfug wird in fetten Schlagzeilen über mich und meine perversen Vorlieben zu lesen sein. Ich werde meinen Rücktritt einreichen müssen. Franklin wird ihn annehmen müssen. Sie wissen ja, wie es ist. Man kann sein Kind als kleine Schwester großziehen, das Hausmädchen schwängern und den eigenen Sohn verleugnen, seinen unfruchtbaren Ehemann über die Herkunft des strammen Säuglings belügen, die Pocken in die Neue Welt tragen und Opium von Ozean zu Ozean verkaufen, aber …«

Ich sagte, ich sei ganz seiner Meinung. Mir gefiel sein Schandmaul. Mir gefiel sogar unser Mittagessen, und ich verzieh ihm, noch während er mir drohte. Einen Sparringspartner wie ihn hatte ich schon seit Jahren nicht mehr gehabt. Im Weißen Haus taten wir Gutes und sagten nette Dinge.

»Ich merke schon, ich gehe das nicht sehr geschickt an«, sagte er. »Lassen Sie es mich noch einmal versuchen. Wie wäre es denn, wenn ein anderer Skandal meinen von den Titelseiten verdrängen würde, nämlich der um Sie und Eleanor, mit einem hässlichen Zitat von Alice und vielleicht ein paar Fotos von Ihrer kleinen Richterin, einfach um zu zeigen, dass Sie nicht nur Eleanors lesbische Geliebte sind, sondern eine Schlange widernatürlichen Begehrens, die ihr Gift überallhin verspritzt. Sie wissen schon. Und wenn Ihre Geschichte breit ausgewalzt wird, wofür ich, glaube ich, sorgen kann, dann wird das Lesbierinnen-Drama meines überlagern. Ich bin schließlich ein bloßer Befehlsempfänger. Eleanor ist die First Lady. Sie verstehen mich.«

Er sagte das alles in einem ausgesprochen liebenswürdigen, erklärenden Ton, wie ein freundlicher Lehrer.

Ich trank aus und erhob mich. Er nahm meine Hand.

»Das ist das Worst-Case-Szenario, wie Mr Hoover es gern nennt. Und es tut mir leid, dass ich es überhaupt entwerfe. Aber wenn Sie mir helfen«, sagte er, »wenn Sie und Eleanor Franklin dazu bringen können, für mich einzustehen, dann muss niemand leiden. Verstehen Sie? Ich will, dass niemand von uns leidet. Selbst J. Edgar verspürt keine Neigung, seine große Nase da hineinzustecken.«

Zwanzig Jahre früher hätte ich ein paar Teller zerschmettert und ihm ein blaues Auge geschlagen. Selbst jetzt hätte ich problemlos aufstehen und zu ihm sagen können: Ihren erbärmlichen Erpressungsversuch können Sie sich sparen, Freundchen, aber ich sah keinen Grund dazu. Er steckte bis zum Hals in Schwierigkeiten und griff einfach nach dem rettenden Strohhalm. Wenn alles anders gekommen wäre, hätte genauso gut ich diejenige sein können, die um Hilfe bat. Eleanor kannte Parker Fiske schon sein Leben lang. Sie würde ihm zur Seite stehen und das Gleiche auch von Franklin erwarten. Und Franklin würde es gern tun. Es wäre ihm ein Spaß und eine Freude, dem Außenministerium einen Strich durch die Rechnung zu machen. Und für mich gab es keinen Grund, Parker Fiske nicht zu unterstützen, mal davon abgesehen, dass es ohnehin niemanden interessierte, was ich tat. Es war schmeichelhaft, dass Parker das nicht zu erkennen schien.

»Also gut«, sagte ich. »Kein Leid. Davon haben wir schon genug. Eleanor und Franklin werden zu Ihnen stehen. Ohne Wenn und Aber. Da bin ich mir absolut sicher. Und ich auch. Wir alle.«

Er lächelte, atmete auf.

»Und bitte sagen Sie ihr nicht, dass ich Sie darum gebeten habe, wenn es sich irgendwie vermeiden lässt. Es würde ihr nicht gefallen. Wirken Sie einfach im Hintergrund. Streichen Sie meine Verdienste heraus. Und das nächste Mal«, sagte er, »kommen Sie beide gemeinsam, wir essen etwas Gutes und machen uns einen schönen Nachmittag.«

Ich sagte, er könne ja mal erwägen, seine Gewohnheiten zu ändern, und er lächelte säuerlich. Genau wie Sie, sagte er. Ich erwiderte, ich sei, offen gestanden, seit meinem vierzehnten Lebensjahr ziemlich genau die Person, die ich auch jetzt noch sei, nur würde ich mich inzwischen etwas besser kleiden und mich nicht mehr so schnell aus der Ruhe bringen lassen.

»Tja, ich war immer tadellos gekleidet«, sagte er. »Sie ist die Liebe Ihres Lebens, oder?«

Ich lächelte. »Sieht ganz so aus.«

»Und sind Sie auch Ihre?«

»Es fehlt jedenfalls nicht viel.«

Er beugte sich zu mir vor.

»Wirklich, Hick«, sagte er. »Wir könnten Freunde sein. In gewisser Weise.«

»Können wir«, sagte ich.

Er hob seine elegante Hand, der Wagen fuhr vor, und der Chauffeur stieg aus, tippte an seine Mütze und hielt mir den Schlag auf.

Ich ging zu Eleanor und redete mit ihr über Parker Fiske, ohne das Rührei oder White Horse Hill zu erwähnen. Ich sagte, ich bewunderte die Hingabe, mit der er unserem Land diene, er sei ein großartiger Beamter. Sie sah mich an und sagte, das sei er zweifelsohne. Sie stand zu ihm. Franklin stand zu ihm. Selbst J. Edgar Hoover stand auf seine seltsame, ausweichende Art zu Parker Fiske, dabei hatte er die Akte gelesen, und die Akte, so Franklin, war vernichtend. Aber dann machten die republikanischen Senatoren Druck, Hoover überlegte es sich anders, und gut unterrichtete Quellen verkündeten, Parker Fiskes Tage seien gezählt. Franklin rang und argumentierte und schwor, eher werde er den Außenminister umbringen, als auf Parker Fiske zu verzichten (er sagte, er wäre lieber mit Parker in der Hölle als mit den Republikanern im Himmel). Franklin sagte genau das, was man sich in so einer Situation von seinem Chef wünschen würde, immer wieder, die Ostküste hoch und runter, und dann mixte er sich einen Martini und nahm Parkers Rücktrittsgesuch an. Zu viele Vorfälle, sagte Franklin, seit zu vielen Jahren. Zu viele Berichte, von zu vielen Feinden studiert. Ich las die Rede, die Parker nach seinem Rücktritt in Harvard hielt, und sie war grandios. Es hätte Eleanor mit Stolz erfüllt, diese Rede halten zu dürfen. Parker sagte, alle Menschen, gleich welcher Hautfarbe, hätten unveräußerliche Menschenrechte, und jegliche koloniale Herrschaft sei moralisch falsch. Franklin verlor nie ein Wort über die Rede.

Eleanor erzählte mir, sie habe Parker und Cybele geschrieben und angeregt, doch einmal gemeinsam in New York essen zu gehen, aber im selben Atemzug sagte sie, es gebe sehr viele Menschen, mit denen sie sich treffen müsse. Sie traf junge Leute, sie traf Veteranen. Sie traf Sozialisten. Sie traf kleine Farmpächter. Sie schritt Streikpostenketten ab und überließ ihre Rednerinnenhonorare den International Ladies' Garment Workers. Sie war berühmt dafür, dass sie überall hinging und für alle ein Ohr hatte, vom Soldaten über den Bergmann bis zu den Frauen, die in den Fabriken am Fließband arbeiteten. Sie wurde wegen ihres Engagements lächerlich gemacht und verdoppelte daraufhin ihre Anstrengungen. Sie trat zu einer Zeit der National Association for the Advancement of Colored People bei, als Weiße das nicht taten, und bot in Birmingham Bull Connor die Stirn, was sie, wie sie später sagte, mit größter Befriedigung erfüllte. In diesem Krieg veränderte sich unsere Welt; die Leute hatten Angst und waren wütend. Auf jede Frau, die in einer Fabrik arbeitete und froh war, eine anständige Stelle zu haben, kamen zehn Männer, die sie verfluchten, und weitere zehn, die alles dafür taten, dass von den Menschen, die Hitler nicht zu ermorden vermocht hatte, keiner in unser Land gelangte und an unserem Tisch mitaß. Sie hielt nie inne. Sie las nie, was über sie geschrieben wurde. Sie vergaß nie einen Geburtstag und strich nie jemanden von der Weihnachtsliste, denn für sie war das Schenken die eigentliche Freude, selbst wenn die Beziehung nicht mehr das war, was sie einst gewesen war. (Siehe mich.) Sie mahnte nicht mehr die moralische Vorbildfunktion der Frauen an. Sie sprach nicht mehr über stille Tugenden. Sie folgte jeder Einladung und erschien mancherorts auch ungeladen, und sie redete sich heiser über die Grundrechte aller Bürgerinnen und Bürger: gleiche Bildungschancen, gleiche Bezahlung, gleiche politische Repräsentanz und Teilhabe. Alle zitierten sie, viele hassten sie, und als sie erklärte, das mache ihr nichts aus, sie sei stolz darauf, eine FBI-Akte so dick wie das Telefonbuch von Manhattan zu haben, meinte sie das ernst. Es gab eine Menge Republikaner, denen Adolf Hitler lieber war als Eleanor Roosevelt, und nicht etwa deshalb, weil sie erfahren hätten, dass Eleanor und ich zehn Jahre zuvor ein Liebespaar gewesen waren.

Mir tat Parker leid, und unser Land ebenso, und ich schrieb ihm einen entsprechenden Brief, in dem ich meine Bewunderung zum Ausdruck brachte und erklärte, sein Rücktritt sei ein Verlust für unser Land.

Er antwortete.

Meine liebe Hick,

es war sehr freundlich von Ihnen, mir zu schreiben, und ich hoffe, Sie haben sich dadurch nichts vergeben. Meine Freundschaft ist für so viele Menschen schwierig. Ich verbringe meine Tage derzeit mit meinen neuen Freunden, den Fliegenfischern von Maine, und es ist die reinste Erholungskur, genau wie man es mir verheißen hat.

Meine Frau unterstützt mich nach Kräften und beklagt sich nie. Sie sammelt in einem mittlerweile sehr dicken Ordner meine »gute Presse« seit dem Rücktritt. Ich muss mir keine Gedanken mehr darüber machen, wie meine Beerdigung einmal aussehen wird.

Ich werde bald nach White Horse Hill zurückkehren. Es ist wohl eher unwahrscheinlich, dass unsere Wege sich noch einmal kreuzen werden, aber Sie wissen hoffentlich, dass ich mich sehr darüber freuen würde.

Mit den besten Grüßen

Parker Fiske

Niemand schrieb je einen Artikel über Eleanor und mich.

BETWEEN YOU AND ME

Montag, 30. April 1945, sehr früh am Morgen
29 Washington Square West
New York, New York

Es ist zwei Uhr früh. Das Licht der Straßenlampen dringt durch die Vorhänge. Wir schlafen unter einem Wandbord voller Familienfotos. All ihre Kinder, ihr gutaussehender, etwas angegriffener Vater, ihr Bruder Hall, als er noch ein schöner Mann war, Franklin und Eleanor lachend auf dem Rasen, jung und ausgelassen.

Das letzte Mal habe ich Franklin vor zwei Monaten gesehen, als ich noch im Weißen Haus wohnte. Ich war unterwegs, um einen Stift zu suchen. Die Stifte in meinem Zimmer waren alle vertrocknet oder kaputt. Eleanor schlief schon. Meist gingen wir getrennter Wege, nur ab und zu frühstückten wir mal zusammen und tratschten über einem Stapel Zeitungen wie ein altes Ehepaar, oder wir verbrachten den Nachmittag mit Tommie an der Schreibmaschine, während Eleanor diktierte und ich dabeisaß, um ihr bei Bedarf zur Hand zu gehen. Ein Mal hatte ich sie weinend angetroffen, nachdem sie mit Franklin junior aneinandergeraten war, aber im Allgemeinen waren wir wie zwei ferne Schiffe, die im ersten Stock des Weißen Hauses friedlich aneinander vorüberzogen. Ich hatte ein sehr kleines Zimmer, und mein Bild stand nicht mehr auf Eleanors Kaminsims, aber ich bekam zu essen und hatte sehr wenige Rechnungen zu bezahlen, und ich hatte Marion. Ich streifte immer noch gern nachts durch die Korridore. Außer den Geheimdienstlern war niemand unterwegs. Sie nickten, ich nickte. Ich ging in der Hoffnung auf einen Muffin in die Küche hinunter, dann ging ich wieder hoch, um nach einem Stift Ausschau zu halten. Wenn man auf den Sonnenaufgang wartet, auf das Erwachen der Welt, scheint jegliche Aktivität vielversprechend. Ich schlenderte durch den Korridor im ersten Stock, an all den geschlossenen Türen vorbei, und ging erneut die Treppe hinunter.

Franklin saß schlafend in seinem Rollstuhl, den Kopf an den Holzrahmen gelehnt.

Vor Jahren hatte ich ihn schon einmal so angetroffen, in seiner ersten Amtszeit, da hatte Missy in ihrem Morgenmantel aus rosa Wolle auf der Couch gesessen und seine Hand gehalten. Sie sah mich und hüstelte. Er öffnete die müden Augen und winkte mir zu.

»Hick, schau an. Können Sie auch nicht schlafen? Wollen Sie sich dem Club der Schlaflosen anschließen?«

»Warum nicht. Eigentlich bin ich auf der Suche nach einem Stift, aber einen Absacker trinke ich gern mit.« Missy schürzte die Lippen und schüttelte den Kopf. Er grinste. Ich war damals noch ein frisches Gesicht. Ich gab eine interessante Gegnerin ab, kannte ein paar gute Witze und war trinkfest. Es war die überraschende Wendung im dritten Akt: mit Missy und mir einen zu trinken und mir zu zeigen, dass er diese Frau gehabt hatte, wie er die meine gehabt hatte und eine ganze Reihe unbedeutender Weiber zwischendrin. Und nebenher führte er die Vereinigte Staaten, als wären sie sein persönliches Lehensgut. Und, ach so, der Rollstuhl, diese kleine Behinderung, nicht der Rede wert. Ich blieb unbeeindruckt. Missy hielt weiter seine Hand.

»Ach nein«, sagte sie. »Es ist schon so spät, F. D.«

Ich glaube, wir können nicht anders. Wir spielen mit dem Feuer und reden uns ein, wir würden nur eine bescheidene, notwendige Kerze anzünden. Wir wissen, dass Diskretion gefragt ist, aber alles in uns verlangt danach, gesehen zu werden, unsere Federn zu spreizen. Du bist in einer Bar in der West Nineteenth Street, wo sich Italiener und romantisch gesinnte Touristen drängen, und legst unmissverständlich die Hand auf ihre, direkt zwischen dem Martini-Glas und dem Antipasto, und nimmst sie erst wieder weg, als der Kellner kommt, sich räuspert und die Tagesgerichte aufzählt. Du bist mit ihr unter Leuten, mit denen ihr nicht befreundet seid, niemand hat mitbekommen, dass da etwas läuft, und dann hörst du dich vor versammelter Mannschaft Liebling zu ihr sagen. Vor mir hätte Missy sich nicht aufspielen sollen. Ich war eine Perverse. Ich war unsterblich in Eleanor verliebt und besaß nicht den Anstand, das zu verbergen, schließlich war ich ja eine Perverse, und Eleanor schien ebenfalls über beide Ohren in mich zu verliebt zu sein, was alle verblüffte, weil sie wussten, dass Leidenschaft und Verliebtheit – von Perversion ganz zu schweigen – nicht Eleanors Sache waren. Zudem war ich bis vor kurzem noch Reporterin gewesen. Wer wusste schon, was für eine üble Geschichte ich dem *Enquirer* verkaufen würde, wenn die Sache mit Eleanor in die Binsen ging. Das alles war Missy klar. Trotzdem ließ sie ihre Finger über seinen Arm zu den breiten Schultern hinaufspazieren. Sie beugte sich über ihn, sodass ihre Brüste ihn streiften, und küsste ihn, eher auf die Lippen als daneben. Er tätschelte ihre Hand.

Sie stand auf und strich ihren Morgenmantel glatt. Sie

wollte, dass ich mit ihr hinausging. Ich setzte mich auf die Armlehne des alten Ledersessels gegenüber von Franklin.

»Mr President«, sagte ich. »Missy braucht ihren Schönheitsschlaf. Ich nicht, wie Sie wissen.«

Er lachte.

»Liebes«, sagte er zu ihr. »Hick wird mir ein bisschen Gesellschaft leisten.«

Sie blieb zähneknirschend in der Tür stehen.

»Wirklich, Liebes«, sagte er. »Gute Nacht.«

Oh, ich kannte diesen Ton. Mild und charmant, aber noch ehe man die Tür erreicht hatte, war die Sonne untergegangen. Und angesichts von Franklins eisiger Kälte gaben alle klein bei. Ich war jedes Mal eingeschnappt. Ich machte mir vor, ich träte einen würdevollen Rückzug an, doch tatsächlich war es nur ein beschämtes Davontrotten. Ein paarmal allerdings, als schon zu viel Scotch im Spiel gewesen war, trieb mich die Schmach aus meinem Sessel nach vorn, statt hinaus, und ich stellte mich vor ihn, um ihm Kontra zu geben. Wortlos stand ich da, öffnete und schloss die Fäuste, wütend auf uns beide. Er paffte seine Zigarette, und sein Blick wanderte abschätzend von meinem Gesicht zu meinem Busen und wieder zurück, aus alter Gewohnheit und um mir zu zeigen, was Sache war. Ich setzte mich wieder und gab vor, zu lesen. Franklin bestellte noch eine Runde. Ich konnte den Präsidenten der Vereinigten Staaten, den ich aus vollem Herzen bewunderte, nicht zurechtweisen, und ich brachte es nicht über mich, dem Krüppel, dem ich so oft wie nur irgend möglich Hörner aufsetzte, Zunder zu geben.

In jener ersten Nacht saßen wir mehr oder weniger im Dunkeln. Ich sah nur sein silbergraues Haar, das metallene Brillengestell, seine schneeweißen Manschetten und die eleganten Hände.

»So«, sagte er. »Dann schenken Sie uns mal was ein.«

Ich schenkte uns ein, was ich hatte finden können, ohne das Licht einzuschalten.

»Das scheint mir Rum zu sein«, sagte ich. »Ein paar Scheiben Limone habe ich auch gefunden.«

»Ah, wie auf Kuba«, sagte er. »*Salud.*«

»Ich hoffe, wir lassen allen Missmut im Glase«, sagte ich und wünschte, er würde mich fragen, woher das stammte. Dann würde ich sagen, aus *Die lustigen Weiber von Windsor*, und er würde seine Überraschung und Bewunderung kundtun. Er prostete mir zu und nahm einen tiefen Schluck.

»Sie sind viel unterwegs«, sagte er. »Wollen Sie ein Zeichen setzen?«

»Dieser Harry Hopkins ist ein anspruchsvoller Bursche.«

»Sicher. Und Sie sind eine sehr gute Reporterin«, sagte er, und ich errötete vor Freude.

»Also kein Zeichen.«

Tatsächlich wollte ich sehr wohl ein Zeichen setzen. Eleanor verhielt sich unmöglich: Sie verabredete sich mit mir, sagte wieder ab und heulte mir dann etwas vor, weil John oder Elliott oder Anna sie genau zu dem Zeitpunkt brauchten, wo wir hätten zusammensein sollen. Wenn ich sagte: Lass uns doch mal einen Tag freinehmen, dann gehen wir ins Mayflower und bleiben den ganzen Tag im Bett, führte sie sich auf, als wollte ich das Silber stehlen.

Ich verbrachte die nächsten vier Monate auf Dienstreise, setzte ein Zeichen. Meine Briefe kamen direkt aus dem sapphischen Sommerreiseführer: Fantastisches Wetter! Hinreißende Sonnenuntergänge! Mein Auto fährt wie eine Eins, ach, und habe ich eigentlich schon meine wiederaufgelebte Freundschaft mit der entzückenden Alicent Holt erwähnt, meiner ehemaligen Lehrerin? Sie ist nur ein bisschen älter als Du, Liebste, und sitzt gleich neben mir auf dem Beifahrersitz, eine Hand auf meinem Knie oder auch etwas höher. Sie hat ebenfalls ein Faible für Emily Dickinson. Es gibt in Michigan mehr zauberhafte Gästehäuser, die von zauberhaften Junggesellinnen betrieben werden, als Du Dir vorstellen kannst. Ich beschrieb die hübschen Zimmer und die Steppdecken – Familienerbstücke – für die stillen kühlen Nächte, und im Laufe meiner Beschreibung der hübschen Zimmer ließ ich durchblicken, dass es nur eine Steppdecke und nur ein Bett gab. Schließlich kommt es, und das gilt für jede gute Prosa, nicht nur darauf an, was man sagt, sondern auch, wie man es sagt. Ich erklärte, mein einziger Kritikpunkt bei Alicent sei, dass sie mich – doch, wirklich – überstrapaziere. Und am Ende des Sommers griff ich den Faden noch einmal auf, diesmal mit Lottie, meiner alten Schulfreundin aus South Dakota. (Eine gute Reporterin kann jeden beliebigen Menschen aufspüren.) Lottie hatte inzwischen ihre Kinder großgezogen, ihr Mann kam nach drei schlechten Jahren gerade wieder auf die Beine, und wer meint, der kleine Schinken, der Sack Orangen und die Flasche Schwarzgebrannter, die ich ihnen mitbrachte, wären nicht Anlass genug für sie gewesen, mich willkommen zu heißen, hat keine Ahnung, was harte Zeiten sind. Hat Henry mir nach ein paar Drinks begeistert auf die Schulter geklopft? Ja, das hat er. Hat Lottie freudig eine kleine Tasche mit Unterwäsche und ihrer Cold Cream gepackt und ist mit mir durch die Dakotas bis nach Iowa gefahren, um der alten Zeiten willen? Oh ja, das hat sie und das ist sie, und was haben wir uns amüsiert, im Auto und anderswo. Wie eh und je fand sie, dass sie weder Henry noch ihrer Ehe irgendeinen Tort antat, denn wir waren doch bloß Mädels. Da war, wie Lottie es ausdrückte, kein Dingsda.

»Nun, Mr President ...« Ich fragte mich, was ich gleich sagen würde.

»Schon gut. Sie ist zur Zeit nicht ganz bei sich.«

Ich wollte ihm nachschenken, aber er schüttelte den Kopf.

»Rufen Sie Wyatt«, sagte er.

Sein Geheimdienstler kam aus dem Flur herein, und Franklin hob das Kinn.

»Gute Nacht, Miss Hickok. Schön, Sie mal wieder gesehen zu haben.«

Wyatt nickte mir zu und schob Franklin hinaus und zu seinem Schlafzimmer. Er würde den Präsidenten entkleiden und ihm den Pyjama überziehen, ein dünnes, nutzloses Bein nach dem anderen, und dann würde Franklin sich aus dem Rollstuhl aufs Bett gleiten lassen, Wyatt stets in Reichweite. Wyatt, Geheimdienstler durch und durch, sorgte dafür, dass die ganze Prozedur so geschäftsmäßig wie möglich ablief. Ich hatte das einmal miterlebt, den Transport vom Auto die Treppe hinauf, Franklin wie ein müdes Kind in den Armen eines starken Mannes. Es war unmöglich, dabei eine elegante Haltung zu wahren. Es war unmöglich, in dieser Situation nicht hilflos zu wirken und dadurch andere peinlich zu berühren. Wenn er getragen wurde, schauten all seine Frauen weg.

Sie liebten ihn. Die Geschichtsschreibung wird ihn hoffentlich als großen Mann und großen politischen Führer darstellen, als sprachgewandten Schwindler und als Schürzenjäger, aber wenn sie nicht auch festhält, dass die Frauen ihn abgöttisch liebten, dann erzählt sie nur die halbe Wahrheit. Sie liebten ihn nicht obwohl, sondern weil er ein Krüppel war. Vor seiner Polioerkrankung, als er gerade Staatssekretär im Marineministerium geworden war, erlagen die Frauen seinem breiten Lächeln, den blitzenden Zähnen, die sich von der gebräunten Haut abhoben, dem Grübchen, dem trotzig-arroganten Kinn, dem ausgeprägten Roosevelt'schen Elan, aber ich glaube, es gibt keine Frau auf dieser Welt, der es nicht gefiele, wenn ein starker Mann ein bisschen heruntergeholt wird. Bedürftigkeit ist für die meisten von uns wie eine Prise Salz, die ins Feuer geworfen wird. Vor seiner Erkrankung war er ein toller Hecht. Mit Polio war er unwiderstehlich.

Ich war ins Weiße Haus zurückgekommen und hatte einen Zettel auf meinem Bett vorgefunden, auf dem sie vorschlug, am nächsten Tag gemeinsam zu Abend zu essen, »wenn Du nicht zu müde bist«. Ich bin völlig ausgebrannt, schrieb ich auf die Rückseite des Zettels, aber ich habe nichts gegen ein Abendessen, mit Nachtisch.

Ich schob den Zettel unter ihrer Tür durch und dachte, *Salud.*

Vor sechs Wochen, unmittelbar bevor ich ein weiteres Mal all meine Sachen packte und mich bei den Küchenangestellten und bei Mabel, die mir meine Röcke bügelte, bedankte, bin ich ein letztes Mal nachts durch die Korridore gewandert, um mich von Franklin zu verabschieden, falls ich ihn traf. Wenn ich erst einmal das Weiße Haus verlassen hätte, würden unsere Wege sich nicht mehr kreuzen. Eleanor war unterwegs, um eine Flugzeugfabrik zu besichtigen. Missy war tot und in Massachusetts begraben. Prinzessin Märtha hatte sich dumm gestellt und war, nicht weniger hartnäckig als hübsch, nach Franklins vierter Amtseinführung noch wochenlang geblieben, ehe sie endlich nach Norwegen zurückkehrte, um sich um Cosmo und Cuckoo zu kümmern oder wie auch immer ihre Kinder hießen.

Anscheinend waren wir im Begriff, den Krieg zu gewinnen. Anscheinend stand das Ende kurz bevor und würde in unserem Sinne sein. Wir verdunkelten immer noch die Fenster, und einige der größten Fensterscheiben waren schwarz übermalt. In den großen Zimmern waren die Teppichränder mit schwarzer Farbe bekleckst. Nachts waren die Straßen still und leer, und die Straßenlampen in der Umgebung blieben die ganze Nacht dunkel. Auf dem Dach waren Artilleriemannschaften postiert, und das Essen war noch schlechter als zuvor, denn Eleanor bestand darauf, dass die Rationierung auch für das Weiße Haus galt, so wie für alle anderen. In einer Woche gab es keine Eier. Wir aßen Vollkorntoast mit fettigen Klecksen gelber oder weißer Margarine und fanden das genauso widerlich wie der Rest der Bevölkerung. Was immer es sein mochte, was die Küche als Hamburger bezeichnete, der Präsident aß es nicht, ich auch nicht und der Hund auch nicht. Der Kaffee im Weißen Haus war immer dünn gewesen, aber jetzt war er noch dünner und die Tassen kleiner. Eleanor verbat sich jegliche Klagen. Sie wies darauf hin, dass die anderen in den Krieg verwickelten Länder wahre Entbehrungen erlitten. Sie hielt bei jeder Gelegenheit das Heftchen mit Franklins Lebensmittelmarken hoch, blätterte es auf und sagte mit ehrlichem Bedauern: Es ist solch ein kleines Opfer, das wir bringen. Aber die kleinen Wellen der Angst, die immer wieder in uns aufstiegen, zermürbten uns alle. Leute kamen zu den Besprechungen, sagten, was sie zu sagen hatten, und stürmten entnervt wieder hinaus. Ich sah alte Männer, die mit dem Gesicht zur Wand vor Franklins Amtszimmer standen und weinten. Jüdische Männer und Frauen kamen, im Pelz oder in Lumpen, mit ihren Babys oder mit dem Rabbi, mit den Menschen, die ihnen am wichtigsten waren, und sie gingen voll Zorn und Verzweiflung. Zwei Männer in langen Mänteln und mit schwarzem Hut beteten im Korridor. Sämtliche jüdischen Freunde der Roosevelts hatten Franklin angefleht, mehr zu tun und schneller zu handeln, doch vergebens. Elinor Morgenthau erschien, mit Pelz und Blumen und ihrem Lilly-Daché-Hut herausgeputzt, um mit Eleanor Händchen zu halten. Zwei Stunden später kam sie um zehn Jahre gealtert wieder heraus. Neger in Uniform gingen ins Amtszimmer, immer drei auf einmal. Ich hörte Gelächter, leise Stimmen, und dann kamen die Neger wieder heraus, sehr aufrecht, den Blick strikt nach vorn gerichtet. Überall wurde geraucht. In jedem Zimmer standen überquellende Aschenbecher und daneben Eimer mit Sand, für den Fall, dass ein Feuer ausbrach.

Wegen des Kriegs war die Amtseinführung kurz und schlicht gewesen, dennoch überforderte sie uns. Eleanor hatte alle dreizehn Enkel zusammengetrommelt und sämtliche schrecklichen Cousins und Cousinen. Seine Antrittsrede dauerte fünf Minuten und war damit vermutlich die kürzeste aller Zeiten. Für Washington war es bitterkalt, und es lag Schnee. Franklin trug weder Hut noch Mantel, und keiner sagte etwas dazu. Er sah furchtbar aus. An diesem Tag kamen tausend Leute zum Weißen Haus, und Eleanor nahm jeden eingehenden Anruf entgegen. Franklin aß im Hinterzimmer mit einem Teil seines Harems und ruhte sich aus. Leute gingen zu ihm hinein, um ihn zu preisen, Gefälligkeiten zu erbitten, ihre eigenen Hoffnungen und Wünsche zu äußern, und beim Hinausgehen sagte jeder Einzelne von ihnen zu Eleanor, ihr sei das vielleicht nicht bewusst, aber sie dürfe ihm nicht so viel abverlangen und müsse sich besser um ihn kümmern. Sie wusste, dass er an irgendetwas langsam starb, und er wusste es auch. Er hatte sich für diesen Weg entschieden, so dachten sie beide, und bei Gott, er ging als der größte Präsident, den dieses Land je erlebt hatte, und nicht als dahinsiechender Invalide, der sich nicht mehr daran erinnern konnte, wo Jugoslawien lag und warum man das wissen sollte. Louis Howe war tot.

Sara Delano Roosevelt war tot, was schlimm für Franklin war. Hall Roosevelt starb wenige Wochen später, für die Familie Verlust und Erleichterung zugleich. Harry Hopkins war nicht mehr im Weißen Haus und auch schon fast tot. Zwei alte Freunde waren Ende Februar gestorben, und Franklin hatte fast niemanden mehr, auf den er sich stützen konnte.

In seinem Amtszimmer brannte Licht, und die Tür war offen. Ich klopfte an.

»Auf der Suche nach einem Stift?«, fragte er.

»Die Leute nehmen die Dinger einfach mit. Nach der Amts-einführung habe ich alles Mögliche von hier verschwinden se-hen. Sie können froh sein, dass der Hund noch da ist.«

Er tätschelte Falas Ohren.

»Wie ich höre, haben Sie Ihr Häuschen auf Long Island noch.«

»Genau dahin bin ich unterwegs, dahin ziehe ich mich zu-rück«, sagte ich. »Es ist mein Warm Springs, mein Kleines Weißes Haus. Wenn die Forsythien herauskommen, werde ich dort sein.«

Er lehnte den Kopf zurück.

»Die Orte, die wir lieben. Die Menschen, die wir lieben.«

Wir saßen lange so da.

»Die Gnädigste und Sie – ist das Feuer erloschen?«

Ich stieß die Luft aus. Wenn wir Ehrlichsein spielten, würde ich nicht gegen einen Mann verlieren, der log, sobald er den Mund aufmachte.

»Wir lieben uns. Ich würde alles für sie tun, und ich fühle mich vom Glück beschenkt und geehrt, dass ich ihre liebe Freundin sein darf.«

»Ihre kleine Richterin, Marion Harron. Heiße Nummer.«

Danke schien irgendwie nicht die richtige Antwort.

»Feuer erlöschen«, sagte er. »Das wissen wir. Alle Feuer erlöschen, verdammt noch mal.«

»Ja, Sir.«

»Oh, Hick, bitte.«

»Ja, Sir, alle Feuer erlöschen. Aber das heißt nicht unbedingt, dass wir nicht trotzdem am Kamin sitzen wollen.«

»Da ist was dran«, sagte er. »Ich fahre übrigens in ein paar Wochen nach Warm Springs. Um am Kamin zu sitzen. Mich etwas auszuruhen. Die anderen Polios zu ermuntern.«

»Dann nehmen Sie bloß Cousine Polly nicht mit. Klimper, klimper.«

Er lachte.

»Tja, die ist schon ein bunter Vogel. Daisy kommt auch. Bemühen Sie sich nicht, etwas Nettes zu sagen, ich weiß, Sie halten sie für eine Idiotin. Vielleicht kommen ein paar Freunde vorbei. Eine Malerin. Sie will mich porträtieren.«

»Schön.«

Ich hoffte, dass es schön werden würde. Wenn sie ihn so malte, wie er gerade aussah, würde er uralt aussehen, sorgenvoll, und dem Tode nahe. Sein volles, schönes Gesicht war jetzt schmal wie das eines Greyhounds, er glich einem aristokratischen Jesus am Kreuz.

»Wenn die Zeit gekommen ist, sollten Sie diejenige sein, mit der sie zusammen ist. Mit Ihnen sollte sie gemütlich auf der Veranda im Schaukelstuhl sitzen.«

»Als würde sie jemals gemütlich im Schaukelstuhl sitzen.«

Er lachte wieder, so leise wie das Rascheln beim Umblättern einer Seite.

»Und wenn sie doch irgendwann schaukelnd auf der Veranda sitzt, dann mit Joe Lash und Trude und dem kleinen Lash«, sagte ich.

»Da irren Sie sich. Das ist deren Leben, nicht ihres. Er wird viel von ihr bekommen, das weiß ich, aber mit den Lashs zusammenzusitzen wird nicht ihr Lebensinhalt sein. Wenn sie sich zur Wahl stellt, haben Sie natürlich Pech«, sagte er gleichgültig. »Aber Sie könnten ihre Reden schreiben.«

»Sie mag Joe sehr«, sagte ich und knuffte ihn sanft.

Er schnaubte. »Es wird andere geben. Andere Söhne. Darum geht es nicht. Sie sind diejenige, welche. Geben Sie nicht auf«, sagte er. »Seien Sie nicht so stolz.«

»Also gut«, sagte ich.

Wir saßen zusammen, bis er in seinem Rollstuhl einschlief, dann verließ ich das Zimmer und sagte seinem neuen Geheimdienstler, er ruhe ein wenig.

ABSCHIED

Montag, 30. April 1945, am Morgen
29 Washington Square West
New York, New York

Jemand hämmert an die Tür. Ich strecke die Hand nach Eleanor aus.

»Bleib hier«, sage ich.

Sie greift nach ihrem Morgenmantel.

»Verdammt noch mal, Eleanor, bleib hier.«

Wir sind beide schlaftrunken, suchen nach unseren Brillen, stolpern im dunklen Zimmer herum. Ich küsse sie auf die Stirn und dränge sie, sich wieder hinzulegen. Rühr dich nicht vom Fleck, sage ich. Sie drückt meine Hand und sagt: Liebste.

Ich nehme das Brotmesser in die Hand und gehe durch den Flur. Jemand ruft: Mrs Roosevelt, und ich öffne die Tür. Vor mir auf dem Boden hockt ein tiefschwarzer Neger und hält einen großgewachsenen Weißen in den Armen. Er sagt, es tue ihm sehr leid, uns zu stören, und der Mann in seinen Armen stöhnt, und jetzt sehe ich, dass der Neger sehr schön ist und eine Brille trägt. Eine schmale blutige Schnittwunde zieht sich über seine hohe Stirn. Sein Tweedsakko ist am Rücken aufgerissen.

Das Gesicht des Weißen ist eine blutige Maske. Das Blut

ist ihm aus einer klaffenden Wunde auf dem Scheitel über die Augen gelaufen. Sein linkes Ohr ist zerdrückt und blutet am oberen Rand, und sein ganzes Gesicht sieht aus wie ein Stück rohes Fleisch. Er weint, glaube ich. Sein Mund öffnet und schließt sich, sodass seine blutigen Zähne zu sehen sind. Ich war lange genug Reporterin, ich erkenne die englischen Schuhe wieder.

»Parker«, sage ich.

»Hick.«

Der andere Mann, der Parker Fiske hält wie eine Mutter einen gefallenen Soldaten, sagt: »Thurman Jones, Ma'am.«

Eleanor kommt im Morgenrock heraus, und die beiden Männer raffen sich hoch.

Ich sage, kommen Sie herein. Ich bitte Eleanor, etwas Brandy oder Scotch zu holen, während ich mich um Handtücher kümmere. Wir setzen uns alle zusammen im Wohnzimmer auf den Boden, Thurman Jones hält Parkers Kopf, und ich tupfe mit einem warmen Waschlappen und zwei von Eleanors mit Monogramm versehenen Handtüchern das Blut ab. Parkers Gesicht erscheint. Ich sehe die lange, schmale Nase und seine Eulenaugen. Er hebt die Hand an den Kopf, um zu fühlen, ob die Wunde noch blutet, dann zieht er seine Brille aus der Tasche. Sein weißes Hemd ist mit Ausnahme der Manschetten dunkelrot.

»Na, so was«, sagt er. »Schau, wo wir gelandet sind, Thurman. In einem Liebesnest. Ich hatte nur mit dir gerechnet, Eleanor.«

Eleanor kniet sich neben Parker. Sie leistet gute Arbeit mit ein paar Schmetterlingspflastern. Eleanor ist immer mit einem Verbandskasten von der Größe einer Schuhschachtel unterwegs, und ich habe früher oft zu ihr gesagt, ihr wahres Lebensglück hätte sie wohl als Krankenschwester gefunden.

Parker sagt: »Ich bin nicht betrunken.«

Thurman Jones schüttelt den Kopf. »Nicht mehr.«

»Ihr kennt doch dieses Lied«, sagt Parker. Er setzt sich langsam auf, lehnt sich an die Schulter des Schwarzen und hebt beide Hände, um imaginäre Rumbarasseln zu schütteln. *»We'll find a little hideaway, where we can hide away the time. We'll stay away with lemon and lime.«*

Die beiden setzen sich auf die Couch, Knie an Knie. Ich frage Thurman Jones, was er trinken möchte, und er sagt, er hätte gern eine Tasse Tee, wenn es nicht zu viel Umstände mache. »Sie kennen doch diese Zeile aus dem Theaterstück von Pinero«, fügt er hinzu: »›Wo Tee ist, ist auch Hoffnung.‹« Eleanor lächelt und springt auf. Sie mag ihn schon jetzt viel lieber als Cousin Parker.

Für Eleanor wäre es völlig in Ordnung, wenn Parker uns nichts erzählen würde. Idealerweise würde er Roosevelt'sches Stillschweigen über die Einzelheiten bewahren und nach einem leichten Mittagessen wieder aufbrechen, zusammengeflickt und in Begleitung seines Freundes, dieses charmanten Negers. Aber Parker erzählt uns alles: ein Club in der Innenstadt mit einer privaten Party im Hinterzimmer, ein eingeölter Junge, in ein gigantisches Martiniglas geschmiegt, und zwei Mädchen im roten Seidennegligé, die den Carolina Shag tanzten. Bricktop hat sich selbst übertroffen, sagt er. Bricktop. Das werde ich nie vergessen. Sie hätten sich nicht mehr zu halten gewusst, Hick.

Das klingt wunderbar, sagt Eleanor. Thurman nickt.

Cole Porter ist ein großer Verehrer von Bricktop, fügt Parker hinzu. Sie eröffnet demnächst einen Club in Mexiko-Stadt. Dahin sind wir übrigens unterwegs, weshalb wir auch in dieser fürchterlichen Verfassung hier aufgekreuzt sind. Bitte die Störung zu entschuldigen.

Thurman sagt in vorsichtig-hoffnungsvoll-besorgtem Ton: »Cuernavaca. Wir würden ja nach Paris gehen, aber dort versuchen gerade alle hierherzukommen. Parker hat seine Konten geplündert. Ich habe einen Vorschuss auf meinen Roman bekommen. Unsere gepackten Koffer liegen in Parkers Auto.«

»Ein Roman«, sage ich. »Na, da kriegen Sie ja jetzt jede Menge Material.«

Thurman lächelt, und ich denke, Oje, was kommt da auf dich zu, mit dem guten Parker an deiner Seite.

Ich sage, dass es in Cuernavaca wahrscheinlich ziemlich rau zugeht und dass ich ein Häuschen auf Long Island habe, das für einen Schriftsteller ideal wäre. Ruhe und Frieden wären jetzt vielleicht genau das Richtige.

»Es ist sein zweiter Roman«, sagt Parker. »Thurman ist ein großartiger Schriftsteller. Herausragend. Countee Cullen hat Thurmans ersten Roman als brillant bezeichnet. Genial, hat er gesagt. Der Roman wurde in der *New York Times* besprochen. Mrs Roosevelt ist eine wunderbare Leserin, Thurman.«

»Wie schön«, sagt Eleanor. »Ich muss mir ein Exemplar davon besorgen.«

»Ich schicke Ihnen eins«, sagt Thurman. »Mit Widmung.«

Eleanor strahlt.

»Wir kaufen gleich mehrere«, sage ich. »Und verteilen sie an Weihnachten wie Zuckerstangen.«

Parker räuspert sich.

»Der Abend hat kein gutes Ende genommen. Wie man unschwer erkennt. Es ist zu Festnahmen gekommen. Thurman und ich wurden wegen ungebührlichen Benehmens und noch anderem verhaftet. Wir stehen unter Anklage. Sie haben unsere Pässe eingezogen.«

»Diese Drecksäcke«, sage ich, und Eleanor verzieht den Mund.

Parker sagt in einem Ton, als erklärte er einem Kind, wie man zwei und zwei zusammenzählt: »Eleanor, wenn die unsere Pässe haben, können wir nicht nach Mexiko. Und wenn wir nicht von hier verschwinden, landen wir beide im Gefängnis, wegen widernatürlicher Unzucht. Es geht nicht nur um Ruhestörung.«

»Das tut mir furchtbar leid«, sagt Eleanor.

»Eleanor, meine Liebe, wir brauchen deine Hilfe. Du musst einfach nur La Guardia anrufen, bei dem hast du doch einen Stein im Brett. Schließlich warst du stellvertretender Krümelkuchen der Ziviltralala oder was auch immer. Du warst großartig, das haben alle gesagt.«

»Stellvertretende Koordinationsleiterin der Zivilverteidigung«, sage ich und schaue ihn streng an.

»Ja«, sagt Parker. »Genau. Bitte. Ruf Fiorello an und sag ihm, dass wir kein Abschaum sind. Wir sind ehrenwerte Männer, die ein bisschen über die Stränge geschlagen haben und nichts lieber täten, als diese schöne Stadt mit unseren Pässen in der Hand umgehend zu verlassen, auf Nimmerwiedersehen und ohne auch nur im Entferntesten irgendwo Sitte und Anstand zu untergraben.«

Eleanor schenkt Thurman Tee nach. Sie seufzt und steht auf.

»Bitte gib mir einen Moment«, sagt sie.

Wir schauen ihr nach. Parker drückt meine Hand.

»Ich flehe Sie an, ein letztes Mal. Verwenden Sie sich für mich.«

Ich folge Eleanor ins Schlafzimmer. Sie steht im Unterrock da und zieht sich ihr schlichtestes Kleid über. Ich setze mich aufs Bett und sehe ihr zu, was ich immer gern tue, wo ich doch den Körper, den sie gerade bedeckt, so gut kenne, und ihr Gesichtsausdruck treibt mir die Tränen in die Augen.

»Ich kann Fiorello La Guardia nicht anrufen und ihm sagen, dass er seine Stadt nicht säubern soll«, flüstert sie. »Es gibt schließlich Gesetze. Und es ist seine Stadt. Du hast zu mir gesagt, dass ich noch ein Leben vor mir habe. Und das glaube ich dir. Du hast gesagt, ich könnte mich noch nützlich machen. Ja, das glaube ich auch. Vielleicht kann ich noch etwas bewirken. Deshalb darf ich das bisschen Einfluss, das ich habe, nicht vergeuden. Nicht für so etwas.«

Ich stehe hinter ihr, meine Arme um ihre Taille geschlungen, ihre Hand auf meiner. Mein Kinn liegt auf ihrer Schulter. Wir sehen uns im Spiegel. Sie ist etwas breiter geworden. Ich etwas weniger breit. Unsere Blicke treffen sich, und sie schaut weg, zum Fenster hinüber. Als sie am Freitag zur Tür hereinkam, überlagerte die Trauer in ihrer Miene ihre Erschöpfung und die Enttäuschung darüber, was die Zukunft nun alles nicht mehr für sie bereithalten würde, doch da war auch ein Anflug von Erleichterung, weil sie das nun wusste. So sehe ich jetzt aus.

»Nicht für so etwas?«, sage ich. »Gehören wir denn ins Gefängnis? Wir halten doch auch gern Händchen, wenn das Licht gedämpft ist. Sogar jetzt noch. Du kannst ihn anrufen, Schatz. Es ist genau deine Sorte Anruf. Parker hat sich große Verdienste um unser Land erworben. Thurman ist ein bedeutender Schriftsteller. Und ich glaube, sie lieben sich.«

»Daran habe ich keinen Zweifel«, sagt sie. Sie schüttelt den Kopf und geht wieder ins Wohnzimmer. Ich zwinge mich, ihr zu folgen.

Sie sagt Parker, es tue ihr sehr leid, aber sie könne nichts für ihn tun, sie sei bloß die Witwe eines bedeutenden Mannes und ohne jeden Einfluss, was solche Dinge betreffe.

Parker und Thurman stehen auf.

Ich rate ihnen, trotzdem die Stadt zu verlassen. Es ist Krieg, sage ich. Nicht einmal Fiorello La Guardia wird seine New Yorker Polizisten bis an die Westküste schicken, um ein paar Perverslinge aufzuspüren. Ich lächle, als ich Perverslinge sagen, und Thurman hebt zustimmend den Daumen. Parker und Eleanor sind wie versteinert. Tauchen Sie eine Weile in Los Angeles unter, sage ich, es wird nicht lange dauern, bis Sie ein paar neue Freunde gefunden haben, die die nötigen Strippen ziehen, damit Sie sich unbemerkt nach Cuernavaca absetzen können. So schwierig kann das nicht sein. Es überqueren doch jeden Tag Leute mit Kokain, Huren und erotischen Filmen die Grenze. Das schaffen Sie schon.

Er küsst mir die Hand.

»Und wieder hilft Hick«, sagt Parker. »Ein guter Rat. Wie schon beim letzten Mal.«

»Gehen Sie«, sage ich. Ich reiche Thurman mein marineblaues Sportsakko.

»Nicht ganz Ihre Größe, aber wenigstens ist es nicht zerrissen.«

Thurman probiert es an, und es bläht sich hinten etwas auf, sieht aber respektabel aus. Ich reiche Thurman die Hand, und er küsst mich auf die Wange. Er riecht nach Honig. Parker gebe ich einen schwarzen Rollkragenpullover.

»Eine Krawatte habe ich leider nicht«, sage ich, den Tränen nahe.

»Das ist besser, als was ich anhabe. Man wird mich für einen Bohemien halten«, sagt er.

»Bestimmt.«

»Ich hoffe, unsere Wege kreuzen sich irgendwann wieder«, sagt Thurman.

»In Cuernavaca«, sage ich.

»In Cuernavaca.«

Er verbeugt sich vor Eleanor. Parker tut es ihm gleich, und

dann sind sie fort. Eleanor und ich räumen die Teetassen, Parkers Scotchglas und die blutigen Handtücher weg. Sie weicht die Handtücher mit dem Saft unserer letzten Zitronen in der Badewanne ein, und ich packe meine Sachen.

Es wird gerade hell, als ich am nächsten Morgen auf die Straße hinunter gehe. Ich winke nach einem Taxi, und sofort hält eines vor mir. Ich öffne die Tür und mache sie wieder zu.

»Entschuldigung«, sage ich. »Ich habe etwas vergessen.«

Ich klingele, und Eleanor öffnet in der Annahme, es wäre Tommie.

»Ich bin wieder da.«

Sie hat immer noch ihren Morgenmantel an. Sie nimmt meine Hand, was mich fast zum Weinen bringt, und führt mich ins Schlafzimmer, als wäre das unser angestammter, privater, geliebter Ort, und nun weine ich wirklich. Sie hat das Bett schon gemacht. Ihr Hut liegt auf dem geschlossenen Koffer. Sie setzt sich neben den Koffer, und ich setze mich in den alten Sessel.

»Ich habe gestern Nacht noch gepackt«, sagt sie. »Ich konnte nicht schlafen.«

»Hör mal«, sage ich.

Eleanor fragt: »Möchtest du einen Tee? Ich kann uns einen Tee kochen.«

»Hör mal«, sage ich. »Es liegt noch so viel vor dir. Wahrscheinlich glaubst du, dein Leben wird sich ab jetzt hauptsächlich um die Familie drehen, inklusive Urenkel, vielleicht noch die eine oder andere Einweihung oder, wenn du ganz tollkühn bist, ein paar öffentliche Buchstabierwettbewerbe. Vielleicht wirst du auch wieder unterrichten.«

»Das klingt doch alles gar nicht schlecht«, sagt sie.

Sie steht auf und schaut aus dem Fenster.

»Was für ein schöner Tag«, sagt sie.

»Jetzt hör mir mal zu. Ich habe dir gesagt, dass du schreiben kannst, und du hast geschrieben. Für Zeitungen und Zeitschriften und stapelweise Bücher. Du bist ein weiblicher Babe Ruth. Eine Erfolgsautorin, Herrgott noch mal. Ich habe dir gesagt, du könntest mit diesen Pressekonferenzen Furore machen, und du hast alle Erwartungen übertroffen. Und jetzt sage ich dir, die Leute zählen auf dich. Überall. Du bist Franklins Vermächtnis, nur noch eins besser, und denk nicht, Harry Truman wüsste das nicht. Der Mann hat dich im Auge.«

Sie setzt sich wieder aufs Bett.

»Es ist vorbei«, sagt sie.

Ich setze mich neben sie. »Das habe ich schon gehört. Ich habe gehört, wie du das zu diesem Reporter gesagt hast. Voller Demut. Sehr anrührend.«

Sie lächelt.

»Vielleicht hast du recht«, sagt sie. »Vielleicht kann ich in der Zeit, die mir bleibt, tatsächlich noch etwas bewirken.«

Wir blicken beide nach draußen, zu den sich öffnenden grünen und roten Knospen.

»Allerdings«, sage ich. »Und ich werde dich von Long Island aus anfeuern, werde alle Artikel über dich ausschneiden und deinem Flugzeug am Himmel zuwinken.«

Sie zupft an dem Chenille-Bettüberwurf.

»Ich brauche aber eine Pressesekretärin, wenn ich all diese grandiosen Dinge tun soll.«

»Du hast Tommie als Sekretärin, und du hast all die aufstrebenden Tommies, die Tommieetten. Und eins von diesen Mädchen wird eine flinke Zunge, ein seidiges Äußeres und einen stahlharten Kern haben, und die kann für dich tun, was getan werden muss. Aber das bin nicht ich.«

»Nicht seidig genug«, sagt sie.

»Nicht seidig genug.«

»Du könntest die Reiseplanung übernehmen«, sagt sie. »Oder einfach so mitkommen. Wir hätten eine schöne Zeit zusammen.«

»Es wird dir gefallen.«

»Dir könnte es auch gefallen«, sagt sie.

Ich küsse ihre Hand.

»Leg dich zu mir«, sage ich.

»Tommie kommt doch gleich.«

»Erst um acht.«

Eleanor nimmt ihren Hut vom Bett und legt ihn auf den Stuhl. Ich stelle den Koffer auf den Boden. Ich ziehe meinen Mantel wieder aus. Sonst ziehen wir nichts aus. Wir liegen nebeneinander auf dem Bett und schauen uns an, die Enden meines roten Schals auf ihrem Kimonoärmel.

»Was willst du denn dann machen?«, fragt sie.

»Hab ich dir doch gesagt: Ich feure dich an. Und gehe mit dem Hund spazieren. Ich werde schreiben. Und Stiefmütterchen pflanzen. Und irgendjemand muss ja schließlich auch auf dieser Veranda sitzen, Liebste.«

»Es wird dir gefallen«, sagt sie.

Sie seufzt, und ich tätschele ihre Wange. Ich seufze auch.

»Wir sind schon so ein Paar«, sagt sie.

»Das ist die richtige Einstellung«, sage ich. »Nicht unbedingt zusammen, aber trotzdem ein Paar.«

»Wie heiter du bist«, sagt Eleanor, und ich ärgere mich mal wieder maßlos über sie.

Sie legt mir die Hand auf die Schulter. Ich schmiege meine Wange an ihre Hand. Die Sonne steht jetzt schon viel höher und scheint strahlend hell vom klaren blauen Himmel.

Wir bleiben noch einen kurzen Moment auf dem Bett liegen, Stirn an Stirn.

Ich sage, Tommie wird jeden Moment hier sein. Ich weiß, sagt sie. Ich sage, in ein paar Tagen schreibe ich dir. Eleanor sagt, ja, bitte. Ich dir natürlich auch, und wir sehen uns, sobald wie möglich.

FLIEDER UND VOGEL UND STERN

Sonntag, 11. November 1962
The Rectory Apartments
Hyde Park, New York

Ich träume von Eleanors Tod.

Ich träume, dass ich in der Wohnung am Washington Square bin, in der engen Küche, und uns Tee und Toast zubereite. Auf dem Küchentisch stapeln sich schmutzige Teller und Tassen neben den Büchern, die ich geschrieben habe. Ich gehe mit einem Tablett ins Schlafzimmer, und Eleanor liegt in ihrem rosa Nachthemd auf dem Bett, mit offenem Mund und geschlossenen Augen. Ich traue mich nicht, sie anzufassen, aber ich sehe, dass sie tot ist. Ich ziehe mich eilig an, will verschwinden, ehe man mich hier entdeckt, doch ich höre schon die Polizeisirene und weiß, dass sie wegen mir kommen. Ein kaputter Fensterladen klappert, und ich wache auf.

Ich träume, dass Eleanor in Val-Kill ist und allein durch den Herbstwald spaziert. Sie stolpert über eine Wurzel und fällt in Zeitlupe, ihre Strickjacke bläht sich hinter ihr wie ein Segel, ihre Arme fliegen in die Höhe wie bei einer Balletttänzerin, und sie schlägt mit dem Kopf auf einen Stein. Sie liegt rücklings im nassen Laub, die Augen offen, und verblutet. Die Sonne geht auf. Ich komme in diesem Traum nicht vor.

Ich träume, dass ich mit Eleanor am Strand bin. Wir haben die wollenen Bademäntel an, die wir auf Campobello trugen, und gehen barfuß ans Wasser. Es ist noch früh. Die Sonne geht gerade erst hinter den Wolken auf. Wir lassen unsere Bademäntel zu Boden gleiten, darunter sind wir nackt. Wir sind junge Frauen Mitte zwanzig, so wie wir uns nie erlebt haben. Die Luft umspielt leicht und lustvoll unsere vollkommenen Körper. Wir halten uns an den Händen und laufen in das funkelnde Wasser, langsam und leise, als wäre es etwas Heiliges. Wir gehen weiter, bis sich das Wasser wie ein seidenes Laken über unsere Köpfe legt. Es hat nichts Beängstigendes. Ich hebe die Arme und schiebe das Wasser zur Seite. Völlig unbesorgt wate ich aus dem Wasser. Ich gehe über den Sand zu Eleanors Bademantel, der noch auf dem Boden liegt, setze mich daneben und weine auf eine mädchenhaft-theatralische Weise. Selbst im Traum bin ich enttäuscht darüber, dass ich so eine Heulsuse bin. Eleanor taucht wieder aus dem Wasser auf und kommt heraus. Sie schüttelt den Sand von ihrem Bademantel und zieht mich hoch, ganz nah zu sich heran. Wir stehen da, nasser Körper an nassem Körper, jede mit dem Kopf auf der Schulter der anderen. Sie küsst mich, ganz Seewasser und Strandrosen. Sie sagt: Ich bin gestorben, Dummchen.

Vor drei Monaten haben Eleanor und ich ein letztes Mal zusammen gepicknickt. Es war August, still und schwül. Wir saßen unter dem großen Ahorn bei mir im Garten. Sie hatte eine lange Reise hinter sich, hatte die FDR-Brücke zwischen Maine und Kanada feierlich eröffnet, da und dort alte Freunde besucht und sich für den Weltfrieden eingesetzt – wenn sie nicht gerade im Bett lag, weil es ihr hundeelend ging.

»Diese Bluttransfusionen wegen der Anämie sind schrecklich«, sagte sie. »Vor einem Monat hatte ich so hohes Fieber, dass ich dachte, eigentlich könnte ich jetzt aufgeben und sterben.«

»Bitte nicht«, sagte ich. »Du bist einfach nur erschöpft.«

»Ich habe keine Angst vorm Sterben. Und ich bin sechsundsiebzig«, sagte Eleanor. »Da darf ich ein bisschen erschöpft sein.«

Ich lachte und sagte, alle anderen habe sie schon vor Jahren in die Erschöpfung getrieben.

Eleanor legte sich vorsichtig ins Gras und bettete den Kopf in meinem Schoß.

»Ah, genau das habe ich gebraucht«, sagte sie. »Ich glaube, ich stehe nie wieder auf.«

»›Jeder hat das Recht auf Erholung und Freizeit und insbesondere auf eine vernünftige Begrenzung der Arbeitszeit und regelmäßigen bezahlten Urlaub.‹ Artikel vierundzwanzig«, sagte ich. »Ein Menschenrecht. Das hast du selbst gesagt.«

»Und du hast dich offenbar damit befasst«, sagte sie. »Dass diese Erklärung verabschiedet wird, war Sinn und Zweck meines Lebens, und jetzt gibt es sie.«

»Mach die Augen zu«, sagte ich. »Ich geh nicht weg.«

Wenn wir jetzt beide sterben würden, dachte ich mir, hier unter den riesigen grünen Händen der Ahornblätter, wären wir entzückt. Wir würden noch im Sterben anfangen, an Gott zu glauben. Ich hielt ein paar Sekunden lang den Atem an, um einen Herzinfarkt zu begünstigen.

»Hör mal«, sagte sie und stupste mich an. »Du bist die Einzige, die auf mich hört. Lass nicht zu, dass ich am Leben gehalten werde, bloß weil es technisch möglich ist. Ich will nicht tausend Untersuchungen und tausend Behandlungen über mich ergehen lassen. Es ist mir egal, ob ich Anämie oder eine ganz normale Erkältung habe. Ich will nicht, dass David der Welt beweist, was für ein großartiger Arzt er ist, indem er sich zwischen mich und den Tod wirft.«

Ich finde nicht, dass David Gurewitsch ein großartiger Arzt ist. Ich bin mir nicht einmal sicher, ob er ein guter Arzt ist. Er hat den passenden Akzent und die Manieren, und von meinem derzeitigen Standpunkt aus betrachtet – sehr weit entfernt von dem Stadthaus in Manhattan, das Eleanor mit ihm und seiner Frau, der großäugigen gefügigen Edna, teilt –, manipuliert der Mann meine Liebste nach Strich und Faden. Es wird natürlich geredet, wie eh und je, aber in Maßen. Eleanor ist jetzt eine alte Dame. David (Bitte nennen Sie mich David, hat er gesagt. Der Titel spielt wirklich keine Rolle) war so klug, Edna zu heiraten, die jetzt eine Karriere als Eleanors kleine Freundin verfolgt. Das Schlimmste, was man Eleanor vorwerfen könnte, ist, dass sie sich sehr großzügig gegenüber ihren Freunden zeigt und die Gesellschaft cleverer, jüngerer Männer schätzt. Das sagt sie selbst. Wäre sie ein Mann, würden ihr andere ältere Männer auf die Schulter klopfen.

Wir unterhielten uns stundenlang. Ich erzählte, dass ich mit meinem Buch über die amerikanische Arbeiterschaft gut vorankam und dass mein Buch über Helen Keller gerade vom Book-of-the-Month-Club ausgewählt worden war, und sie zog mich zu sich herunter und küsste mich auf die Wange.

»Sag mir, dass ich recht hatte«, forderte sie. »Du verdienst dir im Eiltempo eine goldene Nase, wie es so schön heißt, und die jungen Leute lieben deine Bücher. Fünf Bücher, Liebste! Du bist wieder eine richtige, erfolgreiche Autorin. Das hast du mir zu verdanken.«

Ich streichelte ihre Stirn. »Du hattest recht. Ich danke dir.«

Sie setzte sich mühsam auf, und dann halfen wir einander, uns hochzurappeln wie gestürzte Eisläuferinnen, griffen nach den untersten Ästen, hielten uns am Stamm fest, versuchten, nicht auf den Hund zu treten. Keuchend und lachend erreichten wir das Haus und gingen in meine Wohnung. Ich schenkte uns einen kleinen Dubonnet ein, damit wir verschnaufen konnten.

»Schau dir das an«, sagte sie und deutete zu dem Baum hinaus. »Wie schön du es hier hast. Die Wohnung ist ideal für dich.«

»Mit gefällt sie auch«, sagte ich. »Mit fehlt mein Kleines Haus, aber …«

»Es ist nicht Val-Kill«, sagte sie. »Aber selbst Val-Kill ist nicht mehr das, was es einmal war. Es ist ein echtes Irrenhaus geworden. Habe ich dir erzählt, dass Elliott das Top Cottage verkauft hat?«

»Ja, hast du.« Elliott Roosevelt verkaufte Hyde Park und den Namen der Roosevelts und alles Roosevelt'sche, was er in die Finger bekam. In seiner Radiosendung warb er marktschreierisch für Seife und Haarbürsten und verkündete: Das ist die Marke, die Mutter benutzt. Eher hätte ich das Gespräch auf Lucy Mercer gebracht als auf diese Reklame.

»Es tut mir leid, Liebste«, sagte sie. »Ich hätte dich nicht gehen lassen sollen.«

»Ich dich auch nicht«, sagte ich. »Wie gefällt es dir in dem Haus in New York, mit David und Edna?«

Sie zuckte mit den Achseln. »Es ist schön. Ich weiß, was du denkst. Du hältst ihn für einen charmanten Gauner –«

»Diese himmelblauen Augen«, sagte ich. »Und immer Handkuss hier, Handkuss da.«

»– und denkst, dass ich wieder einmal einem Mann auf den Leim gegangen bin, der eine Mutter braucht, und dass ich gleich auch noch seine Frau, das Kind, ein halbes Haus und die ganze Sippschaft mit übernommen habe.«

»Tja«, sagte ich. »Jeder braucht ein Hobby.«

Sie lachte und nippte an ihrem Drink. Ich fuhr mit dem Finger über die Adern auf ihrem Handrücken. Sie verschränkte ihre Finger mit meinen, und ich sagte: Unsere Hände sehen aus wie ein Objekt aus dem Naturgeschichtlichen Museum.

»Dinosaurier«, sagte sie. »Erinnerst du dich noch an unsere Flitterwochen in Vermont? Wie du Emily Dickinson rezitiert hast, *ad alta voce*? ›Ein Boot in Eden‹ vielleicht sollte Lyrik grundsätzlich aus einem Cabrio herausgeschrien werden –«

»Von unsterblich verliebten Frauen«, sagte ich.

»Genau.«

»Das waren Zeiten.«

Sie hielt meine Hände.

»Bring mich nicht zum Weinen«, sagte sie. »Und komm mich nicht besuchen. Es wäre ein Spießrutenlauf zwischen lauter Roosevelts, und was du sähst, würde dir absolut nicht gefallen. Und mir würde nicht gefallen, dass du es siehst. Ich werde uns unter diesem Baum in Erinnerung behalten. Unter diesem Baum hier in deinem Garten und unter dem wunderschönen Baum damals in Maryland. Diese Kirschblüten, die auf uns herunterschwebten – daran werde ich denken.«

Wir saßen da und hielten einander, so eng es uns auf den Küchenstühlen möglich war, bis ihr Fahrer mit dem Wagen kam.

Im Oktober musste sie mehrmals ins Krankenhaus. Die Presse bekam einen Hinweis, und ungeachtet dessen, dass sie für den Rest der Welt die First Lady war, dass sie zahllose Pressekonferenzen gegeben und auf Schritt und Tritt für die Pressefreiheit gefochten hatte, erschien in allen Zeitungen dasselbe schreckliche Bild von ihr, wie sie auf einer Trage hinausgebracht wurde. Sie sah derangiert und verwirrt aus, und wer nicht wusste, wen er da vor sich hatte, hätte sie für das Opfer einer Naturkatastrophe oder einer Seuche halten können, und nichts anderes ist krank und alt ja letztlich auch.

8. November 1962

DIE FAMILIE VON MRS FRANKLIN D ROOSEVELT
LÄDT ZUM GOTTESDIENST IN DIE ST JAMES
EPISCOPAL CHURCH IN HYDE PARK NY AM
SAMSTAG 10. NOVEMBER 14 UHR UND ZUR
ANSCHLIESSENDEN TRAUERFEIER IM ROSEN-
GARTEN DER FRANKLIN D ROOSEVELT LIBRARY
IN HYDE PARK. BITTE WEISEN SIE SICH MIT
DIESEM TELEGRAMM AUS.

Die neue Sekretärin war so nett, mich am frühen Morgen anzurufen. Maureen sagte, Eleanor habe ihr aufgetragen, mich zu benachrichtigen, bevor das Telegramm eintreffe, was sie hiermit tue. Ob Eleanor zu Hause habe sterben dürfen, fragte ich, und sie bejahte das. Ich fragte, wer bei ihr gewesen sei, und sie sagte, nur die Familie, worauf ich sagte, ich sei froh, das zu hören. Mrs R. wollte einen schlichten Kiefernholzsarg, sagte sie, und sie hat darum gebeten, die Nachricht von ihrem Tod erst nach der Beerdigung öffentlich bekanntzugeben. Schlechte Karten, sagte ich.

In der Öffentlichkeit zu weinen wirkt verstörend auf andere Leute, hat Eleanor immer gesagt. Ihre Großmutter hatte ihr eingeschärft, zum Weinen ins Badezimmer zu gehen. Wenn du weinen musst, hatte sie gesagt, geh ins Bad und dreh das Wasser auf. Wenn ich zu Eleanors Beerdigung ginge, würde ich meine Kleider zerreißen und ins Grab steigen. Eleanor wäre entsetzt.

Als Mary Todd Lincoln starb, wurden die Flaggen auf Halbmast gesetzt, und ich glaube nicht, dass in diesem Land seither noch einmal offiziell um eine First Lady getrauert wurde. Es wird drei Trauerfeiern geben, Hyde Park, Washington und Manhattan, aber in Hyde Park werden die ganzen großen Namen versammelt sein. Truman, schon immer ein anständiger Kerl, Eisenhower, schon immer ein freundliches Monster, die Botschafter, Staatsoberhäupter, Gouverneure und ein Teil des Obersten Bundesgerichts. Adlai Stevenson wird da sein. Niemand könnte ihn fernhalten, sie war ihm lieb und teuer. Marian Anderson wird kommen und der Veranstaltung Glanz und Klasse verleihen. Sämtliche Roosevelts – alle siebenundzwanzig Enkel mit ihren Angetrauten, die dreizehn Urenkel und die ganze Oyster-Bay-Verwandtschaft, jede Ehefrau und jedes Stiefkind, jeder Halbbruder und jede Schranze, jeder uneheliche Sprössling, und direkt hinter ihnen allen, mit tieferen Grübchen und breiterem Lächeln, die beharrlichen Kennedys. John F. (Ich habe mich in ihm geirrt, hatte Eleanor gesagt. Seine Antrittsrede war großartig) und Jackie, unter deren modischem Hütchen sich mehr Grips verbirgt, als man so denkt. Lyndon Johnson und seine Frau Lady Bird, die weiß, was sich gehört. Und wer sonst noch von der alten Truppe übrig ist. Sicher werden die verbliebenen Sappho-Schwestern da sein, Joe und Trude werden sich beim Trauern Notizen für Joes nächstes Buch machen, und die Gurewitschs werden sich willig ihrem eleganten, telegenen Schmerz hingeben.

Ich wäre nicht in der Lage gewesen, mich so zu verhalten, wie Eleanor es gewollt hätte, deshalb ging ich nicht hin.

Ich bin die letzte aus unserem Kreis. Ich bin der einzige Mensch auf dieser Welt, der weiß, dass ihr *Je t'aime, je t'adore* in ihrem vornehmen Französisch nicht nur *Ich liebe dich, ich vergöttere dich* bedeutete, sondern das Versprechen war, alles hinter sich zu lassen, und sei es nur für die Dauer des im Flüsterton geführten Telefonats, der vom Staatsbankett abgeknapsten drei Minuten.

Ich weiß nicht, ob sie sich so fühlen würde, wenn sie die Letzte von uns wäre.

Ich habe gestern den größten Teil des Tages im Bett verbracht. Es hat immer wieder geregnet. Ich bin mit dem Hund spazieren gegangen. Zum Frühstück gab es die inzwischen üblichen Bran Flakes, soweit ich sie in und nicht neben die Schale gekippt hatte, dazu heißes Wasser, weil die Milch sauer geworden war. Mein Geruchssinn ist immer noch hervorragend und mein Gehör ebenso. Ich brauche zehn Minuten, um aus dem Bett aufzustehen, dafür zwanzig und ein paar zerquetschte, um meine Hausschuhe zu finden und sie anzuziehen, ohne hinzufallen. Ich kann Formen, Farben und große Schilder erkennen, und ich rieche alles: den Hund, den Rindfleisch-Gemüse-Eintopf, den es gestern Abend gab, Kaffee, Bananen, Bier, Kiefern, dieses fürchterliche Parfüm, mit dem Eleanor all ihre Bekannten zwangsbeglückte. Fünf der kleinen grünen Flakons habe ich immer noch im Schrank stehen, in einem Schuhkarton. Es ist jetzt siebzehn Jahre her, aber ich habe immer noch Eleanors Geruch in der Nase, Salz und Gurke.

Unter den Brüsten und in den Falten rochen wir morgens wie frischgebackenes Brot. Wir schliefen nackt wie Babys, Brüste und Bauch einander zugewandt, die Beine umeinander geschlungen wie Kletterrosen. Wir sagten immer, wir sind keine Schönheiten, denn es war unmöglich, die Wahrheit zu sagen. Im Bett waren wir Schönheiten. Wir waren Göttinnen.

Wir waren die kleinen Mädchen, die wir nie gewesen waren: geliebt, frech, entzückt und entzückend.

Wir schliefen unter einem klammen, aber sauberen, geflickten Laken, während der Wind durch die Ritzen in den Wänden der Blockhütte pfiff, und ich machte Teewasser in einem Kessel heiß, der über dem Herd aufgehängt war. Wir hatten stundenlang im Bett gelegen. Eleanor setzte sich auf und sagte: Wir sollten wirklich eine Runde spazieren gehen, und ich sagte: Wirklich? Sollten wir das? Ich liebte das kurze dunkle Aufblitzen ihrer Augen, wenn sie belustigt war, aber diesmal bekam ich es nicht zu sehen. Ihre Augen füllten sich mit Tränen.

»Ich muss mich immer irgendwie beschäftigen, mein Schatz. Anders geht es nicht, sonst würde mich die Traurigkeit auffressen, meistens jedenfalls. Allerdings nicht, wenn ich mit dir zusammen bin, nicht hier.«

Nicht jetzt, sagte ich. Und wir tranken weiter Tee vor dem Feuer.

Ich kann immer noch Gesichter erkennen. Ich sehe alles in groben Umrissen und dazu ein paar Details. An den meisten Morgen ist zumindest mein linkes Auge ganz gut zu gebrauchen, und während ich das vor zehn Jahren als niederschmetternd empfunden hätte, scheint ein funktionierendes linkes Auge heute auszureichen. Ich habe einäugig zwei weitere Bücher geschrieben und plane noch mal zwei. Manchmal sinniere ich morgens über Tolstois Epilepsie, Byrons Klumpfuß und Miltons Blindheit, um in Schwung zu kommen. Emily Dickinson hat gesagt – zumindest wird behauptet, Emily Dickinson habe es gesagt –, »Disziplin ist kein Ersatz fürs Glücklichsein«. Nichts kann das Glücklichsein ersetzen, aber für mich kommt Disziplin dem Glück doch ziemlich nahe.

Sie ist Trost und Bollwerk. Meine Arbeit lohnt mir meinen Fleiß. Die Sätze, die ich gestern geschrieben habe, bestärken mich heute (sofern sie mich nicht verdrießen). Ich folge seit Franklins Tod demselben geregelten Tagesablauf, und er ist mir so lieb wie mein Hund, wie früher mein Häuschen und heute meine Wohnung mit dem Ahornbaum. Disziplin und Gleichmaß – ausgerechnet! – sind jetzt die Essenz meines Lebens, und ich höre von morgens bis abends nach einem festen Plan Radio. Morgens gehe ich mit dem Hund raus, frühstücke und höre Nachrichten. Mittags esse ich ein Sandwich zu leichter Unterhaltung, der junge O'Leary bringt die Post, und ich höre die Baseball-Nachrichten. Der Nachtmittag gehört mir und der Schreibmaschine. Abends gibt es Essen und dazu Opernmusik. Am Sonntagnachmittag sind zwei Stunden fürs Aufräumen vorgesehen, vielleicht bereite ich mir etwas Rinderbrust zu oder schaue bei der Nachbarin über mir vorbei. Wir haben schon besprochen, was ich tun soll, wenn ich sie tot in ihrer Wohnung finde, und was sie tun soll, wenn sie mich findet.

Ich kann ungefähr eine Stunde am Stück lesen, aber ich vermisse es, ganze Wagenladungen von Büchern zu verschlingen. Ich habe seitenweise Lyrik im Kopf (»O starker gefallener Stern im Westen! O nächtliche Schatten – o trübe, weinende Nacht!«) und rezitiere sie beim Kochen oder Spazierengehen. Manchmal mime ich für meinen Hund Sunny Florent, den genialen Anreißer vom Wanderzirkus. Ich sehe wieder Gerrys kleine weiße Brust vor mir, spüre sie warm in meiner Hand. Ich sehe lockende nackte Frauenhintern. Ich sehe Eleanor in jeder erdenklichen Körperhaltung, nicht zuletzt im Kopfstand, den sie mir einmal vorführte, nachdem ich angezweifelt hatte, dass sie ihn beherrschte. Ich sehe die kalte, verärgerte Miene meiner Schwester Myrtle, als mein Vater mich als Köchin auf der Farm ablieferte, und ich frage mich, ob sich in diesem kalten Blick nicht womöglich eher Verzweiflung ausdrückte, und bedaure, dass ich nie versucht habe, sie ausfindig zu machen. Ich sehe Ruby vor mir, die aus jüngerer Zeit, und bedaure, dass ich nicht engeren Kontakt zu ihr gehalten habe. Ich sehe die verschiedenen Hüte, die ich verschiedenen Leuten gestohlen habe, und weiß, dass ich meine Gründe dafür gehabt habe. Ich sehe Eleanor, wie sie in der Wohnung am Washington Square in einem blauen Kimono auf dem Bett sitzt und chinesisches Essen isst. Weiße Reiskörner sind über die dunkelblaue Seide verteilt. Es sieht aus, als wäre Schnee auf die gestickten Weiden und die Brücke gefallen. Eleanor befeuchtet ihre Fingerspitze und liest ein Reiskorn nach dem anderen von der Decke auf.

Ich stütze mich schwer auf meinen Stock, die paar Schritte von meiner Küche zur Veranda bringen mich heute schier um, aber ich versteinere mein Gesicht, wie Gerry es immer nannte. Der Reverend Gordon Kidd klopft an meine Tür. Er ruft: »Kommen Sie klar, Miss Hickok?«, und ich sage: »Klar!« Er lacht vergnügt, und ich nehme all meine Kräfte zusammen für die Strecke zu seinem Auto und unseren Vorstoß zum Friedhof von Hyde Park. Ich weiß nicht, warum der gute Mann mir angeboten hat, mich zu Eleanors Grab zu fahren, aber ich werde den richtigen Moment finden, um ihn danach zu fragen. Meine Hoffnung ist, dass er sagen wird: Ich erkenne Liebe, wenn ich sie sehe.

Er nimmt mich am Arm und sagt, es ist mir eine Ehre, Miss Hickok, und ich sage, es tut mir leid, dass ich immer einen großen Bogen um Ihre Kirche gemacht habe. Er öffnet mir die Wagentür, und ich zwänge mich mühsam hinein, mit dem riesigen Krug voll Wildblumen, die ich für dich gepflückt habe, all die Blumen, die du so magst, nicht eine Nelke oder Chrysantheme darunter. Die Kleider, die ich trage, wären dir allerdings ein Graus, und ich fühle mich außerstande, mit diesem netten Mann zu plaudern, der an deinem Grab so viel Gutes und Schönes gesagt hat. (Ich habe es im Radio gehört. Er sagte, die Welt habe einen unersetzlichen Verlust erlitten, was nur zu wahr ist, und alle Menschen würden, durch dein Hinscheiden verwaist, zu einer großen Familie, was wohl eher nicht stimmt.)

Er fährt mich am Großen Haus vorbei, wo hinter einem Fenster ein Licht brennt, und parkt nicht weit vom Rosengarten. Ich sehe den gewaltigen weißen Marmorstein, der dein und Franklins Grab markiert, hell wie der Mond. Er sagt, dass er im Auto auf mich warten wird, und ich denke, er ist wirklich ein Mensch nach deinem Gusto. Wahrscheinlich hat er bemerkt, dass ich halb blind bin, ganz sicher aber, dass ich am Stock gehe, dennoch belässt er es dabei, mir die Wagentür weit aufzuhalten.

Ich gehe mit langsamen, kleinen Schritten, wie es uns beiden schon vor längerer Zeit zur Notwendigkeit geworden ist, doch es nützt nichts. Mein Stock rutscht durch das nasse Laub, und ich falle, zu meiner Überraschung direkt auf die Knie, was so schmerzhaft ist, dass ich aufschreie. Der Glaskrug fällt auf einen Stein und zerbricht. Ich schlage die Hand vor den Mund. Gordon Kidd kommt und hilft mir auf. Nehmen Sie sich vor den Scherben in Acht, sagt er. Bitte helfen Sie mir, die Blumen aufzuheben, sage ich, und er tut wie geheißen. Im Dunkeln bin ich eine Gefahr für mich selbst. Ich möchte diesem netten Menschen nicht die Verantwortung für meine kleine Reise auflasten.

»Es gibt hier eine Bank, ganz in der Nähe«, sage ich. »Da haben Mrs Roosevelt und ich früher oft gesessen.«

Wir finden die Bank, sie ist aus Granit, kalt und nass. Ich verbiete mir jede Klage über mein linkes Knie, das jetzt so heftig pocht, dass ich den pulsierenden Schmerz von der Hüfte bis zu den Händen spüre.

»Gehen Sie für mich hin«, sage ich. »Bitte nehmen Sie die Blumen und legen Sie sie ans Fußende auf ihrer Seite des Grabs. Das wäre nett.«

»Ich soll die Blumen hinbringen?«

»Ja, bitte, das wäre nett, und dann gehen Sie zurück zum Auto.«

Ich weiß, wie wichtig du es findest, dass man seine Sache gut macht, und es tut mir leid, dass ich das jetzt nicht kann. Die Wildblumen bedeuten mir nichts mehr. Ich sitze auf unserer Bank und spreche mit dir. Es tut mir sehr leid, dass ich dich auf deiner großen Reise um die große Welt nicht begleiten und dir nicht die sein konnte, die du gebraucht hättest. Noch mehr tut mir leid, dass ich es auch nicht wollte und dass mir der Plan, den ich für uns hatte, genauso gut erschien wie dir der deine. Heute erscheinen mir unsere Höhen und Tiefen, die Trennungen und verschlossenen Türen, die fürchterlichen Streits und Wutanfälle, unsere Grausamkeiten und unser Schweigen wie bloße Nichtigkeiten, wie das Verlieren einer Handtasche oder ein verpasster Zug.

Reverend Kidd muss dir die Blumen schon hingelegt haben, denn er kommt an meiner Bank vorbei und sagt, ich solle mir Zeit lassen.

Meine erste Erkenntnis auf dieser Welt war, dass ich allein und unsichtbar bin. Dann erkannte ich, dass ich es nicht bin. Du bist nicht nur mein Hafen in der Not, nach dem Frauen mittleren Alters angeblich Ausschau halten. Du bist das dunkle, funkelnde Meer und das Salz, das in der grellen, glei-

ßenden Sonne auf meiner Haut verkrustet. Du bist der Elrit-
zenschwarm, durch den wir waten. Du bist das kleine Fischer-
boot, dessen Bug so ausgeblichen ist, dass man das Blau kaum
mehr erkennt. Du bist der violette Himmel, der Regen, der
auf den Sand niederprasselt, bis er fast zu Schlamm geworden ist, und das Licht, das darauf folgt. Du bist die kleinen
blau und weiß getünchten Häuser mit blitzendem Blechdach
in der Nähe des Piers und die staubigen Hühner, die durch das
Café rennen. Du bist das geflickte Segel, der hoffnungsvolle
Mast und die zerschlissenen grünen Taue. Du bist die Mu-
scheln, die winzigen perlweißen, die in der Tasche fast zerbrö-
seln, und die langen blauen, die groben Messern ähneln. Du
bist die kleinen Mädchen, die Wasser in ihren roten Eimern
tragen, und die ruinierten Sandburgen bei Sonnenuntergang,
mit Seetang und Möwenfedern wild verziert. Du bist die Mor-
gendämmerung, die das Dunkel zurückdrängt, bis der Strand
glitzert und die Mädchen mit ihren Eimern wiederkommen,
Hand in Hand.

ANMERKUNG DER AUTORIN

Ich habe mich bei der Arbeit an diesem Buch nach bestem Wissen und Gewissen an die bekannten Fakten hinsichtlich Geographie und Chronologie sowie der Sitten und Gebräuche jener Zeit gehalten und Bücher von Historikern herangezogen. Dessen ungeachtet ist der Roman von der ersten bis zur letzten Seite fiktiv.

TEXTNACHWEIS

Die Gedichtzeilen von Emily Dickinson sowie mehrere Überschriften wurden zitiert nach: Emily Dickinson, *Sämtliche Gedichte. Zweisprachig.* Übersetzt, kommentiert und mit einem Nachwort von Gunhild Kübler. Carl Hanser Verlag, München 2015

Die Gedichtzeilen von Walt Whitman wurden zitiert nach: Walt Whitman, *Grashalme.* Übersetzt von Hans Reisiger. S. Fischer Verlag, Berlin 1919

Die Autorin dankt für die Abdruckgenehmigung folgender Texte:

Daily News: Auszug aus: »The Day Charles Lindbergh's Baby Was Kidnapped in 1932« (3/2/32), © Daily News, L. P. (New York). Mit freundlicher Genehmigung. Aus dem Englischen von Kathrin Razum

Nancy Roosevelt Ireland, Nachlassverwalterin, Eleanor Roosevelt Estate: Telegram to Lorena Hickok, 8. November 1962. Mit freundlicher Genehmigung von Nancy Roosevelt Ireland, Nachlassverwalterin, Eleanor Roosevelt Estate. Aus dem Englischen von Kathrin Razum

DANKSAGUNG

Wenn ich sage, dass ich froh sein kann, eine Lektorin wie Kate Medina zu haben, ist das ungefähr so, wie zu sagen, ich könne froh sein, am Leben zu sein. Ich bin es, mehr als ich es ausdrücken kann.

Meine unglaubliche, nicht zu bremsende Agentin Jennifer Rudolph Walsh ist mir lieb und teuer; mit ihrem hervorragenden Urteilsvermögen, ihrer schonungslosen Offenheit und ihrer verlässlichen, grenzenlosen Freundlichkeit hilft sie mir und meinen Büchern in jeder Etappe.

Es war mir vergönnt, über einen längeren Zeitraum in der MacDowell Colony an diesem Buch zu arbeiten, was dem Schriftstellerhimmel so nahe kommt, wie ich es mir nur wünschen kann. Ebenso habe ich das große Glück, am Küchentisch von Jack O'Briens Imaginary Farms, wo ich einige meiner besten Ideen hatte, ebenso willkommen zu sein wie an Michael Cunninghams Schreibtisch in Provincetown, wo ich sie niedergeschrieben, zerrissen und wieder von vorn angefangen habe.

Die Wesleyan University, meine Alma Mater und Arbeitgeberin, hat eine wunderbare Bibliothek mit wunderbaren BibliothekarInnen. Sie ist für Lesende und Schreibende, Lehrende und Studierende ein gleichermaßen einladender Ort, und ich fühle mich dort wohler, als ich es je erwartet hätte. In der FDR Presidential Library and Museum und dem zugehörigen Archiv habe ich einige der spannendsten und produktivsten Tage meines Schriftstellerinnenlebens verbracht.

Ich verbeuge mich tief vor Blanche Wiesen Cook, deren herausragende Biographie von Eleanor Roosevelt dieses Buch inspiriert hat, genauso wie ihre eigene Wahrheitsliebe, Detailversessenheit und Neugier mich inspiriert hat.

Drei große Autorinnen und Autoren, Bob Bledsoe, Tayari Jones und Sarah Moon, haben bis zum allerletzten Moment gelesen, kritisiert, getröstet und Feuer gelöscht.

Meine Kinder, Alexander, Caitlin und Sarah, sind mein bestes und anspruchsvollstes Publikum und meine tägliche Freude, sie haben es mir ermöglicht, dieses Buch zu Ende zu bringen und dabei mein restliches Leben nicht aus den Augen zu verlieren.

Wie schon in den vergangenen zehn Jahren hat meine Freundin und Assistentin Jennifer Ferri mich vom Rand so manchen Abgrunds zurückgezerrt, so manche Kugel mit ihren goldenen Armbändern abgewehrt und in jeder Hinsicht meine Arbeit überhaupt erst möglich gemacht.

Nie genug danken kann ich Brian, meinem Mann, auch wenn ich es immer wieder versuche. Er ist mein Leser, mein Zuhörer und meine Erlösung.

Amy Bloom
im Atlantik Verlag

Wir Glücklichen
Roman
Aus dem amerikanischen Englisch
von Kathrin Razum
336 Seiten, gebunden
ISBN 978-3-455-60029-2

Die eine hält große Reden und träumt von einer Karriere in
Hollywood, die andere taucht am liebsten in Bücher ab und legt
Frauen die Tarotkarten. Iris und Eva könnten unterschiedlicher
nicht sein, und doch sind sie Schwestern, die alles teilen: das
Glück, die zerbrochenen Träume, den nichtsnutzigen Vater –
und den Glauben, dass es immer irgendwie weitergeht. Eine
berührende Geschichte – so groß und klein und wunderbar wie
das Leben selbst.

»Großartige Unterhaltung.«
Elle

Zwischen hier und hier
Erzählungen
Aus dem amerikanischen Englisch
von Adelheid Dormagen und Kathrin Razum
336 Seiten, gebunden
ISBN 978-3-455-60054-4

Zwei Schwestern erfahren, dass ihre Mutter früher zwei Männer liebte. Eine Frau heiratet viel zu jung einen viel zu alten Mann. Eine Alleinerziehende muss akzeptieren, dass ihre einzige Tochter ein Junge im Körper eines Mädchens ist. Amy Bloom schreibt über Liebende und Hassende, Verrückte und Normale, Junge und Alte – mal ironisch-bissig, mal warmherzig-mitfühlend. Ungewöhnliche Geschichten, die von Schuld, Schicksal und immer wieder von der Liebe handeln und so erschütternd wie tröstlich sind.

»Erzählungen, von denen jede einzelne so schön und
berührend ist, dass man sich bei jeder Geschichte wünscht,
sie würde weitergehen und zu einem Roman werden.«
Christine Westermann